祈最后的祷

最後の祈り

[日]药丸岳——著　罗凌琼——译

江苏凤凰文艺出版社
JIANGSU PHOENIX LITERATURE AND
ART PUBLISHING

CONTENTS

目录

序章

　　紧跟着处遇部^①部长的背影，我沿着狭窄的楼梯往上走。

　　处遇部部长在楼梯尽头的门前停下脚步，打开门，示意我先进去。房间内四名身着制服的狱警立即朝我们敬礼。

　　接着，所长、总务部长、检察官、检察事务官^②陆续走入，直到最后进屋的处遇部部长关上门，狱警们才放下手。尽管如此，他们的表情依然没有丝毫放松，站在这个狭小房间里的其他人也是如此。我看不到自己的脸，但想必和所有人一样，脸上没有半点血色。

　　这个房间约有六叠^③大，正中间是一张桌子和六把椅子，桌上摆满各式糕点。桌后靠墙的地方是一座设有十字架的祭坛，另一面墙则被风琴帘隔开。

---

① 日本监狱下属的一个部门，主要负责指导教育囚犯日常生活行为规范，促进囚犯改造和融入社会。
② 职责为辅佐检察官或受其指挥进行侦查，相当于检察官助理。
③ 日本房间的计量单位，一叠约为 1.62 平方米。

　　我虽然第一次来这里，但也能意识到风琴帘后面是什么，不由得心跳加快。

　　处遇部部长伸手示意，于是我在十字架前祷告后坐到椅子上。

　　房间中弥漫着一种压抑的沉默，让人连呼吸都觉得困难。

　　咯噔……咯噔……外面传来走上楼梯的脚步声，所有人的目光都集中在门上，脸上的表情比刚才又僵硬了几分。

　　门开了，工藤义孝被三名狱警从两侧和后方包围着走了进来。

　　他与昨天在教诲室见面时的样子简直判若两人，表情和眼神中没有丝毫生气，步履蹒跚，要是没有狱警的搀扶，甚至连站都站不稳。

　　狱警解开工藤的手铐，让他坐在桌子对面。工藤一直低着头，全身微微颤抖。

　　"2330 号，工藤义孝，对吗？"

　　对于处遇部部长的提问，他似乎也无法做出回应。

　　"很遗憾，执行命令已经下达。接下来要执行死刑。"

　　十五年前，工藤杀害了朋友一家三口，十一年前被判处死刑。八年前，受上一任教诲师影响，他对基督教产生兴趣，后来受洗成为一名基督徒。

　　尽管我与工藤相识不过一年半，但我一直在为即将到来的这一天做准备，陪伴在他左右。此时此刻，我仍在不断祷告，希望几分钟后他的灵魂能够安息。

　　"最后吃点好吃的吧？也可以抽烟。"

　　听处遇部部长这么说，工藤稍稍抬起了头。他伸出颤抖的手，想去拿托盘上的甜馒头，但中途似乎又放弃了这个念头，慢慢收回了手。

"不吃吗？"

确定工藤没有反应后，处遇部部长转向我说："麻烦您了。"

我拿着《圣经》站起来。

"请起立。"我向工藤说道，但他并没有起身的意思，而是盯着桌上的一角，像小孩子撒娇耍赖一样，左右摇头。

"那就这样，我读一段《圣经》——"

话音未落，"我……我不想死！"工藤突然大叫，用双手猛击桌子站了起来。

"你冷静点！"几名狱警立即冲上前，但工藤挣脱开他们的手，试图跑向门口，其他的狱警也围过来，将工藤控制住。

"你们有什么权利杀我！说我是杀人犯，你们自己不也是杀人犯吗！"

四名狱警合力将边喊叫边挣扎的工藤按住，混乱中人群撞到了桌子，桌上的糕点撒落一地。

近距离观看这一幕的所长下令："执行！"紧接着，一名狱警给工藤套上了遮眼布，与此同时，另外两名狱警分别扭起他的右臂和左臂，将他的双手反铐住。

"开什么玩笑！我不想死……我还有要做的事！"工藤大吼大叫，唯一自由的双脚四下乱踢。

所长领着检察官和检察事务官离开房间。刚才给工藤套上遮眼布的狱警拉开风琴帘，帘后的刑场出现在眼前。

"救救我……求你们了……救救……救救我……"

工藤的双脚也被绑上了绳子，狱警几乎是抱着将他带进了刑场。我只能眼睁睁地呆站着。

我竭力祷告，却被工藤的喊叫声淹没，甚至分不清自己有没有发出声音。

"救命……救救我……求你们了……"

"别说话了！咬破舌头只会让你更痛苦。"狱警的声音响起，但工藤依然呜呜咽咽地拼命求饶。

他被扶上踏板，白色绞索固定住脖子。

"牧师……救救我……我……我还不想死……这样我无法得到救赎……"

狱警们忽地离开工藤身边，下一瞬间便传来地动山摇般的巨响，工藤的身影消失了。

这阵从未听过的怪声紧紧揪住我的心脏，视野中，一条摇摇晃晃、嘎吱作响的白色绞索，一直在我眼前挥之不去。

　　他的灵魂是否得到了救赎？

我在心中拼命追问，而上帝只是默然无声。

第一章

公交车停稳后，保阪宗佑起身下车，沿着阳光明媚的街道走了一段路，一道棕色砖砌的复古拱门便映入眼帘。

宗佑每次都觉得，假如没有看到这道正门上挂着的"千叶监狱"的牌匾，大多数人可能都不会意识到这里其实是一个囚禁罪犯的地方，因为简直像迎接国宾贵客的迎宾馆一样——这么想是有些夸张，但这仿佛从外国童话故事中冒出来的梦幻拱门，与他以前对监狱的印象确实大相径庭。

穿过拱门，宗佑向远处两层高的主楼走去。与正门相同，整座建筑均是砖砌成的，显得庄严而肃穆。

进入主楼，宗佑先到总务科办理手续。他从包里拿出《圣经》和诗歌播放器，接着把包交给工作人员暂存。

《圣经》自不必解释，诗歌播放器则是能播放各种赞美诗歌伴奏曲的机器，对于即将为服刑人员进行宗教教诲的牧师而言都是必备之物。

宗佑是获准定期出入监狱的教诲师，但在监狱里的一切行动还是受到严格管控，比如不能带手机或电脑等记录设备进入。

办完手续，宗佑沿着走廊来到等候室，他敲了敲门后直接打开，只见坐在桌前的处遇部部长西泽站了起来。

"保阪牧师，您来啦。辛苦了，外面很冷吧。"西泽露出温和的微笑。

再过五天就到 12 月了。

"是啊，这几天一下子冷了不少。"宗佑附和着，脱下外套挂在椅背上，接着在旁边的椅子坐下。坐在对面的西泽拿起桌上的暖水瓶，把热水倒入茶壶，泡了一杯茶递过来。

"谢谢您。"宗佑接过茶喝了一口，照例问起接受自己教诲的囚犯们的近况。

"每逢这个时节，囚犯大都有些心神不宁，接受您教诲的人就更不用说了。今年您还会来举办圣诞会吧？"

宗佑点头："有这个计划。"

打五年前开始在这里负责宗教教诲以来，宗佑每年都会在 12 月 25 日举办一场兼具慰问性质的圣诞会。他会带几名教会的信徒来到监狱的礼堂，大家一起唱圣诞颂歌，表演手语舞蹈，最后由宗佑讲解《圣经》经文。

监狱中只有十来个囚犯接受宗佑的个别教诲，参加圣诞会活动的却有将近五十个人。

宗佑希望他们都是因为渴望聆听他的讲道而来，但也有许多人只是想一睹年轻女信徒的芳姿吧。

"今年您还会扮成山德士上校 ① 吗？"西泽开玩笑地问道。

① 哈兰·山德士是肯德基品牌的创始人。发明了著名的"肯德基炸鸡"，开创了"肯德基快餐连锁"业务。

宗佑听出西泽指的是扮演圣诞老人的那件事。去年圣诞会上，宗佑为了娱乐大家，一改以往的风格，穿上圣诞老人的服装进行讲道，但由于他身材高大，戴着眼镜，还蓄胡须，后来好几个囚犯都戏谑他"活脱脱是圣诞节站在肯德基门口的山德士上校"。

"这个嘛……我还在考虑。"宗佑搔着头发回答道。

"无论如何，大家都满心期待着呢，今年也麻烦您了。"

"届时也请您多加支持。"宗佑回应道。这时，西泽看了一眼挂在墙上的时钟。

"差不多到时间了。"

听完宗佑也瞥了一眼时钟，把茶杯放回桌上，从上衣口袋里掏出手账查看。

"今天的个别教诲对象包括吉本、外山、井口、广冈……还有一个新人。"

宗佑边听边翻看手账，回忆上次与他们谈话的内容。

这个监狱关押的是 LA 级别的囚犯。其中 L 指的是刑期超过十年的人，A 则是指没有进一步犯罪倾向的人。也就是说，这些人虽然没有再犯罪的倾向，但曾犯下重罪，刑期超过十年。

宗佑的个别教诲每月有两次，一天要与五位囚犯面谈，每人大约 25 分钟。有时候可能只是闲聊着，时间就过去了；有时则是因犯苦恼于自己犯下的罪行，没有整理好情绪，只能中断教诲。

如果能提前知道个别教诲对象的身份和犯罪经历，就可以事先准备谈话内容，但不知为何，只有在当天到达监狱时才能得知这些情况。

宗佑谢过西泽的茶，拿着《圣经》、手账和诗歌播放器，起身离开等候室。他沿着走廊来到教诲室，打开门走了进去。

这间约十叠的房间里有一张像是学校里使用的讲桌，一块小黑板，墙边还有个十字架祭坛。开展集体教诲时，宗佑会站在讲桌后对着约十五个人讲话，但在个别教诲时，则与囚犯只隔着讲桌近距离交流。

宗佑在十字架前祷告后，坐到讲桌前，不久便听到敲门声，接着门就开了。

名叫青柳的年轻狱警领着一位身着囚服、头埋得低低的男子进来，男子看上去三十来岁，身材消瘦。

"那就麻烦您了。"青柳说完，从外面把门关上。或许是与陌生人独处让男子不知所措，他的头埋得更低了。

今天是宗佑第一次对这名男子进行个别教诲，但他记得，上次集体教诲时，男子非常低调地坐在最后一排。

"您好，您上次参加了我们的集体教诲，对吧？"

见宗佑起身走近，男子小心翼翼地抬起头。

进房间后，男子一直垂头缩肩。宗佑以为他的个头比自己小，走到跟前面对面观察，才发现他其实非常高大，应该有一米八。

"您可能已经听说了，我是牧师保阪宗佑，请多指教。"宗佑向面前的男子伸出手。

宗佑做个别教诲时，与囚犯的第一次见面总是以握手开始。

男子表情迟疑，但还是握住了宗佑的手。

"请坐，那边请。"

男子先松开了手，听到宗佑让他坐下，缓缓地坐在讲桌前面的椅子上，宗佑也坐到他的对面。

"首先……可以告诉我您的名字吗？"宗佑微微向前倾身问道。

男子低着头回答："我是 1074 号……"

"啊，不是……不是编号，我问的是您的真名……"

男子似乎吃了一惊般抬起头，接着有些局促地拨着头发改口道："我叫奈良……奈良升平。"

"奈良是奈良县的那个奈良吗？"

男子点头。

"升是太阳升起的升，平是和平的平。"

"真是个好名字。"

问过名字后，宗佑总会这样回应，目的是引导对方回忆和思索，当时给自己起名字的人是谁，对自己寄予了什么样的期望。

"您是哪里人？奈良县吗？"

"不……我在爱知县出生，高中毕业前一直住在名古屋……后来去了横滨……"

"您今年几岁？"

"28 岁……"

"您入狱多久了？"

"大概有三年了。"说完，奈良再次低下头。

"你为什么申请参加教诲呢？是对基督教感兴趣吗？"宗佑不再用敬语，希望能缓解一下奈良的紧张感。

奈良似乎也有所反应，他再次抬起头。

"也不是说特别感兴趣……我被逮捕关进看守所的时候，有个熟人带了本《圣经》给我……反正我也闲着没事干……"

奈良也换上了比较随意的语气。

"你试着读过了？"

"读了一点……"奈良点头，"但不是很懂。"

他是犯了什么罪才入狱的呢？

狱方不会提供囚犯的信息，只能靠自己慢慢问出来。

"如果你不介意，可以告诉我你入狱的原因吗？"

原本盯着宗佑的奈良露出吃惊的表情，身体往后缩了缩。

"你不愿意的话，我也不会勉强你。只接受教诲，不谈那些事情，也完全没有问题。我只是觉得，如果能了解情况，我们可以聊得更全面、更深入……"

"我杀了人。"奈良突然打断宗佑。

奈良看向宗佑的目光仿佛是在窥探他的反应，但宗佑并没有感到惊讶。

毕竟这里关押的是刑期十年以上的罪犯，或许形式不一，但大部分人都背着血债命案。

"这样啊……你杀了什么人？"宗佑问道。

"我的女朋友……不对，按一般人的看法应该叫前女友吧。"奈良带着一丝自嘲的苦笑说道。

"女朋友……想必在此之前，她是你非常珍视的人吧？"

片刻之后，奈良轻轻点头。

"可是，那你为什么会杀了她呢？"宗佑继续追问。

"因为我把她当作最爱的人来看待。但是……她却背叛了我。"

"背叛是指什么？她劈腿了吗？"

"我不知道她有没有劈腿……也不知道她是不是爱上了别人……"说到这里，奈良深深叹了口气。

他摇了好几次头，继续说道："她突然给我发短信，说'我们分手吧'……我简直不敢相信，因为就在不久之前，她还说我是她最重要的人……我们都聊过结婚之后的事情了，她却突然……所以我联系了她好几次，我问她，为什么要分手？我哪里做得不好，我一定改，我们重新开始吧，但她就是一句话，要跟我分手……后来她电话不接，短信也不回，我觉得这样下去不是个办法，就去了她住的公寓，想直接见面谈。结果按了门铃也没人开门，应该是换了门锁，之前她给我的备用钥匙也用不了。"奈良一股脑儿地说完后就沉默了。

宗佑没有催他，静静地等了一会儿后，奈良再次开口。

"我怎么都无法接受……后来我还是继续打电话、发短信，但是号码都被拉黑，她还从公寓搬走了……我去她打工的地方找，但听说她辞职了……我没有别的办法，只能去她读书的大学，站在门口等她一整天。结果有一天，一个警察叫住我，把我带去局里，警告我说，她已经向警方报案，对我的跟踪行为提出受害申报，要求我不许再接近她，不许再联系她，否则就要逮捕我……"

听到这里，宗佑已经想象得出他是怎么来到这里的了。

"我是真心爱着她的啊……我只是想在分手前好好说清楚……可她却单方面地把我说成跟踪狂，想把我从她心里彻底赶走。我实在无法忍受，我一定要让她明白，我爱她有多深……那天，我去附近的五金店买了把菜刀藏在包里，去了她的大学。我在校园里四处转悠了一阵，发现她正和朋友一边走一边开心地聊天……我从后面靠近她……把刀捅进她的后背。她尖叫着倒在地上，我又接着捅，再接着捅……"

说着说着，奈良的视线离开宗佑，落到自己的手上。

也许他正在回忆握刀刺死女友时，手上传来的触感。

"之后……你就被当场逮捕了？"

听到宗佑的话，奈良点了点头。

"你被判了多少年的刑？"

"有期徒刑二十二年。"一改之前激动的语气，奈良淡淡地回答道。

"刚才你说……你想让她明白自己爱她有多深……这是什么意思呢？既然你爱她，应该更加不会有夺走她生命的想法吧？"

"我知道，一旦我杀了她，我的人生也就全毁了。虽然我跟她不一样，没上过大学，但这个道理我也懂。就算没被判死刑，也要坐很多年的牢，将来即使出狱，也很难找到正经工作，还会影响到父母兄弟和亲戚，可能会被他们断绝关系。不……实际上他们已经和我断绝关系了。也就是说……为了她，我甚至愿意毁掉自己的人生，毁掉自己与家人的关系……因为在我心目中，她才是最重要的。"说完，奈良又认同地点了几次头，似乎对自己说的话深信不疑。

对于这种想法，宗佑有许多话想讲，但他觉得现在还为时过早。

"我自己做的事，我不后悔。只是，那天偶然听了老师在集体教诲中的讲道后，心里就一直觉得闷闷的……"

看来这就是他决定接受个别教诲的原因。

"我说的什么话让你觉得闷闷的？"

"老师，您当时说过……在上帝面前，无论什么人都能得到赦免，对吧？"

宗佑点头肯定。

上一次的集体教诲中，宗佑谈到了基督教的福音，即通过信仰耶稣基督的十字架与复活，所有人的罪都能得到赦免，成为上帝的子民。

"那怎么可能呢……"奈良摇晃着身体，有些焦躁地嘀咕着。宗佑紧紧地盯着他。

"……无论我再怎么相信上帝，我犯下的罪孽也不可能得到原谅。我可是在拼命求饶的彩希身上到处乱刺，捅了三十多刀，把她杀掉的啊。难道说，只要我信仰上帝，读《圣经》，我的罪孽就会一笔勾销，彩希和她的家人就会原谅我吗？这根本不可能啊，真搞不懂你在说什么。"

可能是由于情绪激动，他不自觉地用名字称呼起女友来。

"不是这样的。从世俗的角度讲，你犯下的罪行并不会消失，她的亲人也不一定会原谅你。但是，在上帝面前你会得到赦免，世俗层面的宽恕与宗教层面的赦免是不一样的。"

"所以说这根本没道理啊！"奈良语气粗暴，双手猛拍讲桌。

外面很快传来敲门声，门被打开，"没事吧？"青柳探头进来问道。

"没什么事，不要紧。"

尽管宗佑这么说，青柳依然一脸担忧地看着两人。

宗佑从青柳身上移开视线，望向墙上的挂钟。

时间快到了。

他再次看向自己面前的奈良，注视着奈良因兴奋而发红的脸庞，平静地说道："时间快到了，今天就聊到这里吧。希望你能再申请我的个人教诲，到时候我们可以继续谈刚才的话题。"

走下公交车，宗佑径直前往千叶站，穿过检票口后，站在总武线的站台上等车。

他在东京目白①的一个教会中担任牧师，下午5点有一个面向信徒的《圣经》研习会，因此必须直接回去。

宗佑到监狱做教诲是纯志愿性质的，与在教会工作相比，虽然烦心事也不少，但有着强烈的成就感。

今天见面的五个人，包括第一次接受个人教诲的奈良在内，身上都背着人命。他们对自身罪行的反省、对《圣经》的理解都各不相同，但目睹他们一点一滴追寻自己人生意义的过程，宗佑自己也有种得到救赎的感觉。

电车到站，宗佑一上车便拿出手机查看有无新消息。

教会那边没有新的信息，但他看到一条北川由亚发来的LINE②消息，顿时非常开心。

> 您好。近来一切可好？最近能否找个时间，我们和妈妈一起见个面呢？请和妈妈商量一下，告诉我哪天方便，拜托啦。

消息中还附上了可爱的表情。

和妈妈商量——光是看到这行字，宗佑的心跳就变得飞快。

由亚住在东京，三个月前宗佑还跟她一块儿吃过饭，但真里亚住在仙台，已经一年多没见过面了。

> 好，我会联系你妈妈，之后告诉你哪几天有空。

---

① 目白是东京都八王子市西南部的地名，位于八王子市西南部横山丘陵上。
② 一款类似微信的免费即时通讯应用，在日韩等地区非常流行。

宗佑回完消息便关闭了 LINE。他凝视着设置成手机锁屏的照片。照片是由亚高中毕业那天，母女俩站在校门口拍的。

宗佑盯着屏幕出神良久，感到心中一阵刺痛，于是将手机塞进上衣口袋。

宗佑在池袋站西口的派出所前等候，看到真里亚穿过人潮走来，他的心脏怦怦直跳。

真里亚注意到了宗佑，于是走过来问道："来啦，等很久了吗？"

"不会，我也刚到。"

宗佑已经在网上提前查好由亚指定的餐馆位置，便引着真里亚往 ROSA 会馆[①] 所在的繁华街方向走去。

"今天你要在这边过夜吗？"宗佑问道。

真里亚点点头。

"这个时间吃饭，肯定会到很晚，到时候再赶回仙台实在太累，所以我订了家附近的酒店。不过究竟是怎么了？突然说要大家一起吃个饭。"

"她有跟你透露些什么吗？"

"还是老样子，跟我只讲最基本的事，别的一概不提。"

由亚从小就与真里亚住在仙台，母女俩相依为命。尽管真里亚向女儿倾注了无尽的爱，但由亚内心深处难免会因没有父亲而感到孤单。母亲只字不提自己的父亲，这让由亚更加不满，叛逆期也很长。特别是刚上高中那会儿，她还经常夜不归宿，那时候宗

---

① 位于池袋的多功能娱乐设施，是东京著名的约会和休闲场所。

佑几乎每周都要跑一趟仙台，充当由亚的倾诉对象，想办法缓和她们之间的母女关系。

"倒是你有听说过什么吗？你和由亚的关系比我还好吧。"

宗佑是真里亚的朋友，从由亚小时候起就充当母女间的润滑剂。渐渐地，由亚就叫他"东京叔叔"了。虽然七年前由亚来东京读大学之后便不再这么叫了，不过宗佑的作用还是发挥到位，他常请由亚吃饭，听她讲学校里的烦恼，谈毕业后的打算，也会帮她出出主意。

两人走进一家看起来十分高档的日式料理店，一位穿和服的女服务员立即迎了上来。

"应该是北川订的包厢。"真里亚向服务员说道。

"二位的同伴已经在等了，这边请。"服务员边走边伸手指引。两人跟着服务员穿过大厅，走到最里面的一扇门前停下。

"二位的同伴到了。"说完，服务员打开房门，宗佑正对上桌子后面一对男女的视线，不由得与真里亚面面相觑。

由亚旁边坐着一位与她年纪相仿、身着西服的男性，他赶忙调整好坐姿。

"妈妈，叔叔，抱歉突然叫你们出来。"

由亚说着站起身，一旁的男性也跟着站起来。

"他叫木本康弘。"

"我……我是木本……初、初次见面，请多关照。"男人有些紧张地鞠躬问好。

"我是由亚的妈妈。您好……"

"敝姓保阪，请多指教。"

简单做了个自我介绍后，宗佑和真里亚在两人对面坐下。

"菜点好了，是店里的套餐，我们先看看喝什么吧。"

于是四人一起翻看起酒水单来。宗佑和真里亚、由亚都选了乌龙茶，木本则犹豫了一下，点了姜汁汽水，也许他本来想喝酒。

饮料送来后，四人举杯相碰。

"叔叔，最近你的工作还是很忙吗？"

由亚如此开场后，大家开始闲聊，木本则有些百无聊赖地喝着杯里的姜汁汽水。

"请问……木本先生……？"

听到真里亚的声音，木本抬起头。

"木本先生您今年多大了？"真里亚问道。

"和由亚一样，25岁。"说完木本又低下了头。

"他和我在同一家公司上班。"由亚补充道。

大学毕业后，由亚便在东京的一家房地产公司工作。

由亚用胳膊肘捅了捅木本的侧腰，木本再次抬头。

"那、那个……其实……今天请二位过来是有事要商量。请让我和由亚结婚。"

宗佑再次与真里亚面面相觑，随即又将目光移回面前的两人。

"这是……你们以后打算结婚的意思吗？"真里亚问道。

"我们……我们想尽快登记。"

"尽快……"

宗佑望向小声嘀咕的真里亚，从表情可以看出她很困惑。

"我……怀孕了，已经五个月了……"

宗佑吃惊地看向由亚。

"说实话……以前有一段时间我很恨妈妈，很长一段时间……我不理解，为什么我没有爸爸……为什么妈妈明知道这样会让我感到孤单，还是坚持要生下我。可是，当我发现自己的身体里怀着一个新生命时，我第一个想到的就是妈妈。我想告诉妈妈……谢谢你生下我，一直抚养我长大……所以……我一定要生下这个孩子，我想和康弘一起组建一个幸福的家庭……"由亚的眼眶湿润了。

"这样啊……我要当外婆了啊……"

宗佑看向真里亚，只见她的眼中也闪着泪花，泪珠从她的脸颊滑落。真里亚从包里拿出手帕擦了擦眼泪，看着木本说道："木本先生，由亚就拜托您多照顾了。下次你们能一块儿来仙台，跟我的父母和妹妹也说一声吗？"

真里亚家里的佛龛中，摆放着她的父母及妹妹优里亚的遗照。

"那当然了。"木本深深点头。

"话说回来，真是吓了我一跳。"

听到这话，宗佑转头望向和他并肩前行的真里亚。

"确实。三个月前我才和她一起吃过饭，居然连她谈男朋友了都不知道，我这个'东京叔叔'可算是丢脸丢到家了。"

"不过，大老远从仙台来一趟算是值了，还看到了一件有趣的事。"

"有趣的事？"

"对呀。后半段你真是太有意思了，我差点笑出来。"

真里亚没有看宗佑，继续往前走。

自从与他们分别后，真里亚就再也没有直视过宗佑的脸，宗佑觉得她是有意这样做。

"我哪里有意思了？"

"你不是连珠炮似的追问他嘛，简直是使出浑身解数，好知道他是不是配得上由亚。"

"他是个好小伙，肯定能给由亚幸福的。"

宗佑知道自己没有资格评判他人。但无论如何，与那个年纪的自己相比，木本显然正派多了。

"对了……那件事要告诉她吗？"宗佑问道。

真里亚转身停下脚步，慢慢将脸转向宗佑。

"是呀……由亚一看户籍就明白了嘛，近期我会找时间告诉她。"

宗佑点点头。

"不过，我不会提到你的事情。"

两人对视。

"那样比较好……"宗佑轻声说着，率先踏出脚步。

回到教会旁边的牧师馆，宗佑掏出钥匙开门。脱掉鞋子，打开电灯，方才还热闹温馨的场景顿时从脑海中消失，回到独居的寂寥现实中。

明明滴酒未沾，宗佑却感觉浑身都在兴奋，心脏怦怦跳个不停，不知是因为久违地近距离看到真里亚的脸庞，还是因为得知由亚怀孕，即将结婚。

宗佑从厨房的橱柜里拿出杯子，打开水龙头倒了杯水。一口气喝光后，宗佑轻叹一声，坐在餐桌旁的椅子上。

由亚就要结婚了——

宗佑内心感慨万分，泛起些许寂寞。

自己的使命即将结束，至今为止，他一直陪伴在单亲的由亚身边，驱散她的孤单，倾听她的烦恼，在她遇到困难时稍微伸手拉一把，这也是他唯一能做的事。可是，这个职责今后将由成为她丈夫的木本康弘接替，而且由亚结婚，离开娘家后，宗佑与真里亚之间的联系必然会变得更加稀薄。

也许这样最好。宗佑决定这么想。

尽管只聊了两个小时左右，但他觉得木本是个诚实、和善的青年，由亚跟他在一起肯定会过得很幸福。

突然间，宗佑仿佛听到有人在呼唤他，他将目光转向隔壁房间门。

他犹豫着站起来，走进那个充当书房的房间。打开壁橱，他盯着放在下层的纸箱看了好一会儿。终于，他直接坐在地上，撕开封住纸箱的胶带，一阵翻找后，从里面拿出一本书。

打开书本，宗佑有些迟疑地捏起夹在书里的照片。照片上只有自己和真里亚的妹妹优里亚，这是两人唯一的一张照片。

自从大约十五年前收拾好行李搬到牧师馆以来，宗佑一次也没有去看这张照片。他还记得，整理房间时偶然发现照片的那一刻，自己的心脏宛如遭到贯穿般刺痛不已。

直到现在，宗佑依然无比害怕面对优里亚的脸庞，但他认为，无论多么痛苦煎熬，他也应该看着由亚亲生母亲的面容，告诉她女儿的成长。这是他的职责。

宗佑凝视着年轻时的自己和优里亚，内心却没有过往那般疼痛，这反而让宗佑倍感震惊，他拿着照片有气无力地站起身。回到隔壁房间后，他坐在椅子上，再次目不转睛地看着照片。

优里亚——

由亚很快就要结婚了，她要当妈妈了，我们的女儿——

宗佑是上大一时认识优里亚的。

宗佑在名古屋出生，父亲经营着一家会计事务所，为继承家业，宗佑来到东京上大学。

当时宗佑住在高圆寺的一所公寓里，他常去一家餐厅吃饭，而优里亚就在那里打工。优里亚住在荻洼，离宗佑的住处还要往前走两站。不过，因为两人就读的大学离得很近，他们不只在餐厅，连在家附近也经常碰见，加上彼此又同龄，渐渐就成了亲密的朋友。后来，宗佑顺理成章地开始与优里亚交往。

优里亚是个温柔而开朗的女孩子，与同龄女性相比，她有着罕见的乐于操持家务的一面。没去打工的时候，她会来到宗佑的公寓，亲手为他制作很费功夫的精致料理，宗佑忙于学业，还不适应独居生活，她也会麻利地帮忙打扫卫生、洗衣服等等。

优里亚堪称理想女友，唯一的缺点就是总把想要早点结婚生子、组建幸福家庭挂在嘴边，这让宗佑倍感压力。

听优里亚讲自己的经历，宗佑意识到，她对家庭的强烈渴望就来自过去的遭遇。

还在读小学的时候，优里亚的父母就在一场交通事故中双双离世，后来她和比自己大一岁的姐姐一起在伯父家长大。优里亚说，伯父一家对她们很好。不过，伯父和伯母也有两个孩子，优里亚她们难免也会感到孤独。优里亚的姐姐高中毕业后就离开伯父家开始工作，这时她也搬去与姐姐同住，并继续念高中。

优里亚知道宗佑迟早会回名古屋，经常幻想以后两人在名古屋的美好生活。宗佑觉得自己的父母也会中意这个儿媳。然而，当时与优里亚交往的宗佑一直觉得有些闷闷不乐。

宗佑对优里亚并没有什么不满，更不是讨厌她，当时他心中产生负面情绪的原因，可能是自己才 20 岁上下，却发觉今后的人生一眼就能望到头而感受到的一种无趣。

然而就在他有这样的想法时，一场相遇彻底颠覆了一切。

20 岁过后的一天晚上，宗佑与优里亚在池袋约会，优里亚带他走进一家酒吧。这是一家吧台边只有八个座位的小店，没有其他客人，只有一位短发的女调酒师站在摆满各色酒瓶的架子前。

宗佑与优里亚并排坐在吧台上，当他与那位眼神坚毅的女调酒师四目相交之时，刹那间有种遭遇雷击般的震撼。

那是宗佑这辈子从未有过的感觉。

尽管恋人就在身边，自己的心却在一瞬间被眼前的女性俘获。

"姐姐，这位就是我常跟你说的保阪宗佑先生。"

宗佑被优里亚的话吓了一跳，随后一种深深的失落感涌上心头。

女调酒师对他露出微笑，介绍自己是优里亚的姐姐，名叫真里亚。

真里亚为他们分别调制了鸡尾酒，在其他客人进来前，三人边喝边聊，但宗佑几乎不记得聊了些什么，只知道自己当时竭力隐藏真正的情感，生怕被面前的两人发现。

喝了两三杯酒后，他们离开酒吧。在前往车站的路上，宗佑听优里亚谈起姐姐的故事。

真里亚高中毕业后马上就在东京的一家餐酒吧工作，当时按她的年纪还不能喝酒，但她在工作时学到很多酒的知识，也掌握了调酒技巧，最近自己开了那家酒吧。

真里亚才 21 岁就能自己开店，宗佑感到十分惊讶。不过据优里亚所说，她们离开伯父家时，伯父分别给了她们一本存折和一张银行卡，都是她们名下的，每个户头上都有 1000 万日元。这是她们父母留下的保险金，扣除至今为止的生活开销后，再将剩下的 2000 万日元平分。

真里亚用这 1000 万日元开店，优里亚则是用作大学的学费。

回到自己的房间后，宗佑依然对真里亚难以忘怀。实际上，别说忘记了，随着时间流逝，宗佑对她的思念只增不减。

遇到真里亚大约三周后，因为和优里亚起了点小口角，宗佑鼓起勇气去找真里亚。见宗佑一个人走进店内，吧台里的真里亚有些讶异，但很快便用一个微笑迎接了他。宗佑说他和优里亚吵架了，想找真里亚商量，用这个借口在店里待了好几个小时。

真里亚那坚毅的目光，不时展露出的温柔微笑，调酒时的优雅动作，在宗佑眼中，她的一切都令人着迷，令人心潮澎湃。

自那以后，真里亚就在宗佑脑中挥之不去，无论他在做什么，甚至在与优里亚亲热的时候，真里亚的面容也不时在脑海里浮现。

不知是不是优里亚逐渐看穿了自己的邪念，两人争吵的次数变多了，而宗佑便以此为借口去找真里亚，接着又用与店里的熟客聊天很开心的理由，渐渐变成以每周一到两次的频率光顾她的店。

至此，他的心已经彻底离开了优里亚。宗佑觉得很对不起优里亚，但他怎么也控制不了自己对真里亚的爱。

在店里的男性顾客中，真里亚也是毫无疑问地大受欢迎，因此当时宗佑并不觉得自己这个 20 岁的小年轻能获得她的青睐。他想，能得到真里亚芳心的，应该是比自己成熟许多的男人。

但宗佑也怀着一缕希望，真里亚时而向他投来的哀愁目光，让他不由得猜想，没准她对自己也有好感。

无论如何，宗佑已经无法再去想象继续与优里亚交往，最终结婚成家的未来。如果与优里亚结婚，真里亚就会成为自己的姨姐，保持这种不上不下的关系，永远留在他的生活中。唯有这点，他实在难以忍受。

那天晚上，宗佑依然在真里亚的店里喝酒，身旁的一位男性顾客看到他后惊讶地向他搭话。那个男人说，真里亚在上一家店工作时他们就认识了，当时店里有个名叫"杉下"的熟客跟宗佑给人的感觉非常像，把他吓了一跳。

他们提起这个话题的瞬间，旁边突然传来了抽泣声。宗佑转头一看，只见吧台内的真里亚正用手捂着嘴哭泣，接着马上跑进卫生间。

宗佑疑惑地将视线转回男性顾客脸上，男人解释说，那个叫杉下的熟客去年因为摩托车事故去世了，当时才 23 岁。

这时宗佑才意识到真里亚不时向自己投来哀愁目光的原因——杉下也许是真里亚的恋人，或是她心仪的对象吧。

得知杉下的事情后，宗佑更常往酒吧跑了。哪怕只被当作某个人的替代品，只要能赢得她的心，什么都无所谓。无论如何他都希望真里亚的心里能有自己，而这一刻以一种意想不到的方式来临了。

那天宗佑一个人在店里喝酒，两个男人走了进来，看上去素质就很差。上酒时，他们抓着真里亚的手又捏又摸，还说"我们付给你一天的营业额，今天别开了，一起去外面玩吧"，一直纠缠不休。

真里亚巧妙地搪塞过去，结果他们话里话外开始提到自己有黑帮撑腰，威胁说"你这种小店，我们随时可以让你关门大吉"。

看真里亚不知如何是好的样子，宗佑终于按捺不住，开口说道："从刚才就吵死了，让人安安静静地喝点酒不行吗！"

果不其然，两个男人怒气冲冲地站起来，转而向宗佑找碴。

因为担心影响酒吧的正常经营，宗佑叫他们到店外理论，于是三人走出店门。一到外面，其中一个男人就猛地朝宗佑脸上砸了一拳，宗佑倒在地上后，侧腹、后背和大腿上又挨了几脚。

"我已经报警了！"真里亚的声音传来后，攻击终于停止，两个男人一溜烟跑了。

真里亚说，报警是她情急之中吓唬人的，问宗佑要不要真的报警。宗佑不想给酒吧带来麻烦，回答说"不用"。

真里亚搀着宗佑回到店里，紧贴宗佑的身体微微颤抖着。

"这是我第一次被人打。"

宗佑从小就过着与暴力无缘的生活，不仅如此，这也是他第一次大声斥责别人。

"你傻啊……要是被打死了该怎么办……"

真里亚的声音离自己很近，听上去像在生气，又带着哭腔。

"有一瞬间，我觉得被打死也无所谓，如果这样我能永远留在你的记忆里，我心甘情愿。"

话音未落，"你在说什么呢？！"真里亚甩开宗佑的手，两人面对面站着，真里亚用苦恼而忧愁的目光紧紧盯着他。

"我喜欢你，难以自拔。"

这句话让真里亚的肩膀不由得抖了一下。

宗佑抓着真里亚的肩强行将她拉向自己，硬吻上她的唇。

宗佑原本已经做好遭到抵抗或是被扇耳光的准备，但真里亚的身体僵直了一会儿，随后轻轻闭上了眼睛。宗佑也闭上眼睛，用舌尖探开她的唇，继续深入。很快两人的舌头缠绵交织，宗佑只感觉大脑一片空白。

当他们的嘴唇终于分开时，睁开眼睛的真里亚愧疚地垂下了头。

不过，他们并未更进一步。这是对优里亚残酷的背叛，他们彼此心知肚明。宗佑向真里亚保证，他会向优里亚解释清楚，在优里亚能够接受前，他不会再进一步，那晚两人就此分别。

第二天，宗佑叫优里亚来到房间，向她吐露自己真正的想法。

优里亚没有哭也没有闹，她只是静静地听着。宗佑坦白了自己的心声，但没有提昨晚与真里亚接吻的事。

"你要和姐姐在一起吗？"优里亚只问了这一句。

宗佑说目前还不清楚。"是吗……但我根本不可能赢啊。"优里亚嘟哝着留下这一句，就离开了房间。

一天后，优里亚打来了电话。

优里亚说，她会和宗佑分手，请他俩自便。不过，以后不能再一起住了，等她找到住处，就会搬出去。

一周后，优里亚就搬走了。她没有告诉姐姐自己的新住址，就此无影无踪。

不久后两人开始交往，但对宗佑而言，这却是痛苦的开端。妹妹离开后，真里亚就变了。她曾经坚毅的目光变得黯淡，宗佑最爱的那个笑容也彻底消失了。

她对优里亚的罪恶感显然是宗佑难以比拟的。

明明是深爱的人，自己却伤害了她。

在宗佑心中，相比于背叛优里亚，反而是这件事带来的罪恶感更胜一筹，让他每次与真里亚见面时都苦闷不已。

也许将来有一天，优里亚会联系姐姐，告诉她自己过得很幸福，那么真里亚应该就能变回从前的样子吧。

怀着这样的希望，宗佑尽可能多地陪伴在真里亚身边。

优里亚离开约一年后，宗佑突然就联系不上真里亚了。电话打不通，家里也没人，去酒吧找，门口也贴着临时歇业的告示。

宗佑开始担心她是不是干了什么傻事，给她发了许多条语音留言，但好几天都杳无音讯。

终于，真里亚打来了电话，宗佑接起来后，只听她用阴郁的声音说道："我想和你见一面，就现在……"察觉到真里亚的情况不对，宗佑把一会儿要上的课翘了，直奔真里亚的住处。

真里亚开门迎接，看到她的脸，宗佑不禁倒吸一口凉气。她的眼睛又红又肿，脸颊消瘦得都凹了下去，与几天前最后一次见面时判若两人。宗佑带着一种不祥的预感走进屋子，两人隔着桌子面对面坐下，真里亚用布满血丝的眼睛直勾勾地盯着他，开口说了一句话。

宗佑听得很清楚，却反应不过来那是什么意思。

"优里亚不在了。"真里亚又说了一遍，哭着讲了这几天发生的事情。

四天前，真里亚接到一个陌生来电，电话那头的男人自称是静冈市内一所警察局的警官，他询问真里亚"您是否认识北川优里亚？"真里亚表示优里亚是她妹妹，结果对方说"这位女性昨晚自杀了"。听完，真里亚连忙赶往警察局。

一路上真里亚都还不敢相信，但抵达警局，看到静静躺在太平间里的优里亚，真里亚才知道，一切都是真的。

优里亚是从她住的公寓九楼阳台跳下去的。接到报警后，赶到现场的警察进入疑似跳楼的女性住所查看，发现屋里的婴儿床上有个小婴儿在睡觉，桌上留有一封遗书。

"婴儿是……？"宗佑问道。真里亚从包里拿出一个信封，放在他面前。

宗佑用颤抖的手从写着"遗书"的信封中拿出一张纸，纸上写着姐姐真里亚的名字和联系方式，以及这些内容：

> 我原本打算在一个没有人认识我的地方，和宗佑的孩子一起努力活下去，但我已经筋疲力尽了，请照顾好由亚。

和宗佑的孩子一起努力活下去——

看到文字的瞬间，宗佑的身体颤抖得更加厉害了。

真里亚说，那个婴儿只有六个月大，现在是儿童咨询所[①]在照顾。原来优里亚退学并选择生下了这个孩子。

宗佑没有勇气再次看向真里亚，他将思绪拉回到十六个月前。

确实，那时候他已经对真里亚神魂颠倒，却还是与优里亚发生了关系。

也许优里亚很想告诉宗佑她怀孕了，但察觉到宗佑移情别恋，倾心于自己的姐姐时，她选择了沉默。

假如她说出怀孕的事，自己会作何选择？他会把对真里亚的感情深埋在心底，考虑与优里亚共结连理吗？

---

① 根据日本儿童福祉法等设立，为儿童及其抚养人等提供服务的专业咨询机构。

　无从知晓。事到如今，一厢情愿地以为当时的自己一定会那样做，未免太过厚颜无耻了。至少优里亚就认为，即使她说出口，宗佑也不会回心转意，所以才从他们的生活中悄然离去，独自生下孩子。

　哪怕那并非优里亚打心底里渴望的幸福家庭。

　信纸上留给自己的最后一条信息，因泪水晕染而变得朦胧不清。

　自己犯下了弥天大罪。

　宗佑背叛了优里亚，让她痛不欲生，以至于最终走上绝路。他间接夺走了真里亚唯一的家人。

　葬礼结束后，真里亚告诉宗佑，她决定领养优里亚的孩子由亚。她说，自己要倾尽一生好好养育妹妹留下的孩子，也算是对优里亚的一种赎罪。

　接着她向宗佑宣布，她再也不会谈恋爱了。

　宗佑没有任何异议。面对自己造成的悲剧，他也认为自己不配与真里亚一起走下去。何况，虽然这只是一种逃避，但他根本没有信心自己能独自抚养好孩子。

　后来，真里亚关了池袋的酒吧，搬到完全陌生的仙台生活。她尽心尽力地抚养由亚长大，至今仍维持单身。

　真里亚一直在赎罪，而自己呢?

　优里亚之所以自杀，全都是自己的错。就在深受罪恶感折磨之时，宗佑偶然接触到《圣经》中的话语，并因此产生了兴趣。他开始频繁出入教堂，教堂里的牧师引用《圣经》中的话语，设身处地为宗佑提供各种建议和指导，这让宗佑受到极大触动，萌生了自己也要成为牧师的想法。他也在心中发誓不再谈恋爱，决心在背后默默支持优里亚留下的由亚，以及辛苦育儿的真里亚。

尽管遭到父母的强烈反对，宗佑还是在 22 岁时受洗成为一名基督徒。大学毕业后，他没有回家，而是用两年时间一心一意打工攒钱，又去读了四年神学院，最后当上目白区一个小规模教会的牧师。

直到现在，宗佑还在履行着牧师的职责。他希望借助基督教尽可能地帮助那些处于痛苦煎熬中的人，像过去的自己那样。

可是，他的心中总有另一个声音在质问自己：

你做的这一切，真的是为了向她赎罪吗？其实只是想让自己以为获得了上帝的赦免吧？

2

听到敲门声，宗佑望向门口。

狱警青柳打开门，领着身穿囚服的丸山走了进来。

"那就麻烦您了。"说完青柳就关上门离开了。

"嗨，老师。"丸山边走边大大咧咧地挥手打招呼。宗佑与他握手后，两人面对面坐下。

丸山今年 53 岁，大概从两年前开始接受宗佑的教诲。

"上次的集体教诲你没来参加，是发生什么事了吗？"宗佑双手交叉放在桌上，开口问道。

此前丸山从未缺席集体教诲，所以宗佑感到有些奇怪。

"哦……那时候挨了个处分，被关禁闭关了有二十天吧。"丸山不以为意地笑着说道。

"你因为做了什么挨的处分？"

听到宗佑询问，丸山向前探身，得意地说："我把寺山那小子胖揍了一顿。"

宗佑强忍着想要叹气的冲动，继续问："这位寺山是什么人？"

"您不知道？他叫寺山升，一个强奸犯，跟我在同一个车间。简单来讲，那家伙不管做啥都让人不爽。那天干活他踩了我的脚，居然连个道歉也没有。"

"所以你就打了他？"

"对啊。真是倒霉，都怪那家伙，害得我……"

"丸山先生，你最初是因为什么才来这里的？"

宗佑打断他的话，丸山顿时语塞。

五年前，丸山因涉嫌杀人被捕，后来被判处十四年有期徒刑，关押在千叶监狱。

起因是丸山在一家酒馆喝酒时与另一位客人发生了争执，听说他闯进吧台拿出一把菜刀，接连捅了对方好几下，把人捅死，接着还让赶来劝架的店员也身受重伤。

当时丸山经营着一家建筑公司，家里有老婆和正在读中学的宝贝女儿。他出事后，公司关门歇业，夫妻俩也离婚了。刚接受教诲那会儿，他还落寞地向宗佑说，老婆孩子从没来探监过，给她们写信也没收到过回信。

"还记得我们第一次见面时，我问你为什么想接受教诲，你说，你想改变自己，是不是？暴躁、易怒，一发飙就什么都不管不顾，你说想要改变这样的自己，希望通过《圣经》找到内心的平静。"

"哎，是这样。你这么一讲，我确实无话可说。"丸山抓了抓头，表情像个被训斥的孩子。

"《圣经》中有'好果子和坏果子'的说法。"

"好果子和坏果子？"丸山有些困惑地歪着头。

"就是说，人生既有可能结出好果子，也有可能结出坏果子，而之所以会结出坏果子，是因为有一条苦毒的根。"

"老师……我压根儿听不懂啊。虽然之前自己开了一家小公司，但我才初中毕业哎，麻烦您讲得浅显些。"

"丸山先生，对你来说，在酒馆跟人打架，导致对方死亡，这就是一个坏果子。你也因此被警察逮捕，关进了监狱，而你正在反省自己的行为，并希望改过自新，这就意味着那个坏果子已经被摘下来了。但是，只要毒根依然残留在你的心中，你将来也许还会重蹈覆辙。在我看来，这次你殴打那位寺山先生，也是因为你的心中还留有毒根。所以，我们来一起寻找你心中那条毒根，怎么样？"

"说是这么说啦……"

"丸山先生，你从小就容易生气吗？"宗佑问道。

丸山的视线往上移，像是在回忆，沉吟了一会儿后，他看着宗佑说道："不……小时候我应该不是这样的，当时我反而最讨厌脾气暴躁的人。"

"这是为什么？"

"因为我爸就是那种人。他会酗酒，喝得醉醺醺地回家，回家就对我妈和我拳打脚踢。刚才我说最讨厌，准确来说应该是憎恨。"

"令尊还健在吗？"

"不知道。"丸山摇了摇头。

"我读初中的时候，他就出轨跟外面的女人跑了。"

"这样啊……看来你对令尊有不少意见。"

"只是意见吗……我满脑子想的都是死也不原谅那个混蛋。小时候我还发誓绝对不要变成我爸那样的人……结果不知不觉中，我也变得跟他一样了啊。不对，虽然他离家后做了什么我不清楚，但至少，跟我们住在一起的时候，他并没有杀人，也就是说，其实我还比他更恶劣。我怎么会变成这样呢……"丸山叹了口气。

小时候我还发誓绝对不要变成我爸那样的人——

宗佑在脑中反复琢磨丸山的话。

丸山的决心越坚定，就越被不原谅父亲的想法所束缚，反而深陷在这种思维中无法自拔吧。

"你要不要考虑原谅自己的父亲呢？"

原本耷拉着脑袋的丸山突然抬起脸，宗佑的话似乎让他吓了一跳。

"原谅他？"

"对。我知道这样做不容易，但我想，对你来说这是很有必要的。"

宗佑认为，唯有靠原谅来斩断恶性循环，丸山才能真正摆脱父亲的阴影，开拓出自己新的人生道路。

"老师……这可难于登天呀。"丸山面露难色，再次抓了抓头。

"别着急，慢慢来吧。"说着，宗佑对丸山露出微笑。

宗佑去了趟总务科领回寄存的包，将手中的《圣经》和诗歌播放器收进包里，接着拿出手机放进上衣口袋。

踏出监狱大门，宗佑朝公交车站走去。打开手机一看，发现由亚给自己发来了一条 LINE 信息。

　　　叔叔，我想跟你见个面，越早越好。

发生什么事了吗？"越早越好"——这句话让宗佑很在意。
"我今天就有空，只是得到晚上 6 点之后。"
宗佑边等公交边发消息，马上收到了回复。
"那我们约 6 点半，在池袋西武百货的屋顶见面？"
"好。"宗佑打字时感到自己心跳加速。
他回想起前些天与真里亚见面时的对话。

　　　近期我会找时间告诉她——

估计是真里亚已经告诉由亚，她们并非亲生母女的事了。
宗佑打开门，走上屋顶，顿时一阵冷风扑面而来。幽暗的天色中，他继续往前走，发现由亚就坐在儿童游乐设施前面的长椅上，便向她走近。
发觉有人走近，由亚转过头来。她把两只手埋在上衣口袋里，身体缩成一团。
"这里很冷吧？要不我们去咖啡馆里聊？"
由亚摇了摇头。
"我担心影响到肚子里的宝宝。"宗佑接着说。
"不会聊很久的，天气预报说这一整天都是好天气，我想和叔叔在星空下说说话。"

"那我去买点热饮来。你想喝什么？"

"奶茶。"

宗佑走到近旁的自动售货机买了热奶茶和咖啡回来，接着坐在由亚身边，将奶茶递给她。

拉开拉环，喝了一口奶茶后，由亚抬头仰望天空。宗佑也喝着咖啡，抬头望向天际。夜空中，几颗星星在深邃的黑暗里闪烁着微弱的光。

"……叔叔，你早就知道了吧。"

听到由亚的声音，宗佑将视线移回她身上。由亚依旧仰望着夜空。

"……我不是妈妈亲生的孩子。"

"嗯……你妈妈跟你说了什么？"

"我的亲生母亲是妈妈的妹妹，她叫优里亚，生下我不久就因为车祸去世。因为不知道爸爸是谁，也没有别的亲人，妈妈就收养了我……"

不是的。你的亲生母亲并非出车祸去世的，而亲生父亲就在你面前。

"妈妈说的是真的吗？她真的不知道我爸爸在哪里吗？"

由亚紧紧盯着宗佑，这让他苦恼不已。

他多希望告诉由亚，你的爸爸就在你眼前，打心底里向她道歉。

是我的出轨害死了你的妈妈优里亚，是我一直让你生活在孤单寂寞中。

他多希望自己能坦白真相，获得解脱。

但也无比恐惧……

"是真的。"宗佑说道。

"是吗……一直以来，真的很谢谢你。"由亚的微笑中带着一丝寂寞。

"……我并没有做什么值得你感谢的事。"

"妈妈突然间就要独自抚养小孩，而我因为没有爸爸总是觉得很孤单，是叔叔你一直在帮我们呀。你明明只是妈妈店里的客人而已。"

不是这样的，因为你是我的孩子。

尽管做不了什么大事，但人总想为自己的孩子做些什么，哪怕微不足道。

"我好幸福啊……身边有我最爱的妈妈，有可靠的叔叔，还有温柔体贴的康弘。我真是个幸运儿……"

昏暗的夜色中，宗佑看到泪水从由亚的脸颊上滑落。

"其实，下个月16号我们就要举办婚礼了。因为希望叔叔也来参加，我们没有选周日，特地安排在周六。叔叔能来吗？"

"那天说什么我都会去的。"

"太好了。还有一件事想请叔叔帮忙。"

"什么事？"

"希望婚礼上叔叔能陪我一起走红毯。"

听到这句话，宗佑感到一股暖流从心底涌上。他几乎要泪流满面，于是再次抬头仰望夜空。

"我问了会场的工作人员，他们说，一起走红毯的人，只要是对我很好的人就行。"

"那应该让你妈妈陪你走吧？"

"不，我希望妈妈能看着我走过红毯。好不好嘛，叔叔？"

"嗯……好。"

宗佑闭上眼睛，想象那一刻女儿和自己的样子。

"我干脆来换个造型吧。"宗佑睁开眼睛说道，由亚则不解地歪了歪头。

"比如说刮掉胡须，改戴隐形眼镜，这样陪你走红毯时形象会更好些……你觉得呢？"

"我觉得很棒！叔叔看上去肯定会比现在更年轻！好期待婚礼那天呀。"说着，由亚朝宗佑露出了灿烂的笑容。

3

目光从杂志上移开时，我看见一个年轻女人从窗外走过，她有一头棕色的头发，看上去与我年纪相仿。外面很冷，她却只在黑色大衣下穿了一件粉色内衣，还敞着胸口。女人径直走进这家便利店，拿起购物篮。

我把杂志放回架上，重新戴好帽子，压低帽檐，拿起购物篮在店里逛了起来。女人挑了零食和长筒袜放进购物篮，接着便前往收银台。

我拿起两瓶啤酒和胶带放进篮子，排在女人后面等待。

女人结完账离开收银台。

"下一位客人。"

我走到收银台前放下购物篮，面前的男店员开始扫描啤酒和胶带的条形码。

"一共是 823 日元。"

我从口袋里掏出一张千元纸币扔给他，接过购物袋后直接朝出口走去。

背后传来声音，我没有理会，走出了便利店。我从口袋里掏出手套戴上，沿着女人离开的方向前进。女人走进附近的一栋白色公寓，我跟着走了进去，只见女人背对着我站在门禁的对讲机前。

"晚上好。"

我在她后面开口，女人转过头来，应声道："晚上好。"她把手里的钥匙放在机器上，门开了。

我跟着女人走进里面，经过邮箱时她停了下来，我从她身旁走过，寻找公寓的电梯。

电梯就在楼梯旁边，停在七楼。

听到脚步声后，我按下按钮。

女人站在旁边等电梯下来。门开后，我先走进去，问她："你去几楼？"

"啊……麻烦你按六楼。"

我按下六楼的按钮，接着按下五楼。

到五楼后，门打开，我走出电梯，立刻走楼梯上到六楼。出楼梯口时，我看到女人就站在往前数第三扇门前。

我朝她走近，努力不发出声音，到触手可及的位置时，开口对她说道："你掉东西了。"

"啊？"女人转头看过来，我抡起手里的购物袋往她的脸上一挥，只听一声钝响，我立即抱住跪倒的女人，伸出一只手捡起她掉在地上的钥匙和购物袋。用钥匙打开门，我带着女人一起走进屋子。屋内一片漆黑，我松手放开女人，又传来一声钝响。

摸索一阵后，我打开电灯开关。女人仰面倒在走廊上，被砸烂的鼻子汩汩流血，她睁大眼睛看着我。

"不、不要……求你别杀我……"泪水从那双大眼睛中流下，她的身体不停颤抖，哽咽着说道。

我把食指放在唇前，她微微点头，听从了指示。

懂事的女人。

"你放心，我不会杀你。"

暂时还不会——

4

敲门声响起。

"请进——"宗佑回应后，狱警青柳打开门，领着一名身穿囚服的男子进来。

是奈良升平。大概一个半月前，宗佑第一次对他进行个别教诲。

"那就麻烦您了。"说完青柳从外面关上门。和上次一样，奈良低着头走向宗佑。

两人握手后，宗佑请奈良坐下，奈良依然把头埋得低低的，坐到宗佑对面。

"我们有段时间没见了。"宗佑对奈良说道。

自上次见面后，宗佑到监狱又进行了两次个别教诲，但奈良都没有出现在申请者之列。

"我在犹豫是不是应该接受教诲……"奈良嘟哝着答道。

"为什么这么说？"

奈良没有回答。

"你是不是觉得，自己不配获得赦免？"宗佑试探着说。

上次个别教诲时，奈良强烈抵触《圣经》中"无论什么人在上帝面前都能得到赦免"的教义，说自己根本无法理解。

"上次我也说过，这不代表你在社会上犯下的罪会消失无踪，受害者的家属也不一定会原谅你。在上帝面前获得赦免，并不是这个意思。对于自己造成的后果，现在的你是怎么想的呢？"

"怎么想……我觉得自己做的事很恶劣，恶劣到被关监狱很多年也是应该的。"奈良低着头说。

"你认为全都是自己的错？"

"……我不这么想。我知道杀人是不对的，可是……我是那么真心地爱着她……都是因为她践踏了我的感情……如果她肯认真理解我的感情，不要把我当作跟踪狂的话……我也不会走到那一步吧。"

"因为你无法原谅她，所以杀了她？"

"是的。"

"而现在你依然无法原谅她？"

奈良没有抬头，只是点了点头。

"那当然……毕竟是她害我被关到这种地方来的。等我刑满释放，都已经是快 50 岁的中年人了。虽然我夺走了她的生命，但她也夺走了我人生的可能性啊。"

"你是不是觉得，自己无法得到任何人的原谅，所以也无法去原谅她？"

听到这个问题，奈良慢慢抬起头，用浑浊而阴郁的目光盯着宗佑。

"我认为，当人意识到自己能获得赦免的时候，他也能学会去原谅别人。"

奈良仿佛被宗佑的话所触动，瞪大了眼睛。

"如果你一直无法原谅她，你就永远无法忏悔和反省自己的罪行，也无法直面自己造成的后果。这样生活下去，一切都不会有任何改变。你的内心既遭受着罪恶感的折磨，又燃烧着对她的仇恨，永远找不到自己活着的意义，你要度过这样的一生吗？或是在上帝面前蒙受赦免，找出自己存在的价值，用余下的时光来赎罪……对你来说，哪一种人生更好？"

奈良紧紧盯着宗佑，似乎在仔细咀嚼他说的每一个字。

"我能问个问题吗？"奈良突然开口。

"什么问题？"宗佑答道。

"保阪先生，您从小就是基督徒吗？"

"不，我在 22 岁时接受了洗礼。"

"您为什么会成为基督徒？"

因为我希望自己的罪过能得到赦免。

"我也曾想获得上帝的赦免。"宗佑只说了这句话，没有提及具体缘由。

"对了……您有孩子吗？"

奈良这么一问，宗佑脑海里就浮现出由亚的身影。

"不，我没有孩子。"

"太太呢？"

"我单身。"

"这样啊……那我问了也没用吧。"说着，奈良移开视线。

"虽然不知道我答不答得上来，但不妨先说说看吧？"

奈良犹豫不决地将目光转回来。

"假如保阪先生您有家庭，有老婆或孩子……您深爱的家人被人杀害了，就像我做的那样，您会原谅那个凶手吗？"

只是想想那样的情形，奈良的胸口就传来一阵钝痛。

宗佑回忆起今早电视上看到的新闻。

昨天，世田谷区经堂的一座公寓里发现了一名年轻女子的尸体。听到这名女子与由亚同龄，年仅 25 岁，还是在双手双脚都被绑住的状态下被勒死的，宗佑就痛心不已。

假如由亚也有同样的遭遇——

沉思一阵后，"我不知道……"宗佑摇头说道。

奈良目不转睛地盯着他看。

"我不知道自己会不会原谅他。"宗佑实话实说。

"也是……"奈良叹了口气。

"但是，我不会抗拒上帝赦免他。"宗佑直直看着奈良的眼睛说道。

5

听到手机铃声响起，宗佑睁开眼睛。黑暗中，放在床头的手机发出微弱的光芒。宗佑抓着手机从床上坐起来，看到手机屏幕上显示"真里亚"，他立即接起电话。

"喂……"

"抱歉这么晚打扰——"

这么晚？宗佑也不知道现在几点，他开灯看向时钟，是凌晨 2 点 40 分。

"怎么了？"宗佑问道。

"刚才康弘先生给我打电话……一直只说由亚她……由亚她……因为他语无伦次，讲话又抽抽搭搭的，我也不知道发生了什么事，只听明白了他现在在练马警察局……电话就被挂断了……再打回去也打不通了。"

"练马警察局？"

出声询问时，宗佑发觉自己的声音也在颤抖，和真里亚一样。

一种不祥的预感让他心如刀绞。

"对，可能遇到什么事了。我打算现在坐出租车去东京。"

从仙台到东京至少要花四个多小时，出租车费也不是一笔小数目。

"我现在就去练马警察局，你明天一早再搭首班新干线来吧。有什么消息我马上联系你。"

"好……麻烦你了……"

挂断电话，宗佑迅速换好衣服，匆匆忙忙走出牧师馆。他快步走向大街，错过好几辆出租车后，终于拦下一辆坐了上去。

"请到练马警察局。"宗佑对司机说，出租车立马就出发了。宗佑背靠座椅，把手放在膝盖上。双手正剧烈颤抖着。

宗佑在心中默默向上帝祈祷，虽然不知道出了什么事，但愿由亚一切平安。

一路上他都心急如焚，盼望着赶紧到达警察局，但当司机告诉他"快到了"时，他突然又感到一阵恐惧。

出租车停在警察局前。宗佑递给司机一张 1 万日元的纸钞，没等找零便下车直奔大楼。走到空无一人的接待处，他大声喊道："不好意思，有人吗？"很快一名身着制服的男人走了出来。

"我想询问北川由亚女士的情况。"

宗佑发现男人的表情明显紧绷了起来。

"您是？"

"我是由亚女士母亲的朋友，因为她人在仙台，我就先来了解情况了。由亚女士遇到什么事情了吗？"

"我去叫经办的人过来，请您在那边稍等一下。"

说着男人指向接待处前面的长椅。宗佑走过去，但没有坐下，而是站着等候。不久，一位看上去与宗佑年龄相仿，西装革履的男人走了过来。

"您认识北川由亚女士吗？"男人问道。

宗佑点了点头。

"我是刑事科的中西，请问您是北川由亚女士的亲属吗？"

"不……我是由亚女士母亲的朋友，她人在仙台，没法立即赶过来，所以我先来了解情况。由亚女士的未婚夫，木本康弘先生在这里吗？"

"没有，他在医院。"

"医院？"

"在我们这里问话的时候，他因为过度呼吸晕倒了，所以我们叫了救护车……"

"请问……由亚女士呢？"宗佑踌躇不安地问道。中西的嘴角一歪。

"她过世了。目前我们正按谋杀案开展调查。"

霎时间，宗佑脑海里一片空白。

"——您还好吗？"

这声音让宗佑回过神来，他抬起头，站在面前的中西正担忧地俯视着他。

刚才听了中西的话，宗佑瞬间感到一阵眩晕，不禁跪倒在地。他无法理解。由亚过世是什么意思？

正按谋杀案开展调查又是怎么一回事……完全搞不懂。这话叫人怎么相信？

在中西的搀扶下，宗佑往自己颤抖不已的双脚上使劲，总算站了起来。

他想立即追问中西那番话是什么意思，但嘴唇直打哆嗦，一点声音都挤不出来。

"这里不方便，我们换个地方详谈吧。"说着，中西转身离开接待处。宗佑想跟上中西的背影，脚却像灌了铅似的，寸步难行。

好不容易来到电梯前，走进电梯后，中西按下二楼的按钮。出了电梯，宗佑随中西穿过走廊，并在最里面的一个房间前停下脚步。

中西打开门，说了声"请进"。宗佑走进房间，里面只有一张桌子和四把折椅摆在正中央，布置十分简单。

"请坐下来稍等一会儿。"

说完中西就离开了房间。宗佑走到对面的椅子上坐下，膝盖又开始剧烈颤抖，他伸出双手抓住膝盖，用力想控制住，结果反而让全身都开始哆嗦起来。

门开了，中西走进房间，将手里拿着的塑料茶杯放在宗佑面前，接着在对面坐下。

"抱歉，只有些便宜茶，希望您别介意。"

"谢谢您……"宗佑应道，目光落在茶杯上，但他实在没有力气伸手去拿。

"昨晚 11 点 50 分左右，木本康弘先生拨打了 110 报警。"

这句话让宗佑的视线又回到中西身上。

"由于木本先生当时无比惊慌失措，接警的指挥中心警员一时间也没能掌握情况……后来终于问出，原来木本先生去由亚女士家里时，发现由亚女士已经身亡，于是指挥中心连忙派警员前往案发现场。到现场后，警员按门铃却无人应答，因为门没有上锁，他们直接进屋，随后在最里面的房间发现一位已经离世的女性，木本先生就待在她身旁。"

"那位……已经离世的女性……真的是由亚……不对，真的是由亚女士吗？"宗佑勉强挤出一句话。中西点了点头。

"由亚女士现在在哪里？"

"我们将她安置在这里的太平间，之后会安排尸检。"

"我能去看看她吗？"

宗佑怎么都不愿相信，除非亲眼看到由亚，否则他绝不可能相信。

"木本先生已经辨认过遗体，确实是北川由亚女士。"

"但是……"

"您最好不要看。"

话被中西强硬地打断，宗佑立即回击："这是为什么！"

"遗体的损伤非常严重。"

"损伤非常严重？"

中西点头，微微避开视线。

"有多严重？"

中西没有回答宗佑的问题。

"由亚究竟变成什么样子了……请告诉我……！"

宗佑感觉气血上涌，他抵着桌子探出身，大声追问中西。中西叹了一口气，直直看向宗佑。

"发现遗体时，她的双手双脚都被胶带绑着，脸上有被钝器之类的东西多次殴打所留下的严重伤痕……"

一股寒意从后背蹿上，胃里好像也有东西要翻腾出来，宗佑不由得捂住嘴低下了头。

"脸上的损伤非常严重，就连未婚夫木本先生，只看脸部也很难马上确定是由亚女士，最后是根据身体上的痣来判断确实是她……"

"是、吗……"宗佑强忍着内心的痛苦，轻声答道。

"后来警员请木本先生一起回到这里，我们向他询问了发现由亚女士的事情经过。木本先生住在江古田，距离北川由亚女士在练马的住处有两站远。昨晚 10 点左右，由亚女士给木本先生发了一条 LINE 消息，说是'突然想吃冰激凌，我去一趟便利店'，但之后就杳无音信。木本先生觉得有些不安，因为由亚女士平时出门的话，到家肯定会给他发消息，再加上又是深夜时分，不安变成担忧，木本先生便直接去找她。赶到公寓时，他看到一个购物袋掉在屋子前面的走廊上，里面装着冰激凌，屋子竟然还没上锁，察觉异样的他走进房间，发现由亚女士已经没有了呼吸，状态就如刚才所说的那样。"

听中西的描述，宗佑再次意识到，木本是目睹了由亚凄惨的遗体。

他试着想象木本当时遭受的震惊和痛苦。如果亲眼看见遗体的人是自己，他恐怕无法保持理智。

"询问途中，木本先生说要去洗手间，但许久没有回来，我们去找他时，发现他因为过度呼吸倒在地上，于是将他送去了医院。"

木本应该是去洗手间的时候给由亚的母亲真里亚打了电话。但很快他就晕倒在地，之后也没法接听真里亚的回电。

突然，上衣口袋里传来一阵振动，把宗佑吓了一跳。他从口袋里拿出手机，屏幕上显示是"真里亚"的来电。

估计是因为宗佑迟迟没有联系，她担心得打电话来问。

"没事，您接听吧。"

尽管中西这么说，宗佑却盯着手机屏幕，始终无法按下接听键。

该怎么说才好？

由亚过世了——不对，被杀害了——

无论如何，这都不是能用电话或 LINE 说出口的事。

宗佑把手机塞回上衣口袋，漫长的振动持续加剧内心的苦闷，而他只能一味忍耐。

宗佑坐在接待处前面的长椅上，注视着大门的方向。他看到真里亚走进来，马上发现自己，"宗佑——"真里亚怒气冲冲地朝他走来。

"我给你打了那么多次电话，发了那么多条 LINE 消息！你为什么都不回我！"

到现在为止，真里亚给他打了好几百次电话，发了无数条LINE消息，但宗佑束手无策，只能任由手机响个不停。

"对不起……"

宗佑只挤出这句话，无力地从长椅上站起来。他看向真里亚，却不敢直视她的眼睛。

"究竟发生了什么事……？由亚呢？康弘先生呢？"真里亚忐忑不安地问道，语气与刚才截然不同。

"康弘先生现在在医院。"

宗佑勉强给出一个回答，真里亚困惑地歪了歪头。

"医院？由亚呢？由亚在哪里？"真里亚紧追不舍，目光中充满悲痛。

宗佑原本打算与真里亚见面后好好说清楚，此刻却发觉自己根本没有勇气开口。他没有回答，而是走向接待处，对身着制服站在那里的职员说道："麻烦找一下刑事科的中西先生。"

"刑事科是怎么回事？"紧随其后的真里亚讶异地问道，"……你说，到底是怎么了呀？！"

面对真里亚接二连三的质问，宗佑只能默默忍受，终于他看到中西向这边走来。

"这位是由亚女士的母亲。"

"这样啊，我是刑事科的中西。"中西对真里亚说道，接着给宗佑使了个眼神。

"情况我还没告诉她。"宗佑说。

"是吗……"中西同情地点了点头。

"我们去其他地方谈吧。"

中西领着两人前往刚才来过的二楼房间。

走进房间，宗佑和真里亚并排坐在桌子的一边。也许是察觉到他们都没有喝茶的心情，这次中西直接在他们对面坐下。

"究竟发生了什么事……由亚在哪里？康弘先生在医院……又是怎么回事……"

真里亚话音刚落，中西便端正了坐姿，看到这里，宗佑闭上了眼睛。

他太害怕看到真里亚得知真相后的反应了。

"非常遗憾，由亚女士已经去世了。"

只听到倒吸一口凉气的声音。

"昨晚 11 点 50 分左右，木本先生在屋里发现已经身亡的由亚女士，于是报了警。目前我们正按谋杀案开展调查。"

"骗人……你骗人……"

充满悲痛的呢喃声回荡在耳边。

"这是真的。请您保持镇定……"

"这不可能是真的！她怎么会……"

宗佑睁开眼睛，看向身旁的真里亚。她盯着中西的眼神锐利无比，仿佛要将他洞穿。

"我能理解您的心情，但由亚女士确实已经不在了。接下来我们会全力以赴逮捕凶手，告慰由亚女士的在天之灵，为家属伸张正义……"

"由亚在这里吗？"

中西点头。

"她在地下的太平间，稍后会安排尸检。"

"让我见她！现在就让我见由亚！"

"还是不要看比较好。"宗佑替中西说出这句话，真里亚转过头对他怒目而视。

"为什么？！"

"你会更难受的。"宗佑只能这么说。

"我是由亚的妈妈，明明就在身边，怎么就不能见她！"

真里亚不顾一切，咄咄逼人。宗佑轻轻将手搭在她肩上，安慰道："你冷静点。"

"由亚女士的遗体，死状非常惨烈。"

"惨烈？"

真里亚愤怒的目光转向中西。

"由亚女士的脸上有被钝器之类的东西多次殴打所留下的严重伤痕，连木本先生都没法马上辨认出是她。"

和刚才的宗佑一样，真里亚用手捂住嘴巴，猛地干呕。

"那……宝宝呢……"真里亚的叫喊带着哭腔，中西疑惑地看向宗佑。

看来木本没有对他提到这件事。

"由亚怀孕七个月了。"

听宗佑说完，中西露出沉痛的神色。

"请让我见她……让我看看由亚……我不信……那个人肯定不是由亚。康弘先生去由亚家里，突然发现有人死了，他惊慌失措，才误以为她是由亚，毕竟康弘先生一开始也没认出来不是吗？如果面目全非到谁都认不出来……认不出来的程度……我这个做母亲的，看过后自然能确定……那不是我女儿……"真里亚哽咽着哀求道。

"我明白了。既然您这么坚持……那就见一面吧。"

中西的话让真里亚抬起头来。

"这样真的好吗？"宗佑问道。

真里亚轻轻点了点头，从椅子上起身。

"保阪先生，您是怎么打算的？"

对于中西的询问，宗佑犹豫了。

假如亲眼看到由亚惨不忍睹的遗容，他根本没有自信能保持清醒。然而，不能让真里亚独自面对的想法最终占了上风。

"我也一起去。"

宗佑站起来，三人离开房间，搭乘电梯到地下一楼。宗佑和真里亚跟着中西穿过走廊，最后在挂有"太平间"牌子的门前停下。

"请进。"

中西打开门，但真里亚迟迟没有挪动身体。

"要不还是算了吧？"

听宗佑这么说，低垂着脑袋的真里亚如幼儿般不情愿地摇了摇头。

宗佑紧紧握着真里亚的手，与她一起走进屋子。屋子中间摆了一张床，有个人躺在床上，脸部和身体都被白布覆盖。

身后传来门关上的声音，中西向床后的祭坛走去。他点燃线香插在祭坛的香炉上，接着对躺在床上的人双手合十。

"请辨认。"说完，中西揭开遮住脸部的白布。

看到面容的那一瞬间，一种锥心刺骨般的痛苦掠过，宗佑整个人僵在原地。

真里亚的尖叫声在房间中回荡。

6

"这是发生什么事了……"听见司机喃喃自语，宗佑睁开眼睛。道路左侧①的车道上有多辆汽车停成了一列，看到一些车上喷涂的电视台标志，他的胃部不禁传来一阵钝痛。

出租车一驶入殡仪馆的停车场，之前聚在人行道上的人群纷纷追了上来。随后出租车停在场馆入口处，一下子就被拿着麦克风和摄像机的媒体记者团团包围。

"您是北川由亚女士的家属吗？"

"请问您对凶手是什么态度？"

"经堂那起案件，受害者家属愤怒地表示绝不放过凶手……两次行凶手法十分相似，目前普遍认为是同一凶手作案。"

刚下车，麦克风就顶到宗佑面前，提问连珠炮似的轰炸而来。

"不好意思，我没有什么要说的，请让我们安静地送别故人。"

说着，宗佑三步并作两步跑进场馆。他在接待处交过奠仪，签好名簿后走进会场，看见真里亚站在祭坛前面，便朝她走去。

"外面闹哄哄的。"宗佑开口说道。

真里亚正凝视着遗照，她转向宗佑，愁眉苦脸地点了点头。

棺木摆放在被无数鲜花环绕的祭坛前，小窗没有打开。

"要看看由亚的脸吗？"见宗佑看着棺木，真里亚问道。

宗佑有些犹豫。

在警察局太平间里看到的由亚的样子，至今仍鲜明地浮现在他的脑海中。

---

① 日本交通规则中车辆靠左侧行驶。

彻底面目全非的女儿。

他害怕再次看到由亚的面貌。可一旦明天过去，无论他多么渴望，也永远无法再见到她了。

如果连最后的道别都不是面对面，由亚也太可怜了。

宗佑点头后，真里亚伸出双手打开小窗，宗佑注视着由亚。

可能是因为经过化妆整仪，由亚脸上的损伤不再那么刺眼，但宗佑依然很难将她与自己熟知的由亚联系起来。

"刚才工作人员问我，小窗要怎么处理。"

"关起来吧，我们看过她就好。"宗佑说。

真里亚依依不舍地慢慢关上小窗。

"康弘呢？"

宗佑从刚才便一直在会场内张望，却没看见木本的身影。

"他的父母刚才来了……他们说，虽然很过意不去，但以康弘现在的精神状态实在没法来参加……"

"是吗……"

宗佑和真里亚在太平间看到面目全非的由亚都差点昏过去，木本直接在案发现场的房间发现由亚的遗体，当时他的震惊肯定难以言喻。

"仪式马上要开始了。"

宗佑点点头，与真里亚一同离开祭坛。

"……明天后续还有很多事，我们也先告辞吧……"

木本的父亲坐在对面，边说边催身旁的妻子站起来。

宗佑和真里亚也站起身，向留到最后的两人鞠了一躬。

"明天的出殡也麻烦二位了。"

"我们会尽量让康弘也来的……"

"请让他不要太勉强自己了，我非常能理解他现在有多么难受。"

他们一起送木本的父母到殡仪馆出口，接着回到用于守夜用餐的房间。两人面对面坐在矮桌两头，不约而同地长叹一口气。

"宗佑，今晚你怎么安排？"

"我可以留下来过夜吗？"

"当然了，这样由亚也会更开心。"

真里亚起身走向房间角落的冰箱，从里面拿出一瓶日本酒，又从旁边的架子上拿了两个杯子回来。

向故人敬酒后，两人喝下杯中的酒。一种无法释怀的感受让宗佑倍感痛苦。

在由亚还小的时候，宗佑就常去她们家，却一次也没有在仙台过夜。

父女第一次在同一个屋檐下共度一晚，竟然是在这样的情况下，这让宗佑悲伤得难以自制。

"我很后悔……"

听到宗佑的低语，原本垂头丧气的真里亚抬起脸，困惑地歪了歪头。

"我原本想告诉由亚真相。"

他想向由亚忏悔，包括自己出轨害死她的亲生母亲优里亚的罪过，以及一直让由亚生活在孤单中的愧疚。

如果坦白一切，由亚肯定会责怪他、埋怨他，他害怕由亚从此离自己而去，结果始终没能说出口。

然而，哪怕会被由亚骂得狗血淋头，他也应该下定决心接受一切后果，向她袒露自己的心意。

如今这个心愿再也无法实现了。

"由亚肯定……早就发现了……"

"为什么这么说？"

"只能说是我的直觉……我告诉由亚，优里亚才是她的亲生母亲后，她问我那父亲是谁，我死活装作不知道，但她一直追问是不是宗佑叔叔。虽然我矢口否认，但看她的表情，似乎一点儿也不相信。"

而在那之后，由亚还请宗佑陪她走红毯。

"由亚常说，宗佑要是她的爸爸就好了。"真里亚举杯喝酒，语气中带着一丝落寞。

7

拿起对方递来的18000日元塞进上衣口袋，我走出奖品兑换处。

正朝车站走去时，裤兜里传来一阵振动，我拿出手机。是宫本打来的电话。

"你现在有空吗？"

一接通电话就听到了宫本的声音。

"嗯……算挺闲的吧。"

"有个活儿想找你帮忙，做不做？挺好的一桩生意。"

他可能又要叫我搞电信诈骗吧。

离开少管所后，我在福利院待了一阵，在那里认识了宫本。后来到了该走的年纪，我无家可归，既没工作也没钱，不知如何是好的时候，宫本几次给我介绍过能挣钱的工作。

现在的我照样没地方住，算上刚才玩弹珠机^①赢的钱，手头上的钱也就 2 万日元左右。

"也可以啊。"

"那你现在能来池袋的酒吧吗？我们一起喝过几次的那家，见面再细说。"

"行，我现在就过去。"

推开门后，铃铛的声音响起，吧台里的男人马上说了句"欢迎光临"。这家小酒吧只有十个吧台座位，现在一个顾客都没有。

"您是一位吗？"

看看不就知道了嘛。我没搭理他，在右侧的座位坐下，从上衣口袋里拿出香烟和廉价打火机放在吧台上。

"您要喝点什么？"男人一边摆放烟灰缸和杯垫，一边不悦地问道。

"啤酒。"

"生啤可以吗？"

我回了句"随便"，男人便转身走向吧台深处。不一会儿，男人回来，在我面前放下一杯酒。

我喝了一口啤酒，叼起香烟。打火机啪嚓啪嚓地响，却怎么也点不着。这种 100 日元的打火机总是用不了多久，让人很是不爽。

"有没有打火机或者火柴？"

男人在酒柜底下的抽屉里翻找了一阵，摸出一个 100 日元的打火机。

①弹珠机始创于日本，是一种具有娱乐与博彩成分的机器。

"只有这个了，离开时请还给我。"说着，他把打火机递过来。

终于点上了烟，我深吸一口吐出烟雾，继续喝酒。

铃铛声响起，我转头看去。

只见一群西装革履的男人鱼贯而入。这家店只有吧台的座位，哪里坐得下这么多人。正纳闷时，男人们从背后将我团团围住。

"你就是石原亮平吧。"

其中一个男人对我说道。我没理他，伸手去拿酒杯，但手腕马上被身旁的男人抓住，许多只手一齐伸过来将我的整个身子按倒。

"石原亮平——你涉嫌杀害北川由亚女士，我们要逮捕你。"

话音未落，手腕上就传来冰冷的触感，干涩的金属碰撞声刺入耳中。

"我能说句话吗？"向面朝门边桌子的西装男搭话后，他转过头来。

"我肚子有点痛，可以给我松开腰绳^①吗？我不会逃跑的。"

男人摆出一副不闻不问的样子，移开了视线。

果然不行。我冷笑一声。

门开了，又一个男人进来，他同样也是西装革履，手里还拿着一沓文件。

"我是警视厅搜查一课的武藤。"

说着，男人将文件放在桌上，在我对面坐下。

"开始审讯前要问你几个问题。你的姓名是？"

"我保持沉默。"

---

① 日本警察用来约束嫌疑人的特殊绳索，可以防止嫌疑人逃跑。

"年龄？"

"我保持沉默。"

"从事什么工作？"

"我保持沉默。"

"你的住址和籍贯是？"

"我保持沉默。"

该问的都问完后，面前的男人冷冷地笑了。

"看来你到底是有经验的，很清楚沉默权是什么。不过这是规定，我还是得再声明一遍，对于不想说的事情，你有权保持沉默。"

我点点头表示明白。

"接下来我会说明你被逮捕的理由，请回答我的陈述是否正确。平成三十一年 2 月 7 日晚上 10 时 10 分许，嫌疑人闯入位于练马区丰玉中三丁目五十二番十二号①的丰玉天空城 203 号室，杀害北川由亚女士后离开现场。"

"我不知道你在说什么。"

"这件事你没有保持沉默啊。那么，2 月 7 日晚上 9 点到 11 点之间，你在哪里，做了些什么？"

"记不清了，毕竟是那么久之前的事。"

"到现在还没过两周。那我来说说我们查到的，帮你回忆一下吧。2 月 7 日，从下午 1 点到晚上 9 点 20 分左右，你在练马站附近的'活力钢珠练马店'玩弹珠机，对不对？店里面和奖品兑换处的监控拍到了疑似是你的身影。后来大约两个半小时之后，也就是晚上 11 点 50 分左右，你回到练马站附近，走进一家叫作'乐

———————————
① 丁目、番、号均为行政区划单位。

辰馆'的网咖，一直待到隔天早上。顺便一提，网咖可以查到你当天用会员卡消费的记录。"

"应该是有人捡到卡，冒充我用的吧？"

"你的意思是，你弄丢了'乐辰馆'的会员卡？"

被眼前的男人这么一问，我点了点头道。

"以防万一，我会把使用过的网咖会员卡丢掉。看一下我刚才被你们扣押的钱包不就知道了嘛。"

"是吗……这么说，你根本没去过丰玉天空城 203 号室？"

"嗯，事情就是这样吧。难不成是监控拍到了我的脸吗？"

"没有……"

面前的男人摇了摇头，伸手探进上衣口袋，拿出一个东西，放在桌上。那是一个装在密封袋里的，银色的汽油打火机。

"这个东西掉在北川由亚女士的遗体旁边，上面有你的指纹，与以前案件中采集的指纹相符。你该不会要说，这也是别人捡走，后来冒充你丢在她遗体旁边的吧？"

听着男人的话，我盯着汽油打火机看。

原来掉在那里了啊。我不由得笑出声来。

"有什么好笑的？"

"不，没什么。"我忍俊不禁地摇了摇头。

8

下公交后走一段路，便看到了那道红砖正门。宗佑刚要通过正门，却不由自主地在门前停下脚步。

即使可以装作若无其事地走进监狱，他能像之前那样进行教诲吗？

大概三个星期前，杀害由亚的凶手落网了，凶手是一名25岁的男子，名叫石原亮平。

据真里亚转述的警方的说法，石原最初否认自己的罪行，但当警方拿出在由亚房间里找到的，沾有他指纹的汽油打火机后，他就很干脆地认罪了。在由亚出事的前一周，在世田谷区经堂发现了一名女性遇害的遗体，那也是石原所为。

由亚的惨死让宗佑深受打击，因此他取消了上次安排的个人教诲。他也犹豫过要不要告诉西泽这件事，思来想去还是决定不声张，只推脱说身体不适。尽管如此，也不能连续两次推掉个人教诲，然而当真的来到门前时，他仍在犹豫要不要走进去。

宗佑长呼一口气，穿过正门。他进入千叶监狱的主楼，沿着走廊先到总务科，拿出《圣经》和诗歌播放器后将包交给职员暂存，接着前往等候室。

敲门后，宗佑打开等候室，坐在桌前的西泽立刻站了起来。

"保阪先生，您身体好些了吗？"西泽一脸关切地询问道。

"不好意思，给您添麻烦了，已经没事了。"

"因为您从没请过假，我很担心您。"说着，西泽坐到椅子上，准备泡茶。

"不用了，今天不麻烦您泡茶了。"

听宗佑制止了自己，西泽停下动作，抬起头看他。

宗佑心里忐忑不安，害怕西泽在闲聊时发现他不对劲。

万一西泽得知自己认识的人被罪犯杀害，恐怕也不知道该怎么与自己相处吧。宗佑甚至可能得辞去教诲师一职。不过，宗佑也不知道，自己内心中继续从事教诲师的意愿究竟还剩多少。

无论如何，他都需要一段时间冷静思考。

"毕竟隔了一些日子，我想稍微考虑一下该如何进行教诲。非常抱歉。"

"好的。今天的个人教诲是奈良、丸山、井口、布施、山田这五个人。"

一听到名字，宗佑的心就沉了下去。他们全都犯下了杀人罪。

"好的。"宗佑点点头，离开等候室。他沿着走廊走进教诲室，将脱下的大衣挂在衣架上，坐到讲桌前。宗佑把手肘支在桌上，闭上眼睛双手抱头，努力平复自己的心情。

接下来要面对的那五个人并不是石原亮平那样的人——

我有责任引导他们，借助上帝的力量指引他们不再走上邪路……这是我的使命……

敲门声让宗佑一惊，他看向房门。

"请进——"

房门应声而开，奈良跟着青柳走了进来。他不再像之前那样垂头丧气，正面看向宗佑的面庞似乎也变得温和了一些。

"接下来就麻烦您了。"

青柳退出房间关上门，奈良随即向宗佑走近并伸出右手。

宗佑注视着那只手，心中涌现出从未有过的迟疑。

他用那只手杀了人，正如杀害由亚的石原亮平。然而宗佑不能不握手。

宗佑轻轻握了一下奈良的右手，瞬间感到后背汗毛直竖，他连忙放开，指着椅子说"请坐"，并与奈良面对面坐下。

"听说您身体不舒服，现在好些了吗？"奈良问道。

"嗯，没什么大碍。你也申请了上一次的个人教诲，是吗？"

"是的。我一直希望能早点和保阪先生聊聊，简直迫不及待了。"说着，奈良有些羞涩地笑了。

今天是他们第三次见面，而宗佑头一次看到他露出笑容。

放在以前宗佑可能会感到高兴，如今却不再有这样的感情。

"你想和我聊什么呢？"宗佑问。

"我试着实践了您上次对我说的话。"

"我对你说的话？"宗佑问道，在记忆中翻找着上次的对话。

"我一直提醒自己，我已经得到了赦免。"

听奈良这么说，宗佑终于回想起来。

宗佑告诉奈良，当人意识到自己能获得赦免的时候，他也能学会去原谅别人。如果一直不原谅自己杀害的人，就永远无法做到忏悔和反思，也无法直面自己犯下的罪。

仅仅是一个月前的对话，现在想来却像遥远的往事。

"当我告诉自己，我是能被赦免的人时，不知怎的，感觉整个人都变轻松了。渐渐地我也觉得可以原谅彩希了……"

奈良不仅跟踪骚扰前女友彩希，最后还捅了她三十多刀，将她杀害。

"我想原谅彩希对我的冷淡，那么我也能在上帝面前获得赦免，就像您说的那样，接下来我要努力寻找自己活着的意义，这样出狱后我就能重新开始生活了。"

然而死去的人无法重新开始，人生也无法重来。听了奈良的话，宗佑再次意识到这个理所当然的道理。

最后的祈祷

无论是被石原杀害的由亚，还是被奈良杀害的彩希。

如果彩希的亲人听到这番话，他们会做何感想？

他们会原谅奈良吗？这个自认为已经获得赦免，哪怕只是在上帝面前获得赦免的奈良，而引导奈良产生这种想法的自己，真的可以被原谅吗？

彩希的亲人，被罪犯夺走生命的由亚，他们会原谅自己吗——

直视奈良的眼睛让他变得无比痛苦，宗佑不禁垂下头来。

"怎么了？我说错什么了吗？"奈良的声音仿佛是从遥远的地方传来的。

"没什么……不好意思，我去一趟洗手间。"

宗佑低着头起身冲出教诲室。

"怎么了吗？"站在走廊上的青柳问道。

"我去趟洗手间……"正待说出口时，宗佑再也抑制不住，当场跪倒在地，内心已达极限的烦闷仿佛冲破禁锢，全都吐到了地上。

第二章

1

走近西平寺，宗佑看到真里亚就站在门前。和自己一样，真里亚单手抱着一束鲜花。

"抱歉，让你久等了。"宗佑开口。

"没事，我也刚到。"

两人一起步入寺内，借来水桶，打好水后前往墓地。

真里亚的父母安葬在这座涉谷区内的寺庙，优里亚去世后，她的骨灰也安放在这里，如今由亚也在同一座墓地中长眠。

办完由亚的丧事后，真里亚就辞去了在仙台的工作，搬到东京以便随时能来扫墓。现在她住在板桥区大山的一间单身公寓里，在东京的保险公司工作。

"你跟木本还有联系吗？"

真里亚摇摇头。

"我跟他的妈妈通过几次电话，听说他的情绪依然不稳定，到现在还没法去工作。"

木本在由亚的葬礼后就辞掉工作回了新潟①的老家。看来他还没从发现由亚遗体时遭受的心理创伤中恢复过来。

"本来他应该以未婚夫的身份旁听庭审，但他似乎承受不住……"

明天，东京地方法院将举行针对杀害由亚的石原亮平的首次公审，两人相约前来祈祷，希望判决能给由亚一个公道。

来到墓前，两人一起清扫后献上鲜花、点燃线香。真里亚先蹲下来合掌祈祷，真里亚起身离开后，宗佑走到墓前，闭上眼睛双手合十。

通过霞关地铁站的检票口，宗佑有气无力地走向 A1 出口。怎么都提不起劲走楼梯，他按下按钮等电梯下来。

算上今天，这是他第四次在这一站下车。

既然都享受过了，那我活着就没有任何遗憾了，你们随时可以判我死刑——

首次公审时，被告人石原亮平由于对宣读起诉书的检察官发表无视规则的言论被责令退庭，当天直接闭庭，但之后的审理还是顺利进行了。

不过，在法庭上听着参与现场调查的警察和负责两名女性受害者尸检的专家作证，目睹由亚遗体时的记忆又一次清晰地浮现在脑中，让宗佑饱受蚀骨剜心之痛，而石原听取证词时的表现，更

---

① 新潟市是日本新潟县东北部（下越地方）的都市，也是该县的县厅所在地。新潟市也是本州岛日本海侧的政令指定都市。

是让宗佑怒不可遏。

石原的脸上从头到尾都挂着嘲弄的冷笑，偶尔还夸张地打哈欠，对自己犯下的罪行没有半点悔意，更别说会有什么罪恶感了。

自从第一次见到石原，宗佑便深陷在难以自拔的愤怒和悲伤中，连饭也吃不下，整天整夜地做噩梦。

还没出门前，他好几次想联系真里亚说今天不去旁听了，最后总算是打消了这个念头。

今天上午庭审安排的是被告人质询，下午是检方论告与求刑以及辩护人的最后辩论，下一次就是公开宣判。这意味着，一审中有机会见到石原的时间只剩两天。

这两天内，哪怕能看一眼石原痛苦烦闷的样子也好。宗佑多希望看到他因为害怕自己命不久矣而颤抖不已的样子，这是他对由亚所作所为的报应。

下了电梯，宗佑走向东京地方法院所在的合署办公大楼。今天这里依然充斥着手持麦克风和相机的媒体人士，以及申请旁听券的市民的喧嚣声。穿过汹涌的人潮，宗佑找到站在大楼前的真里亚，朝她走去。

离约好的时间还早，但宗佑还是说了句"抱歉让你久等了"，原本望着入口的真里亚转过头来。她一言不发地盯着宗佑，好一会儿才用阴沉的声音问道："你有好好吃饭吗？"

"嗯……有……"

这是骗人的。

"你的身体还好吧？"

真里亚点了点头，但宗佑觉得那也是骗人的。

她眼睛底下的黑眼圈深到连化妆也遮不住，脸颊在这一周的时间内也消瘦得凹了下去。

也许真里亚和自己一样，心理已经快到极限了。

宗佑把瞬间差点脱口而出的"今天还是回去吧"咽了下去，尽力挤出一句"那我们走吧"，便朝入口走去。

两人把包交给工作人员，穿过金属探测门，搭乘电梯前往 701 号法庭。

向站在走廊的工作人员表明身份后，两人进入法庭，照例坐在左侧旁听席的第三排。

真理亚把事先从包里拿出来的由亚照片举在胸前。

通过此前的审理，宗佑早已明白这些举动根本不会让石原的内心产生任何波澜，但他依然用冷厉的目光望向法庭，等待开庭。

石原在两名看守的押送下走进法庭，脸上依然挂着冷笑。他在年长的辩护人身边坐下，接着手铐和腰绳也被解开。

"请起立。"男性工作人员的声音响起，正中间的大门随之打开，三名法官、六名审判员①及两名候补审判员依次走入。

宗佑用余光瞥着既不起身也不低头的石原，行礼后坐下。

"现在开庭。今天是被告人质询。被告人，请到证人席前。"

男审判长说完，石原在辩护人的示意下起身朝这边走来。

如往常那样，石原瞄了一眼真里亚举在胸前的遗照，嗤笑一声，随后坐在证人席前的椅子上。

"下面请辩护人向被告人发问。"

听到审判长的指示，辩护人拿着一沓资料站了起来。

"我是辩护人德村，现在开始发问。首先……我想问的不是最

---

① 日本实施审判员制度，在特定的刑事审判中，从市民中选出与法官共同参与审理的人员被称为审判员。

近两起谋杀案，而是八年前你犯下的杀人案件。"

辩护人话音未落，石原便粗鲁地插嘴道："那个老太婆吗？"

"是你的祖母，"辩护人立刻正色回应，"16 岁那年，你用球棒打死正在熟睡的祖母，后来被警察逮捕。你为什么要做那种事？"

"因为她很烦人。"

"具体是哪一点烦人……不对，让你感到厌烦？"

"我干吗要一五一十地讲那些以前的破事儿？"石原不耐烦地转着头说道。

"可以告诉我们吗？至今我跟你有过多次会面，但除了这次的案件以外，你从不讲自己过去的事。"

"根本没必要说吧。"

辩护人明显叹了一口气。他翻开手上的资料说道："根据那起案件的裁判文书记录，在你 9 岁那年父母离婚，你跟着父亲生活，母亲则带走了当时只有 10 岁的姐姐，对吗？"

"没错。"

"你们父子二人一起生活了一段时间，大概三个月后，有一名女性开始与你们同居。离婚后大约一年，父亲带你去了祖母，也就是他妈妈的家里。当时父亲告诉你，他因为工作原因得去外地，要你暂时在祖母家住几个月，但后来父亲一去不回，音信全无。你认为，父亲更希望跟同居的女性过二人世界，所以才把你寄养在祖母家。"

"那又怎么样？"

"祖母原本靠养老金维持着节俭的生活，如今却多了一张嘴，导致她对你的态度常常很是严苛，而分开生活的母亲和姐姐也失去联系，你认为自己被家人抛弃，逐渐沉沦在孤独与绝望中，又只能与合不来的祖母住在一起。你失去求学的动力，祖母也不想在你身上多花钱，结果你没能读高中，一直窝在家里。因为祖母总是责骂你不去工作，没有给家里挣钱，你内心中长久的积怨与不满终于爆发，最终犯下那样的罪行。当时的庭审中，你的证言是这样的，对吧？"

"是吗，那又如何？"石原冷冷地问道。

"对于把你寄养在祖母家的父亲，以及分开生活、失去联系的母亲，你是怎么看待的？"

"我感谢他们。"

"感谢？"听到出乎意料的回答，辩护人惊讶地反问。

"对。正因为和老太婆一起住了六年，我才切身体会到活着的感觉，虽然只有一瞬间。"

"这是什么意思？"辩护人不解地歪着头。

"用球棒砸第一下的时候，我是对准脑袋挥下去的，但不小心打到肩膀了。"

"这是……当年你袭击祖母时的情形？"

"是啊。老太婆惨叫着想爬起来，所以我朝她脑袋接连打了几下，结果她很快就断气了。那个瞬间，我体会到一种从未有过的欣喜，我能感受到自己确实活着。"

接着他们还谈到石原离开少管所之后的情况，最后话题来到这次的杀人案。

"起诉书中提到的两起抢劫杀人案，你都承认是自己所为。对于那两位受害者，你现在是怎么想的？"

"什么怎么想——"石原对此嗤之以鼻。

"两名受害者都是 25 岁的年轻女性，她们与你毫无交集，原本拥有大好前途，你却夺走了她们的生命，你一点儿都不觉得对不起她们吗？"

"不觉得。"石原毫不犹豫地回答。

"你对受害者真的没有任何想法吗？犯下如此重案，你不觉得后悔吗？"

"有一件事确实挺后悔的。"

"什么事？"辩护人急切地探出身问道。

"如果我更慎重一点，就能多杀几个人了。"

"辩方发问完毕。"

辩护人垂头丧气地坐回座位。审判长说道："接下来请检方讯问。"

坐在宗佑前面的男检察官站起来。

"我是检察官平本，现在开始讯问。方才辩护人也说过，被告人对起诉书的内容没有异议，但你为什么要做出这种事？"

"就像我刚才说的那样，因为我想要体会活着的感觉。"石原淡然地回答道。

"仅此而已吗？不是为了钱财或女性的身体？"

石原没有回答。

"两名受害者的遗体上没有发现遭受性侵的痕迹。但是，她们的脸部遭到严重殴打，鼻梁扭曲，眼底骨折且大量出血。因为那样的相貌无法引起你的性欲，否则，你是打算满足性欲后再杀掉她们，抢走财物吧？"

"说实话，我对女人的身体没多大兴趣，但钱嘛，我是想顺便带走的。"

"刚才你说，想要体会活着的感觉，与抢夺钱财相比，哪一个动机更强烈？"

"当然是前者了。我靠打弹珠机赢了不少钱，拿她们的钱只是顺手罢了。毕竟人都死了，她们要钱也没用啊。"

"是吗？"检察官带着憎恶的目光盯着石原，点了点头继续问道。

"你刚才说，你对女性的身体没有多大的兴趣，既然如此，为什么挑年轻女性下手？如果说你想通过杀人来获得活着的实感，那么对象不一定非得是年轻女性吧？就像你犯下的第一起案件那样，选择老年人的话，由于力量差距大，不是更容易得手吗？"

"你真是不懂啊，杀人当然要杀年轻的吧？"

"为什么？"检察官面露不悦问道。

"假设人的平均寿命是 80 岁，与其杀掉只剩十年、二十年可活的老太婆，还是杀掉原本可能再活个六十年的年轻女人，带给人的满足感更强烈，更能让人切身体会到活着的实感嘛。至于力量上的差距，你说得没错，因为男人力气更大，所以我会挑女人下手。"

检察官用尖锐的目光紧紧盯着讲得兴高采烈的石原，嘴唇微动，虽然没听到声音，但宗佑觉得他大概是说了"畜生"。

"接下来我将详细讯问每一起案件。首先是在世田谷经堂发生的案件……你为什么要袭击受害者？"

检察官对石原的厌恶感明显体现在语气中。

"我在便利店看到她，那家伙装模作样的，让我很是讨厌。当时我就想，这种女人如果知道自己在求饶后还是会被我杀掉，会露出什么样的表情呢？"

石原的回答时而夹杂着笑声，宗佑只觉得胸口堵得慌。

"你事先考虑过用酒瓶殴打对方脸部并闯进家门的作案手

法吗？"

"不，这是我灵机一动想到的。我在便利店里四处寻找能用的东西，最后买了瓶装啤酒和胶带，跟在她后面出去了。"

"但在这起案件的现场调查中，并没有发现你的指纹。"

"我又不是傻子。走出便利店后，我就戴上了手套。女人走进旁边的一栋公寓，当时她站在门禁对讲机前，我也跟过去，对她说'晚上好'。结果她就以为我也是住户，傻呵呵地跟我打招呼。门开后，我们一起走进去，女人去查看邮箱，所以我先到电梯前等她。听到她的脚步声后，我按下电梯按钮，我们一起进电梯……"说到这里石原停了下来，歪着头思考。

"后来呢？"检察官催促道。

"是几楼来着……"

"受害者住在 602 室。"

"哦，对对……我问她'要去几楼'，然后按了六楼和五楼的电梯。"

"为什么要按五楼？"

"要是在同一层楼下电梯，她肯定会提防啊。因为楼梯就在电梯旁边，我在五楼出电梯门便直接走楼梯上了六楼。那个女人站在门前，正从口袋里掏钥匙，我悄悄靠近她，对她说'你掉东西了'。接着就抡起购物袋朝转过头的女人脸上一砸。当时的感觉就是，好啦，得手喽。"

"然后你就用受害者身上的钥匙打开房门，把她带进屋内？"

"对。"

"当时受害者的情况如何？"

"就像你说的，她鼻梁断了，一直在流血，吓得瑟瑟发抖。她边哭边求我不要杀她，所以我对她说，只要你别叫就不杀你。我用胶带封住她的嘴，绑住她的手脚。"

背后传来抽泣声，宗佑甚至感到椅子的靠背在震颤。

"杀老太婆那会儿下手太快了，没能尽兴，所以这次我慢慢地折磨完才杀了她。"

"你这个恶魔！"

女性的叫喊声响起，宗佑循声回头看去。

后排一位女性站了起来，恶狠狠地用手指着证人席。

"你这个禽兽！把洋子还给我！"

她应该是受害者的家属。

"请肃静。"审判长平静地说道。

"你这种人肯定会被判死刑的！下地狱去吧！"

"请肃静。"

女性无视审判长的话，继续对石原破口大骂，最后被赶来的两名工作人员半强制地带出法庭。

女性离开后，法庭内依然人声鼎沸。

"肃静！"

审判长严厉的呵斥终于让整个法庭安静下来。

"请检方继续讯问。"

于是检察官看向石原问道："听到刚才那位旁听人的话，你有什么感想？"

"她说得对。"石原带着笑意的声音在法庭内回荡。

宗佑只得强忍想要充耳不闻的冲动，听石原详细描述杀害由亚的细节。

"……接下来是在练马发生的第二起案件。你为什么再次袭击年轻女性？"

检察官的话让宗佑一惊，不由得看向邻座。真里亚朝证人席怒目而视，抓着相框的双手剧烈颤抖着。

宗佑拼命克制想要逃离法庭的冲动，将视线转回正前方。

"毕竟我都杀两个人了，被抓之后要么死刑，要么得蹲很久的监狱嘛。既然如此，不如在被抓之前多杀几个女人享受一下。所以我在打弹珠机赢钱后就买了把警棍，随身带着。"

"为什么不是刀？"

"用刀刺杀也太无聊了吧。我喜欢把人一顿猛殴，打到她没法反抗再慢慢勒死，这样更快乐。"

"你为什么盯上北川由亚女士？"

"跟之前那个女人一样，我在便利店看到她，对她产生了兴趣。"

"因为什么产生了兴趣？"

"因为她一脸幸福地笑着，看看杂志，又看看自己左手无名指戴的戒指。"

"为何这会让你产生兴趣？"

"你问的不是废话吗？杀掉那些年轻且洋溢着幸福的人，那才更开心啊，不是吗？"

"继续说。"

"我走进便利店，那个女人刚好放下杂志在店里逛。我看到她拿冰激凌放进购物篮，猜测她可能就住在附近，于是跟着她走出便利店，因为上次买的胶带还有剩嘛。后面基本跟刚才讲的一样，我和女人一起走进公寓，看准她在门前掏钥匙的瞬间，用警棍朝她脸上打了几下，把她拖进屋内。"

"上一起案件受害者的遗体出现在玄关附近的走廊，这位受害者却是在屋子深处的房间，是你将受害者搬到那里的吗？"

"不是。把她拖进屋的时候她昏了过去，后来我要用胶带绑住她的时候，她醒过来逃进里面的房间了。她要是大声尖叫也就罢了，但好像因为太害怕，都发不出声来。我用蛮力打开她躲进去的那个房间的门，对着她的脸猛挥警棍想让她老实点，警棍正中脸部，她就这样倒在床上。我用胶带把她的手脚绑住，拍打她的脸把她弄醒。"

"为什么要这样做？"

"也许这是你的职业习惯吧，但你从刚才就一直问些理所当然的废话。杀一个昏过去的女人哪有什么乐趣可言啊。"

耳中传来石原的声音，夹杂着剧烈的耳鸣，让宗佑感到一阵眩晕。视野在疯狂旋转，恶心的感觉涌了上来。

不能再听下去了……

但不得不听……

他必须知道，由亚的最后一刻。

"女人醒过来后意识到自己的处境，就开始哭，流着红色的眼泪，还挺好玩的。她说自己怀着孩子，哀求我不要对她动粗，那时我才明白她为什么看着杂志微笑，那是一本给孕妇看的杂志嘛。"

宗佑试着想象在便利店翻看杂志的由亚。

她肯定是想到即将出生的孩子，想象着今后的家庭，不禁露出了笑容。她坚信一家人的未来充满希望。

然而……然而……

"我继续朝她的脸打了几下，她安静下来，估计是失去意识了，于是我在她嘴上也贴了胶带，让她不能再发出声音。不过就这样杀掉还是没什么意思，我又拍了好多次她的脸颊，把她弄醒，然后把两只手放在她的脖子上，慢慢地……"

突然胃里一阵翻腾，宗佑单手捂着嘴站了起来。他冲出法庭直奔厕所隔间，蹲在马桶前吐出了胃酸。

由亚——由亚——

绝不原谅那个男人，想让他尝尝和由亚一样的痛苦。

但是产生了这样的念头的自己，是不是就违背了上帝的教诲？

可是……

宗佑冲了马桶，拿袖口擦擦嘴角站了起来。在洗手池漱完口，他走出洗手间，发现真里亚就站在面前。

宗佑默默凝视着她泛红的眼睛，自己的眼睛恐怕同样一片血红。

2

"石原，要开门了——"

突然传来男人的声音，我朝外面看去，只见狱警打开房门站在走廊上。

"有人会见，快出来。"

我起身拿起拖鞋走出单人牢房。身后的狱警撵着似的把我赶上走廊，赶进会见室。

亚克力挡板的另一边，辩护人德村抬起脸看过来。我坐到他对面，问他："怎么？"

"我来问你是否有意上诉……昨天判决下来后，没机会找你谈。"

"不需要。"

不知道有什么好吃惊的，德村跟傻子似的，眼睛瞪得老大。

"你知道自己在说什么吗？这意味着死刑判决会生效呀。"

"反正就算上诉，也改不了判决吧？"

"那不一定。受害者是两个人……"

"三个人。"我打断他。

这可不能搞错，我实打实地享受过三条人命。

"话是这么说，但是……一审审判员参加审理做出的死刑判决，在二审改判无期徒刑的例子有很多。只要你更加诚挚地表现出后悔的样子，跟法庭解释说一审的时候，你因为自暴自弃，作证时才讲得那么粗鲁……"

这个男人对一个陌生人怎么就这么热心呢。

不管我会死还是怎样，都跟你没有任何关系吧。

之前这个好事的家伙还特地跑到看守所，自告奋勇要当我的辩护人。兴许他是想出名，但替我辩护除了损害自己的形象以外什么都得不到啊。

最后辩论的阶段，他还说什么，被告人明知自己会被判处死刑，依然做出对自己不利的证言，这正是他深刻明白自身犯下重罪的证据。真是太莫名其妙了，害我忍不住笑出声来。

"不巧的是，我讨厌集体生活。"

德村看着我，困惑地歪着脑袋。

"要是改判无期徒刑，我就不是关在这里，而是会被关到监狱里了吧？"①

---

① 在判决死刑后但尚未执行前，日本的死刑犯会被单独关押于七所指定的看守所中，而非监狱。

"是这样没错……"

"就这样待在这里，我既不会被强迫参加集体活动，也不用去干活，可以一个人在屋子里悠闲度日，不是吗？"

"但迟早会执行死刑的，你会被处以绞刑的。"

"就是被勒死而已吧。跟我干的比起来，这个死法可舒服多了。不能杀人享乐的话，我什么都无所谓。"

"你说这话是真心的吗？"

我点头。

"你真的要让判决确定下来吗？一旦生效，即使再后悔也无法撤销了。"

"我都说可以了。"

德村重重地叹了一口气，点头说道："我明白了。"

"最后问你一件事。"

"什么事？"

"你怎么会想替我这种人辩护？"

我不觉得这是什么难题，德村却沉默了。

"你有孩子吗？"

"有一个儿子在读大学。"

"如果你儿子被人用残忍的手段杀掉，你还想替凶手辩护吗？"

"不会。不过，我会希望其他辩护人帮助他摆脱死刑。至于刚才那个问题……确实，你的所做所为是不可原谅的，但我对死刑制度持反对态度，因为你很可能会被判处死刑，所以我想为你辩护。"

"你为什么反对死刑？"

"这个说来话长。"

"那算了。"

我从椅子上站起来，打算离开。

"最后我也有件事想跟你说。"

我把视线从门口转回德村身上。

"我觉得你在公审中的言行并不是你的本意。你不表现出悔改的态度，反而故作恶态，肯定有你的苦衷。"

好一个滥好人，也许该提醒他一句小心被人诈骗了。

"但是……假如我一直以来见到的就是真实的你，那我希望你能在死刑前找回哪怕一点人性。但愿有一天，你会为被你杀害的人流下眼泪。"

我望着德村露出苦笑。

再过一万年也不会有那天的。不，到那时候我早就死了。别说一万年，再过几年我就会从这个世界上消失了。

3

宗佑站在西平寺前，看见真里亚步履蹒跚、跌跌撞撞地朝他走来。

真里亚费了好大劲才走到宗佑面前，说道："抱歉，让你久等了。"

"没事。我们走吧。"

宗佑催着真里亚走进寺内，借来水桶并打好水后，他们走向墓碑。

昨天接到石原亮平的死刑判决已经生效的消息，两人便相约来墓前告诉由亚。

尽管从案发到石原被判死刑还不到一年，但对宗佑而言，这没有带来任何慰藉。没有喜悦，也没有安宁，他的心中只有无尽的空虚。

真里亚恐怕也是如此。

两人来到墓前，真里亚先是献花、上香，接着合掌祭拜。

"……让你受苦的那个男人已经被判死刑了……可是……就算他死了，也弥补不了你失去的生命，我却只能告诉你这件事……我没有办法让那个男人遭受更多报应……对不起……由亚……对不起……"

宗佑站在低声抽泣着的真里亚身旁，将手轻轻放在她的肩上，感受着从手心传来的颤抖。过了一会儿，真里亚松开手，从包里拿出手帕轻拭眼角，站了起来。

接着是宗佑蹲在墓前，闭上眼睛双手合十。

他在心中搜寻着要对由亚说的话，却一句话也找不到。

石原的死刑已成定局。知道这个让你饱受折磨的男人终有一天会被国家杀死，你会感到释怀吗？

公审中问到自己可能被判处的刑罚时，石原一副满不在乎的样子，斩钉截铁地说"就判我死刑嘛"，还明确表示，真的判了死刑他也不会上诉。

最终法庭确实做出死刑宣判后，站在证人席前的石原甚至哄笑着大喊说："谢谢你们啊，给了我想要的判决！"

哪怕石原在不知多少年后被处以极刑，然而这真的能抵消由亚当时经历的恐惧与绝望吗？

宗佑睁开眼睛，松开手站起来，提着水桶走开。

"我本来以为，只要那个男人被判处死刑，我心里也许会好受些。失去由亚的痛苦和悲伤不可能消失，但多少会有一点……一点不一样。可是，看到宣判时那个男人的态度，我真的好懊悔，我好恨他……心里乱成一团。就算死刑已经生效，也根本没有带来任何宽慰……"

面对真里亚的深切悲痛，宗佑只能无力地答道："是啊……"

"稍微休息一下吧？"

宗佑点头，与真里亚一起坐在寺内的长椅上。

"你还在做教诲师的工作吗？"真里亚突然问道。

宗佑有些困惑。

他说过自己在监狱做教诲师的事，但真里亚似乎一点儿都不感兴趣，所以后来他也没再提起过。

宗佑不明白为什么真里亚现在问起这个。

"教诲师不是工作，是志愿服务，我大概在半年前辞掉了。"宗佑答道。

"为什么辞掉？"

"为什么……因为我受不了了。"

"受不了要教化那些像石原一样的杀人犯？"

"差不多吧……也不是非我不可的事。"

"你跟他们提过石原的事情吗？说自己珍视的人被那个男人杀了之类的。"

宗佑摇摇头。

"对典狱长和监狱的其他人，我跟他们说因为教会的工作越来越忙，我抽不出时间去。几年前在一个牧师的聚会上，有个人对教诲师很感兴趣，说自己以后也想试试，所以我介绍了那个人来接替我。"

"这样啊……"真里亚低声道。

不只是教诲师，就连牧师是做什么的，真里亚也几乎没问过宗佑，原本她对宗佑皈依基督教的事也不怎么关心。

"怎么突然问这个？"宗佑很是讶异。

"宗佑，你能接受吗？"真里亚反问道。

宗佑困惑地歪着头。

"旁听审判时，我觉得……那个男人根本就不怕死，他甚至一心求死。现在死刑判决生效，也不知得再过多久才能执行，即使执行了，也不能让那个男人得到应有的惩罚。"

宗佑确实也是同样的想法。

"我想让他体会到由亚遭受的恐惧及绝望，我想让他在同等的痛苦中死去。"

"话是这么说，可我们根本无能为……"

"只有一个办法。"

话被真里亚打断，宗佑皱着眉头看向她。

"你能给石原做教诲吗？"

这话太出乎意料，宗佑简直不敢相信自己的耳朵。

"虽然我不知道教诲师具体是什么样的工作……但宗佑你也许有办法给他做教诲。"

宗佑默默听着真里亚一连串的话，感到胸中的怒火在沸腾。

"我为什么要给那种男人做教诲！"宗佑愤然吐出这句话。

"为了给由亚报仇雪恨！"

真里亚锐利的目光让宗佑不禁倒退一步。

"给由亚报仇雪恨？"

宗佑不明白这是什么意思。

"没错……由亚才 25 岁，年纪轻轻就被石原以极其残忍的手段杀害。从遭到石原袭击到断气的那段时间，她经历了多么绝望的恐惧和地狱般的痛苦……每当想到这些时，我都心如刀绞。由亚本来还有许多憧憬，她会和康弘结婚，生下孩子，组建幸福的家庭，也许她还幻想过未来能抱上自己的孙子，然而如今一切都被那个男人夺走了。别说抱孙子了，她甚至见不到自己的孩子。我恨那个夺走由亚一切的男人……那个夺走我们心爱的由亚的人，我恨他，恨之入骨……"

"我也是同样的想法，所以我为什么要给那种人做教诲？"

"我已经没有任何手段可以为由亚报仇了。现在石原在看守所里等待执行死刑，我没法亲手给由亚报仇。即使我再怎么渴望，这辈子也无法再见到那个男人……"

听到这里，宗佑察觉出真里亚的意图。

"你是要我去杀了石原？"

只要成为看守所的教诲师，也许就能与石原面对面。不是在被亚克力挡板隔开的会见室，而是可以直接接触石原。

"我不会要求你做到那种程度，这会毁了你的人生，我怎么可能自私到这个份上。"

"那你究竟……"

想要我做什么——

"我想让你通过教诲，给予那个男人活着的希望。"

这句话让宗佑一惊。

"教诲师直到死刑执行前是不是都能与死刑犯见面？"

宗佑含糊地点点头。

如果死刑犯本人要求的话，应该是这样吧。他只熟悉监狱里面的教诲，照他的想象，估计是执行时在场为死刑犯祷告。

"让那个男人产生想要活下去，想要一直、一直活下去的念头，在他临死前用最令人绝望的话语将他打入地狱，这才是对那个男人真正的惩罚，害由亚惨死的报应……能够真正杀死石原的，既不是做出死刑判决的法院和审判员，也不是按下行刑按钮的狱警，而是在给予他生的希望后，又在他临死前粉碎他心灵的人。现在只有你，能为最珍爱的由亚……你、我和优里亚，我们三个人的女儿报仇雪恨。"

听到最后一句话，宗佑不禁泪流满面。在模糊的泪光中，由亚与优里亚的身影浮现在面前。

对优里亚来说，自己是她曾经爱过，又让她陷入不幸的人。对于由亚来说，他则没有尽到任何父亲的责任。自己是一个多么无能的人。

"希望你能以父亲的身份为女儿报仇雪恨。"

为由亚报仇雪恨——

这件事他也许做得到。

宗佑对夺走由亚生命的石原恨入骨髓，他渴望为由亚讨回哪怕一点公道。可是，在心底的某个角落，他又为自己有这样的想法而苦恼不已。

唯有上帝才能审判人类——

在大半辈子的生活中，他一直遵循着这个教诲。

假如因为仇恨而渴望向石原复仇，自己就没有资格当一名基督徒，更没有资格作为牧师向人们宣讲上帝的教诲，况且宗佑旁听了案件的审判，当时就坐在举着遗照的真里亚旁边，石原也许还认得自己。

叔叔看上去肯定会比现在更年轻。好期待婚礼那天呀——

这句话突然掠过脑海，由亚灿烂的笑容和过去幸福的记忆浮现在他的眼前。

因为由亚在举办婚礼前被害，宗佑并没有改变造型，但如果刮掉胡须，改戴隐形眼镜，看起来不就像另一个人了吗？

至少不会被法庭上只瞥了自己一眼的石原发现。

抬起无力低垂着的头，宗佑看向真里亚。

"我也想……为由亚报仇。"

挤出这句话的瞬间，不知为何，他的胸口传来一阵揪心的疼痛。

4

卫生员佐藤在 29 号房前停下手推车，打开铁门下方的送餐口，向里面喊道"送餐了"。很快，房里的人递出一个塑料餐具。

"今天不用给我太多……"听到里面传来的声音，小泉直也通过铁门上的窥孔向房内望去。

"怎么了？是身体不舒服吗？"直也问道。

跪坐在铁门后的岩田抬起头。

"倒也没有……可能是我昨天自费零食吃多了，有点消化不良。"

自费是指看守所在押人员自掏腰包买的东西。除了未决犯、被告人和嫌疑人以外，像岩田这样的死刑犯也可以自费购物。

听岩田这么说，直也松了一口气。

狱警必须特别留心这一楼层关押的囚犯的身心状况。

"少吃些零食，这里给你们准备的都是营养均衡的饭菜。"

"对不起，我会注意的。"

见岩田低头道歉，直也朝两名卫生员点点头。佐藤和井原分别从手推车上的大锅中盛出食物，放入送餐口。今天的早餐是大麦饭、裙带菜味噌汤、酸梅拌竹笋以及拌饭香松。

佐藤关上送餐口站起来，直也走在手推车前面，领着他们走向下一间牢房。

这层楼共有六十六间牢房，其中有二十八间，也就是将近一半的牢房里住着死刑犯。

给 D 栋十一楼送完餐后，直也回到中央监控室，同为狱警的前辈松下走了过来。

"石原亮平换到 D 栋十一楼的牢房了，10 点左右我们一起去接他。"

听到这个名字，直也内心掀起一阵波澜。

"石原亮平就是那个……"

松下苦着脸点点头。

"就是那个杀了两个年轻女性的家伙。前天死刑判决生效，他现在是确定执行死刑的囚犯。"

"死刑判决生效……可是，一审判决不是前阵子刚公布吗……"

"他没有上诉，你没看新闻吗？"松下有些惊讶地问道。

直也点头。

"石原目前关押在哪里？"

"应该在 B 栋九楼。上午的人在巡视结束后跟我说了一声。"

早餐过后，直也会到各个牢房巡视一番，听取在押人员的需求，通常是牢房用品不够了要申请购买，或是他们有想看的书和报纸，要先记录下来，过后再给他们送去。

松下离开后，直也依然心神不宁。

今后他不得不面对石原——那个用极其残忍的手段杀害两名年轻女性的男人。

直也不由得重重叹了一口气，他在椅子上坐下，拿起桌上的瓶装茶喝了一口，滋润干渴的喉咙。

直也今年 30 岁。在 21 岁那年，他当上了狱警，一开始被派到川越少年监狱，两年前才调到现在的地方，也就是东京看守所。

尽管同样是狱警，监狱和看守所的工作却大相径庭。两年后，直也好不容易才适应了这里的环境，结果上个月又接到通知，把他调到 D 栋十一楼工作。

东京看守所是一座巨大的建筑，地下两层，地上十二层，总建筑面积约达 9 万平方米。坐落在正中央的是管理大楼，四周则是四座如折扇的扇骨般排开的监狱大楼。

此前直也在 A 栋工作，那里收押的都是未经法院判决定罪的未决犯。和监狱不同，关押在看守所的人没有强制劳动的义务，除了接受调查或参加庭审，他们大多数时间都在约三叠大的单人牢房内自由度日。

在这里既不用整天盯着囚犯之间有没有起摩擦，也不必操心车间的工作效率、为达成生产指标而发愁。比起之前在监狱里的岗位，还是这里轻松，直也想。但到上个月他才意识到，他所工作的这座建筑中有将近六十名死刑犯，并且这里设有刑场，他们迟早会在这里被处以极刑。

直也读过以死刑和看守所为主题的书籍，有些书提到，看守所中有一个叫作"死刑犯牢房"的区域，专门用来关押死刑犯。直也本来也这么认为，但实际上，东京看守所的死刑犯是与其他囚犯交叉、分散关押在单人牢房里的。

此前直也从未接触过死刑犯，不过据说从 A 栋到 D 栋，四座监狱大楼中其实都关押着死刑犯，其中人数最多的当属 C 栋十一楼以及直也所负责的 D 栋十一楼。

关押死刑犯的牢房均为奇数编号，彼此相隔一间。牢房约有三叠大，室内装有监控摄像头，墙壁涂成明亮的白色，地上铺着三张浅绿色的榻榻米，深处设有西式厕所和盥洗处。为防自杀，盥洗台上的水龙头设计成无凸起的按钮，镜子是防破的镜面贴，墙上的挂钩超出承重限度时也会自动脱落。

死刑犯大约每半年会换一次牢房，这是为了防止他们逃跑或自杀，尽管如此，他们仍要在那个只有三张榻榻米大、一成不变的空间中度过几年甚至几十年，直到执行死刑的那一天。

直也被调到这个楼层后马上去了趟总务科，借来自己今后要管理的死刑犯档案，翻阅了一遍。

死刑犯的档案也叫身份账，里面详细记载了各种信息，包括审判中查明的案件详情、犯人在看守所里的表现、与亲人会见时的情况等等。

D栋十一楼关押的二十八名死刑犯，每个都至少夺走了两个人的生命，有的甚至背了五条人命。

浏览档案里记录的许多残酷案件时，直也不禁怀疑自己是否真的有办法跟他们打交道，何况他原本就很反感自己必须与那些制造凶案的人交谈，然而实际接触后，直也发现大部分死刑犯表现得都非常普通，跟以前他管理的监狱囚犯相比，甚至可以说是温顺无力。

直也认为，死刑犯内心都怀着今天没准就是最后一天的恐惧，也许是这种如影随形的恐惧夺走了他们的生气。

时钟指向10点，直也与松下一同搭电梯来到九楼。从中央监控室借来钥匙后，他跟着松下穿过B栋的走廊，心跳也变得愈发急促。

石原亮平是个什么样的人呢？

因为看过石原被逮捕时的新闻视频，直也知道他的长相。坐在警车后座，目视前方的石原看上去就像时下最流行的翩翩公子。直也记得，面对接连不断的快门和闪光灯，石原毫不畏惧，脸上甚至还挂着冷笑。靠他的外表，在大街上搭讪应该能钓到几个女人吧，直也不理解他为什么要袭击两个年轻的女性。

石原犯下的案子给直也留下了深刻的印象，不只是因为他的手段特别残忍，也因为其中一位受害者与直也的妻子由亚同名。

得知与自己同名的女性惨遭勒毙，且当时还怀有身孕后，平时温柔稳重的妻子似乎也心有戚戚，罕见地朝电视里的石原破口大骂，而直也同样感同身受。他不禁想象，假如是自己的妻子遭此厄运呢？想到那位未曾谋面的受害者和遗属的无尽悲痛，他久久不能释怀。后来直也通过新闻报道了解了案件审理的情况，石原肆无忌惮的言行让他更是难以忍受。

他们在 45 号房前停下脚步，松下朝窥孔里望去。

"石原，要开门了。"说着，松下打开门锁开门。

石原按规定跪坐在铁门后。与他四目相交时，直也不禁屏住呼吸。

尽管刚被判处死刑，石原的目光中却没有一丝动摇或恐惧，应该说压根看不到任何感情。

被石原盯着的直也感到一种莫名的压抑，他移开视线环视房内。架子上放着两套运动服，与石原身上穿的灰色运动服仅有颜色上的不同，另外还有内衣和洗漱用品。

死刑犯最多可以带 120 升符合规定的私人物品，并且能在扣押品仓库中存放最多三个容量为 55 升的塑料收纳箱。

虽然死刑判决刚生效，但石原已在看守所住了将近一年，他的东西未免也太少了。

"出来，换牢房了。东西一会儿会给你送去。"

听松下说完，石原慢慢站起来，穿上拖鞋走出单人牢房。

关上铁门，两人一左一右押着石原走向电梯。

走进 D 栋十一楼 33 号房，石原无所事事地东张西望。

"这里和你之前待的牢房基本一样，规矩也没变，有什么事就按铃呼叫。"松下指着铁门旁边的按钮说。

"先自我介绍一下，我是看守部长松下，他是主任看守小泉。"

石原一副漠不关心的样子，看都不看这边。

"从今天起你正式按照死刑犯的标准来管理，别忘了。"

听到这话石原似乎有了反应，他终于转过脸来。

"所以跟以前有什么不一样？"

直也第一次听到石原的声音，他语气幼稚，吐字也不太清晰，与想象中的样子大相径庭。

"从此禁止与亲属及律师以外的人会见通信。"

"会见通信？"石原困惑地歪着头，似乎不理解这个词。

"就是指会见、书信往来或者给你送东西。"

石原笑了。

"你笑什么？"松下瞪着石原问道。

"没什么……我本来就没有亲属，所以觉得这跟我没啥关系。我倒有个更重要的问题想问。"

"什么问题？"松下的声音显得颇为不悦。

"我的死刑什么时候执行？"

松下盯着石原，眉头紧锁。

"你能不能跟上头说说，让他们早点执行啊？"

"你那么急着想死吗？"

"是啊。在这里虽然生活轻松，但很无聊。"

"无聊？"

"已经没办法再杀女人了不是？假如是穿制服的男人，就可以找个机会……"

"注意你说的话！"松下大喝一声打断他，"再多说一句就给你处分！"

"开玩笑的啦。"

石原不以为意，依然嬉皮笑脸，这让松下的脸色愈发严厉。

"喂，石原。你有什么需要的东西吗？"

直也赶紧转移话题，石原则摇摇头："没有。"

"有需要的时候就写张申请单。我们每天早餐后会到牢房来问一次。"

看守所在押人员想买食物、文具等日用品的时候，需要在申请单上写明物品，并交给狱警。

"松下先生，我们走吧。"直也说道。

"好。"松下关上铁门并锁好，扭头就走。

"真是个混账家伙。"

听得出松下的语气中满是厌恶，直也应道："是啊。"

虽然他竭力保持冷静，胸中的怒火却在熊熊燃烧，这是对残忍杀害两名年轻女性，却毫无悔意的石原的愤怒。

想到今后不得不天天面对那个男人，直也郁闷极了。自从调岗到这里之后，由于必须与死刑犯打交道，他的睡眠质量明显变差，胃部也时不时传来刺痛。

回到中央监控室后，松下翻开记录着囚犯日程的文件，确认时间。

"今天 10 点半后安排了教诲。"松下说道。

以前在监狱和之前在 A 栋工作时，直也一次也没有遇到过教诲师，两周前才第一次列席。教诲师千堂是个慈祥和蔼的老人，大概有 70 岁，据说是从神奈川小田原的一家寺庙来这里做教诲师的。

"千堂先生也很不容易呀。"直也感慨道。

松下摇摇头："今天来的是另一位教诲师。"

"他叫鹫尾，是新教的牧师。对了，你还没见过鹫尾先生的教诲吧。"

"是的……他是个什么样的人？"

"从各方面来说，他都颠覆了我对基督徒的印象。"

直也没听懂，但松下似乎不愿意多说。

"不过啊，要不是那样的人，估计也干不了这里的教诲。"

直也以前听松下说过，这里接受教诲的主要都是死刑犯，这也合情合理。死刑犯的会见权、通信权都受到了极大的限制，而且在看守所内，死刑犯之间可以说几乎没有任何交流。过去他们还能在牢房外一起运动，参加教诲、生日会之类的活动，有时可以打乒乓球、羽毛球，甚至有机会在执行死刑时为对方祈求冥福，但如今这样的集体活动已经彻底绝迹。

犯下足以被判死刑的重罪后，大部分的死刑犯往往会被亲人抛弃。假如没有人来探望，平时和他们说话的人就只剩狱警和卫生员。在这种与世隔绝的环境中，接受教诲几乎是死刑犯与外界人员接触的唯一机会，再加上他们每天都要独自面对即将死亡的恐惧，为寻求内心的平静，也会求助于宗教教诲吧。

松下让直也陪同参加教诲，于是直也离开中央监控室，和松下一起走向 D 栋十一楼的 25 号房。

"岸本，要开门了。"松下从窥孔望进房内并喊了一声，接着拿出钥匙开门。死刑犯岸本吾郎就跪坐在铁门后。

"教诲的时间到了。"松下说完，岸本微笑着站起来，穿上拖鞋来到走廊。

两人将岸本夹在中间走向教诲室。到门口后，松下说："我留在外面，你去里面陪同。"直也点点头，抬手敲门。

"请进。"门后传来一声沙哑的回答，直也打开门。

面朝门口坐在桌前的老年男性站了起来。男性戴着眼镜，锐利的目光透过眼镜射出，他的头发里夹杂着白丝，整体面色似乎有些发黄。

"我带岸本吾郎过来了。打扰了。"

直也说完向男性点头行礼，示意岸本一起走进房间。关上门后，他坐到门边的椅子上，若无其事地观察起来。

这是直也第一次走进基督教的教诲室，房间大小与佛教的相同，约有六叠大，靠墙的地方摆着一个设有十字架的祭坛。

"来来，岸本先生，请来这里。"

鹫尾笑着向岸本招手。待岸本走近，鹫尾张开双臂紧紧拥抱他。

"您这样拥抱我，让我怀念起外面的世界来。"岸本说道。

"是吗？那你一定很想一直这样抱下去吧。"

"我当然想了，但毕竟有狱警盯着呢。"

听着这些让人摸不着头脑的对话，直也注视着这两个迟迟不肯分开的人，不禁有些怀疑——他们该不会是同性恋吧。

"虽然非常不舍，但我们该开始聊天了。"鹫尾说完，两人的身体终于分开。他们隔着桌子相对而坐。

"最近感觉怎么样？"鹫尾语调沉稳。

"嗯……还是老样子。"岸本答道。

"晚上睡得好吗？"鹫尾又问。

"不错。"

"那就好。"

"这都多亏了您，鹫尾先生。在接受您的教诲前，我在这里从没睡过一个安稳觉。一想到明天早上可能会被执行死刑，我就害怕得睡不着，有时好不容易睡着了，又会梦见被我杀害的那两个人，然后一下子惊醒……"

据档案记载，岸本今年52岁，十年前因涉嫌杀害一对名为持田圭介及持田由香里的夫妻被逮捕。岸本当时经营着一家居酒屋，却因为经营不善贷了许多钱，结果新债叠旧债，被催讨欠款的人逼得走投无路。于是岸本前往居酒屋的熟客持田夫妇家里借钱，没想到被他们冷漠拒绝。激愤的岸本掏出身上带着的菜刀捅死了夫妻两人，从他们放在家里的钱包中抢走大约 7 万日元的现金后逃跑，但在案发十天后就被抓捕归案。

法庭审理中问到作案动机时，岸本表示，之前夫妻俩待自己就像朋友一样，那天却严厉斥责了他，所以他一下子怒上心头，拿出身上的菜刀指着他们。但当时他完全没有杀人的想法，只是打算威胁他们一下，不料两人剧烈反抗，结果在扭打中刀子插进了丈夫的胸口。

至于持田的妻子，岸本辩解说自己本来也没有杀害她的意思，但因为她大声向邻居呼救，他只想赶紧让她安静下来，不慎造成了死亡。岸本还主张，当时他之所以带着菜刀，并不是事先计划要抢劫，那是店里的厨刀，正巧那天他要带回家磨刀。不过，法院最终依然判定他是有预谋地实施抢劫杀人，依照检方的建议判处了死刑。在二审和最高法院的上诉都被驳回后，六年前，岸本的死刑判决正式生效。

"根据您的指导，我在睡前的一小时都会为往生的两人祷告，我也在努力直面自己心中的毒根。就跟您告诉我的一样，这样做之后，我的内心变得平静，终于能睡上好觉了。"

"睡觉时会做梦吗？"

"会。不过，现在梦里出现的不是被我杀害的持田夫妇，最近常梦见的是我的两个女儿。"

"我记得你说过，令千金分别是 12 岁和 8 岁，是吗？"鹭尾问道。

岸本点点头。

"案发时她们是这个年纪，现在是 22 岁和 18 岁了。虽然只是我的想象，但梦里出现的是她们长大后的样子，我梦见她们正努力找工作、考大学……"

根据岸本的档案，被捕后他与妻子离了婚，且档案中并没有家人或亲戚来探望过他的记录。

"我希望能在死前看一眼现实中的女儿，而不是想象中的她们，哪怕一次也好。但我夺走了两条人命，会不会就连这样的希望也是一种罪过呢……我很担心上帝是否会原谅我。"

"我认为这是人类理所当然的愿望，绝不是什么罪过。"

"听您这么说，我稍微松了口气。"

"尽管你犯下的过错无法抹除，但上帝已经赦免了你。你本质上是一个认真而善良的人。自从我们第一次在这里见面，已经有六年了吧。"

"差不多是的。"

"在这六年中，你能够真诚面对自己的内心，比任何人都更加投入地学习《圣经》，能像这样与你共度时光，我感到非常自豪。"

"您太抬举我了。"岸本深深低下了头，"以前的我对宗教毫无兴趣，连想来这里的理由都很可笑，但如今我打心底里觉得，能接受您的教诲真是太好了。"

"你说的'可笑的理由'是什么？"有些好奇的鹭尾稍稍探出身子问道。

"当时的我只想多看一看外面的风景。"

直也朝窗外望去。正如岸本所说，尽管只有一小部分，但确实能看见外面的景色。

"我是听某位狱警说的。他告诉我只要来这里，虽然只有一点点，但能看到外面的景色。我已经很多年没见过外界的风景了……"

在关押死刑犯的单人牢房中，尽管窗户并没有安装铁栅栏，窗外却还有一层被磨砂玻璃和百叶门盖住的外墙，这样的构造隐约能窥见天空，但几乎无法看到任何外部的风景。那是一个完全与外界隔绝的空间，别说电车或汽车的轰鸣了，连鸟叫声都传不进去。

在押人员每天约有 30 分钟在屋顶上的运动场活动的时间，而死刑犯只能使用两侧都是墙壁，墙后还有百叶门的单人空间。透过头顶上的金属丝网可以看到天空，但和在牢房中一样，依然见不到外界的景色，而且上方的通道有狱警监视，哪怕身处牢房之外，也感受不到任何自由。

"无论出发点是什么，能与岸本先生相遇，我都感到非常幸福。我也会向上帝祷告，希望你的愿望能够实现。"

鹫尾闭上眼睛，十指交叉，低声说了些什么，估计是《圣经》里的句子吧。

鹫尾松开手，睁开眼睛凝视着岸本。

"谢谢您。"

岸本低头道谢，鹫尾朝他点点头，接着看向墙上的挂钟。

"时间快到了。"鹫尾收回视线说道。

岸本立刻端正坐姿："最后我还想说一件事。"

"什么事？"

"我想受洗……"

听到岸本诚挚的声音，目不转睛地盯着他的鹫尾露出了笑容。

"好的。我会和看守所的人商量一下。"

进入员工食堂，直也径直走向售票机。

他拿出钱包，取出一张千元纸币放入售票机，思索着要吃些什么。平时他会选炸鸡、汉堡之类分量扎实的肉菜，不过刚才由亚发来 LINE 消息说晚上吃汉堡，于是直也按下咖喱饭的按钮。

在柜台交了餐票，接过装有咖喱饭的托盘，直也环顾用餐区，发现自己最喜欢的座位空着，便走了过去。

途中他看到一位坐着喝冰咖啡的男性，正是刚才见过的教诲师鹫尾。两人四目相交，互相点头致意后，直也坐到离鹫尾稍远些的窗边座位。

吃饭前，直也先眺望窗外的景色。万里无云的晴空下，荒川①在近旁流淌而过，远处可以看到天空树的轮廓。

凝视着眼前铺陈开来的风景，直也不禁长出一口气。虽不及这里的囚犯，但直也在工作中总有一种闭塞压抑的感觉。不仅如此，下班回到位于官舍②的家里，窗外仍矗立着办公大楼，仿佛职场正睥睨着自己，内心根本得不到放松。

特别是负责 D 栋十一楼的工作以来，直也每天都无比痛苦。

现在只是天天与死刑犯打交道就让直也烦闷不已，假如将来必须参与执行死刑，不知会有多么煎熬。

目前直也是主任看守，这个职位还不需要参与死刑执行，然而一旦晋升为看守部长，和现在的松下一样，就再也无法避开这个职责。

这种令人失去晋升意愿的工作，真的要继续干下去吗？何况这本来也不是他理想中的职业。

---

① 日本关东地方埼玉县的河流。
② 由政府建造，供官员及其家属居住的住宅。

　　干脆辞职吧。就算继续干下去，直也也找不到任何成就感，更看不出将来有任何希望。

　　可是，直也已经30岁了，初中学历且没有特殊技能，他实在不觉得辞职后自己还能找到一份收入与现在相当的工作。家里有老婆和两个孩子要养活，他不能轻易从这里逃走。

　　直也又叹了一口气，把视线从窗外收回，拿起勺子开始吃咖喱饭。

　　平时一开始吃饭，直也的注意力就能专注在食物上，但今天却有各种思绪在脑海里挥之不去。他再次想起17岁的那个夏天，当时要是不做那种事，自己的人生肯定大不相同。

　　直也从小就不擅长读书，但他对自己的运动神经很有自信。在小学低年级时，直也就加入了当地的足球队，因为球队教练夸他很有天分，从此他更是把学业丢到脑后，一门心思扑在足球上。后来他靠体育特长进入东京一所足球强校，高一就被选为主力前锋参加全国大赛。尽管没能赢得冠军，但家人和朋友都对他寄予厚望，期待他毕业后能在日本职业足球联赛中大展拳脚，对此他自己也坚信不疑。

　　高二那年的暑假，有一天没安排练球，直也和朋友相约去商场看电影。当天朋友骑了一辆踏板摩托车，直也颇感兴趣，便请求朋友让他试骑一下。直也没有驾照，但他没多想，反正只是在屋顶上宽敞的停车场里跑一圈，应该没什么问题。

　　听朋友讲解完驾驶方法，直也骑上摩托车，按照朋友的指导转动油门把手。没想到摩托车以出乎意料的速度蹿了出去，霎时间直也大脑一片空白，根本想不起来哪个是油门、哪个是刹车，于是摩托车笔直撞上墙壁，他也被狠狠摔到地上。

看着车头撞烂的摩托车，那一刻直也还没意识到发生了什么，但很快双腿传来一阵剧痛，他痛得在地上直打滚。

随后救护车将直也送到医院住院治疗。诊断结果是双脚脚踝复杂性骨折，需要四个月才能痊愈。医生告诉他，康复后不会影响日常生活，但也许很难再踢足球了。经过漫长的住院治疗后，直也重返校足球队，但正如医生所说，他再也无法发挥出过去的水准。

如果只把足球当作业余爱好倒没什么问题，但直也切身体会到，要成为驰骋赛场的职业球员已然全无希望，他选择退出了校队。直也原本就不怎么跟得上功课，足球是他上学的唯一动力。不能踢足球后，在学校里他无所适从，校园生活也没有任何乐趣可言，高三时他开始逃学，最终在暑假前主动申请了退学。

接着他在自家附近的便利店打工，晚上则前往涉谷，与在那里结识的新朋友疯狂玩乐。如今想来，那真是一段空虚的时光。

20 岁那年，直也通过朋友的介绍认识了由亚，并对她一见倾心。由亚与直也同龄，她离开广岛的老家来到东京，靠在商店打工为生。

自从失去足球以来，再也没有什么能让直也心潮澎湃，但和由亚成为朋友后，他的生活重新充满了与过去相似的幸福感。

在直也热烈的追求下，他们走到了一起。交往半年后，由亚告诉直也，她怀孕了。直也不知所措地问道："你打算生下来吗？"由亚轻轻点头。

对当时的直也而言，由亚是他生命中无可替代的存在，他不可能做出违背由亚意愿的选择。话虽如此，考虑到两人的将来，直也内心充满了不安。

因为要生孩子，由亚暂时无法去工作。这时直也依然住在父母家里，光靠便利店打工挣的钱甚至没法自立门户。

更何况自己才初中学历，没有固定工作，想必由亚的父母也不会轻易同意这门婚事。无论如何，直也都必须找到一份稳定的工作来养活由亚和即将出生的孩子，他开始千方百计地搜集信息，最终找到了狱警这条路。

狱警属于国家公务员，因此工作稳定。想当狱警需要通过招聘考试，难度约等于高中毕业的水准，但只要是 17 岁以上、29 岁以下的男女就有报名资格，并不强制要求高中学历。根据网上的说法，狱警的薪资水平高于普通国家公务员，职场上看重实力，学历不高不要紧，肯努力就有机会出人头地，直也认为这种工作正适合自己。

于是直也重新捡起高中的学业，拼死学习后在 21 岁通过了狱警招聘考试。正式上岗前他接受了为期八个月的初任培训，在此期间他的女儿出生，他也和由亚正式结婚。

直也并不后悔自己选择了这样的人生。有妻子由亚、女儿亚美、儿子贤也在身边，他觉得生活无比幸福。如果他继续踢足球，可能就不会遇到由亚，自然也不会有现在的幸福。然而身处这种牢笼般的工作环境，他总有一种逃离的冲动，哪怕只是在想象之中。

由亚常说，和交往的时候相比，直也几乎不怎么说话了。确实如此。直也发现他回家后没有什么能和妻子聊的。

不在家时，他基本在工作，但身为狱警必须遵守保密协议，所以就连一点小牢骚都不能随便向家人抱怨，更别说现在还得和死刑犯打交道，打死他都说不出口。

死刑执行后，新闻就会如实报道执行和看守所的情况。直也无论如何都不愿让家人知道，他们的丈夫和父亲也许是一个刽子手。

"我说你——"

一道声音让直也回过神来，他抬起头，鹫尾就站在眼前。

"您好……您辛苦了。"

直也把勺子放回餐盘，向鹫尾低头致意。鹫尾并没有征求同意，直接坐到他对面。

看来他的性格很强势。

"我看今天是你带岸本先生过来，你在 D 栋十一楼工作吗？我以前没见过你。"

鹫尾一开口，直也便闻到一股酒精味。

"不好意思，没有及时做自我介绍。我是上个月调到 D 栋十一楼的小泉。请多关照。"直也回答道，心想这里应该没有卖酒精饮品的。

"这样啊，也请你多关照。你今年几岁？"

"30 岁。"直也答道。

"哦。"鹫尾点点头，从上衣口袋里掏出一个银色的小酒壶，接着用微微颤抖的手打开盖子，把酒壶举到嘴边。

酒精的气味更加浓烈地涌入直也的鼻腔，他猜酒壶中装的是威士忌。

看鹫尾用小酒壶喝酒，直也回想起教诲室里他与岸本之间莫名其妙的对话。岸本估计是闻到酒精的味道，才感觉很怀念外面的世界吧。

直也不是很懂那种感受，不过他能想象得到，一个嗜酒的人被迫戒酒多年，哪怕闻到一点酒香，或许也足以感到幸福。

鹫尾把小酒壶从嘴边移开，看着直也。他把食指放在唇上，露出满足的表情。

直也点头表示会保密。"不喝点儿就撑不下去呀。"鹫尾笑着关上盖子，把酒壶放回口袋。

直也感觉刚才他手抖可能是因为酒精依赖，他脸色很差，恐怕肝脏也受损了。

"对了，前天又有死刑判决生效，他也关押在你那边？"

他指的可能是石原亮平。

直也拿不准可以向刚认识的鹫尾透露多少信息，只能保持沉默。

"哎，如果他对教诲有兴趣，就带他来吧。"鹫尾拍了拍直也的肩膀，站了起来。

松下说得没错，这才接触鹫尾不久，直也就颠覆了对基督徒、牧师乃至教诲师的固有印象。

不过啊，要不是那样的人，估计也干不了这里的教诲——

直也目送着步履蹒跚走向出口的鹫尾，再次回想起松下的这句话。

5

在一阵悠扬舒缓的旋律中，我睁开了眼睛。

其实我早就醒了，但因为那些无聊的规矩，现在还不能起床。我继续躺在床上，忍受着不着调的曲子带来的焦躁感，直到铃声响起，才掀开被子，站了起来。

本想直接去小便，但我决定还是先把麻烦事解决掉，于是伸手整理被褥。我得在 15 分钟内整理好被褥、洗脸刷牙并打扫房间，这也是无聊的规定之一。

按照规定，我把褥子折成三折放在墙边，叠上折成四折的被子，八折的毛毯，十六折的床单，最后放上枕头。接着，我坐到单人牢房深处的坐便器上小便，再到旁边的盥洗台洗脸刷牙，最后拿出盥洗台底下的扫帚和抹布草草清理了一下室内。

在大小和布置上，这个新牢房和我昨天还在住的单人牢房几乎毫无区别，只有天花板上多了个圆圆的小型监控探头，盥洗台上没有水龙头，而是改成按钮式出水。

估计是用来防止像我这样的死刑犯自杀。

在来这里以前，我从未有过亲手杀死自己的想法，但最近我开始觉得这样做倒也不坏。

刚到这里时，我还觉得挺舒适的，可以从晚上 9 点睡到早上 7 点，虽然饭菜不好吃，但一天三餐都有保障，不像我之前住的网咖、福利院、监狱那样，身边总有些聒噪的家伙。

除了一天三次，上午、中午、晚上自动播放的广播音乐很烦人以外，我甚至后悔没有早点来，但我还是太天真了。这里不像网咖的单人间，隔壁不会传来刺耳的噪声和说话声，也不像福利院和监狱，总有讨人厌的家伙硬要过来搭话，却有比这些更令人烦躁的、多如牛毛的规矩，还有一门心思要我遵守规矩的狱警。

早上睡醒时，只要还没响铃就不能起床，这是规矩。睡觉时要把枕头放在靠门的一边，盖被子不能遮到脸，这些都是规矩。

在这里要把狱警叫作"老师"。不仅是被褥，餐具和衣服也要摆放在固定的位置。每隔几天能泡一次澡，但要用计时器，限时

15 分钟左右，甚至还有最多只能从浴缸里舀出几桶热水的规定。

此外还有不计其数的愚蠢规矩，我觉得荒唐极了，所以有段时间直接不管狱警……不对，是老师的指示，结果挨了好几次处分。

一旦挨了处分，就会被禁止写信、看书、运动，我本来就对这些事没有兴趣，所以对我而言毫无影响，但因为受够了狱警没完没了的训斥，最近不管规矩再怎么愚蠢，我也会尽量去遵守。

我之所以认为自杀也不坏，不只是因为厌倦这种从头管到脚的生活。这里实在是太无聊了。以前我就没有什么活着的真实感，到这里后这种感觉愈发强烈。

睡觉、起床、吃饭、小便、大便。每天如此，日复一日。

这种无意义的时间还要持续多久？光想一想就够烦的了。

昨天可能还有办法，现在要自杀恐怕很难。之前的牢房虽然同样无法带进割腕的刀具或上吊的绳子，但还有咬断自己的舌头、用牙齿咬破手腕的血管、把筷子捅进脖子之类的手段。现在如果这样做，狱警肯定会第一时间冲过来把我送进医院。

早知如此，真该在昨天前与自己的人生做个了断。

"准备点名！"

外面传来狱警的声音，我把扫帚和抹布放回原位，跪坐在门后。

不一会儿门就开了。两个狱警站在门前，其中一个是昨天跟我一起来这里的松下，另一个不认识。

"报号！"

看着松下傻乎乎地大声吼叫，我差点笑出声，但总算忍住了，回答道："1370 号。"另一个男人在拿着的纸张上打钩，松下则狠狠瞪着我，随后关上了门。

他似乎对昨天那件事耿耿于怀。当时我只是想戏弄一下第一次见到的狱警而已，看来以后还是得低调点，别太引人注意了。

外面传来"点名完毕"的声音，说明他们查完这层楼的牢房了，我立即放松双腿，揉了揉脚底，站起来准备接收配餐。我从盥洗台旁边的架子上取下塑料餐具和杯子，放到墙边的小桌子上。

今天的早餐是大麦饭、佃煮①、海苔、味噌汤。大麦饭干巴巴的很难吃，甜烹海味和味噌汤的调味也是一如既往的淡，我把味噌汤浇在大麦饭上才勉强吃完。把餐具拿到盥洗台洗干净，又回到桌前坐下。

我无事可做，只能看着墙壁。

除了睡觉时间以外都必须坐着，这也是无聊的规矩之一。原则上要跪坐，盘腿坐也可以，只是无论多累都不许躺下。一旦被狱警发现在牢房里来回走动，或者做俯卧撑打发时间，马上就会被处分。

下午5点会响铃通知进入假寐时间，之后就可以铺上褥子睡觉了。吃完午饭后，12点多至下午1点间的50分钟内也可以躺着。这样算来，一天中我有将近15个小时在睡觉。

我几乎与死人无异了，一天又一天地看着毫无变化的景象，脑海里充斥着无关紧要的思绪，偶尔还会梦见那些不愿回想的往事。

反正总会执行死刑的，那就赶紧执行啊。将我的全部尽数抹去，让黑暗彻底覆盖一切。

咯噔、咯噔的脚步声逐渐靠近，停下。

"石原，要开门了。"

听见外面传来的声音，我坐着不动，只将身体转向房门。

---

① 传统日本家庭的烹调方式，适合长期保存食物。一般是用酱油和糖将小鱼、贝类、海藻等煮成甘甜带咸、口感黏稠的料理。

门开了，走廊上站着一个狱警。昨天来这里时我见过他，记得是叫小泉。

只有一个狱警，说明不是来送我去刑场的，我很失望。

"你有什么需要吗？"他微微朝这边探出身问道。

"没有。"

"好吧……这几张自费购物的申请单还是先给你，有什么需要的就在单子上填好，到时叫我们来拿。"说着，小泉把手中的纸递给我。

我把纸接过来，一共有三张，分别是"熟食购买申请单""盒饭购买申请单""食品饮料购买申请单"，除了盒饭那张，另外两张申请单上都列出了物品名称。

虽然我听说过自费购物的说明，但真正拿到申请单还是第一次。

坐牢前自己身上带的钱和家人朋友送来的钱都会作为保管金存在账户里，囚犯可以用保管金买自己想要的东西。被警察逮捕前，我应该还有玩弹珠机赢来的 2 万日元，至今未动过。

"你以前应该听过，但我还是再解释一遍。每星期可以申请两次自费购物，食品类限星期一，其他物品限星期四，从提交申请到物品送达需要一个星期，这点心里要有数。除了食物以外，其他东西没有专门的申请单，有需要时再单独商量。"小泉说完，伸手要关门。我连忙说："等一下。"他停下动作看着我。

"我想问一件事。"

"什么事？"

"其他人每天到底都在干吗？"

小泉疑惑地盯着我。

"这周围有不少像我这样的死刑犯吧？"

小泉沉默不语。

"他们每天都做什么来打发时间？"

"你为什么想知道这个？"

"因为我闲到发毛啊。我很好奇这一天天他们都是怎么消磨过去的。"

"虽然不是为了消磨时间，但他们会做各种事情。"

"各种是……"

"比如读书，或是给家人、律师、受害者家属写信……另外就是写上诉书，要求再审。还有人整天都在抄经，祈祷被自己杀害的人灵魂能得到安息。"

无论哪一个都让人提不起兴致。

"对了，你好像从没借过官书吧。"

每周一次，狱警和被称为"卫生员"的家伙会把属于看守所的书，也就是"官书"装在小推车上推过来，想读的囚犯可以借书。但正如小泉所言，我一次也没借过。

"因为那些书一本比一本无聊啊。你们没有漫画吗？"

"官书里没有漫画。自己买或者别人送的话，也不是不能看，视内容而定。"

"算了，不用。反正我喜欢的肯定不让看。"说着我摆摆手。

"还有……其他人会做的就是请愿劳动吧。"

"请愿？"

"简单点说，就是在牢房里做的手工兼职。比如粘贴纸袋、折纸箱、包装一次性筷子之类的，做完可以拿到报酬。"

"哦。"

第一次听说这件事，我有点兴趣。

"大概能赚多少钱？"

"每天都干的话，一个月可以拿到 5000 日元吧。"

"不是一天 5000，而是一个月？这也太离谱了……"

"一般来说也许很不合常理，但在这里，如果没有钱，你连一张信纸、一枚邮票都买不到。要是有家人或朋友寄钱过来也罢，没有的话，就只能靠请愿劳动来挣钱了。做过的人也说，一整天集中精神动手做事，反而不会胡思乱想。既然你那么无聊，不如也试试看？"

"瞎扯淡。"我答道。小泉"哦"了一声把门关上。

我刚要转身面朝桌子，门又一次打开，"对了，石原……"小泉探头进来。

"你对教诲有没有兴趣？"

"教会？没去过。"

"不是那个教会。我说的是与佛教的僧人，或者基督教的牧师、神父谈谈。"

"跟他们谈干吗？"

"让你有机会在活着的时候为自己的罪行忏悔。"

我忍不住笑了出来，只见小泉皱起眉头。

"完全没兴趣。要我做那种事，我还不如一辈子在那儿包装一次性筷子呢。"

听到我斩钉截铁地反驳后，小泉叹了口气，一言不发地关上了门。

我躺在榻榻米上，听见外面有人在说"石原，我要进来了"。

门开了，小泉站在门外，但我并不打算起身。

午饭后的这段时间是可以躺着的。来的要是松下，也许会朝我大发雷霆，而小泉只是俯视着我，说："有人会见。"

除了律师德村，我想不出来还有谁会来探望，可他来做什么？

死刑判决已经生效，照理说他已经没必要见我了，再说我也没必要见他。

"律师？"总之还是先问一句。

小泉点头："没错。"

"有什么事？"

"我怎么知道？怎么样，要拒绝吗？"

听小泉的语气，似乎拒绝比较好。我想了一下，站起身来。

"要见他吗？"

我对小泉点头。

我压根没有什么"人家难得来一趟，回绝掉也不好意思"的想法，单纯就是想打发时间。

这些家伙越不希望我做的事，我就越要做。

我拿起拖鞋走出牢房，小泉紧跟着我穿过走廊，进入会见室。

我和坐在亚克力挡板另一边的德村对上目光。他微微低头致意，我没理会，直接坐到折椅上。

往常狱警会在外面等候，这次小泉却和我一起走进来，坐在我旁边摊开笔记本，手上还握着笔。

"他现在按死刑犯的身份进行管理，我需要在场陪同并记录你们的对话。会见时间也请控制在 30 分钟左右。"小泉说道。

"我明白。"德村点头后看向我。

"谢谢你愿意来。刚才我坐在等候室里，心里七上八下的，不知道你肯不肯见我。"

"正好我闲得发慌。有什么事吗？"

"第一件事是……我想再次确认你现在的心情。"

"我现在的心情？"

搞不懂他想说什么。

"我担心上次你是因为自暴自弃才决定不上诉，现在正式变成死刑犯，不知你会不会后悔自己当时的选择。"

原来是这样，我嗤笑一声。

"如果你后悔了，我会建议你申请再审。"

"意思是靠这什么再审来取消死刑判决？"

德村盯着我摇了摇头。

"说实话那几乎是不可能的，尤其是你这种情况。"

"你倒是实诚。那你干吗要让我做那种没意义的事？"

德村瞥了小泉一眼，往前探出身子说道："根据法律规定，死刑判决生效后，六个月内必须执行。"

"哦……"

我还是第一次知道有这回事。也就是说，搞不好我还得再活半年。

"不过，那条规定里还有一条但书①，即如果死刑犯申请再审或恩赦，则受理申请的时间不计入执行死刑的期限内。换句话说，申请再审的那段时间内，你被执行死刑的可能性会变低，这是能让你多活一些时间的最终手段。"

"你特地跑来这里就为了讲这些废话？"

德村顿时一脸泫然欲泣的样子，那表情简直就像缠着父母买

———————————

① 在一个条文的同一款中包含有两个或两个以上意思的这种结构的条款当中，如用"但是"这个连接词来表示转折关系的，则从"但是"开始的这段文字，称"但书"。

玩具，结果却被一口回绝掉的小孩。

"对不住啦，我希望死刑越早执行越好，甚至还想请你帮我把它提前呢。"

"我是真心期盼你能尽一切可能活下去。"

德村的这股势头让我一时语塞。

"至少我不希望你怀着现在这样的心情死去……"

"我要怎么死是我的事……"

"昨天我和遥女士见面了。"

话被德村打断，我闭上嘴，心下一惊。

"就是你的姐姐遥女士。她主动查到你的辩护律师是我，然后找到了事务所。"

我的大脑空白了片刻，接着胸中涌起一股难以言喻的情绪。

"她从新闻上得知你犯下的罪案，震惊之情难以言表。由于案件性质，她没有勇气去探望你，也不敢去旁听公审。后来她从新闻报道中得知你无人知晓的过去，又听说你的死刑判决已经生效，她坐立不安，最后找到事务所来见我。"

"那又怎么样？这和申请再审到底有什么关系？"

我发现自己的声音在颤抖。

"你是遥女士唯一的亲人，她非常苦恼今后该怎么办。"

"唯一的亲人？"

"听说令堂四年前因病去世了。"

我感到胸口一紧。

"遥女士从 10 岁起就没再见过令尊，也不知道他的行踪，对她而言，你是唯一一个还有消息的亲人。遥女士看了这一起案件的新闻报道，才知道过去你杀害了祖母，当时你还未成年，所以相关信息没有报道出来，令堂也许知道了这件事，但她并没有告诉遥女士。"

我有种怎么都喘不过气的感觉，于是转头对小泉说："够了。"

正奋笔疾书的小泉停了下来，不解地看着我。

"会见。"

"要结束会见吗？"小泉问道。

我点头。

"等一下，还有时间吧。能听我说说吗？一会儿就好……"

没有理会德村的声音，我站起来，小泉也合上笔记本起身。

"遥女士非常后悔。她一直在说，分开生活后，要是她能主动去找你就好了……这样她也许就会知道父亲把你丢在祖母家不管，让你一直生活在孤独和痛苦之中。"

我跟着小泉走向门口。

"……遥女士后悔的是，如果当时知道了，说不定她能帮上你的忙，后来或许就不会发生那样的事了。"

我回头怒视德村，大喊："闭嘴！"

"遥女士说想见你。亲人还是可以探望死刑犯的，你和姐姐有机会重新补好断裂的亲情纽带。所以我希望你有更多时间……尽最大可能活得久一些。"

我才不会见她——

我"啧"了一声走出会见室，小泉关上了门。

6

穿过千叶站检票口，宗佑从上衣口袋里掏出手机。他拿着手机查看美食网站，走向附近繁华的街道。

大概找了5分钟，宗佑便看见那家居酒屋。他掀开门帘走进店内，一位女服务员立即迎上来，中气十足地喊着："欢迎光临！"

"您是一位吗？"

"不，西泽应该订好座位了。"

女服务员拿起柜台上的一张纸，估计是预约表，确认后领着宗佑往店内走去。看见西泽坐在最里面的榻榻米座位上，宗佑开口打招呼："让您久等了。"西泽看过来，疑惑地歪了歪头。

"我是保阪。"

西泽一听，惊得往后仰了一下。

"完全看不出来，你简直像变了个人。"

宗佑剃掉嘴边蓄的胡须，改戴隐形眼镜。

"您这是怎么了？"

"没什么，就是想转换一下心情。"说着，宗佑脱鞋走上平台，面对西泽坐下。两人先点了两杯生啤和几道小菜。

"不好意思，因为我家在监狱附近，劳您跑到这里来。"西泽低头致歉。

"不会不会……该道歉的是我，突然打扰您。您这么忙还抽空见我，没给您添麻烦吧？"

前天宗佑联系西泽，表示想找个时间见面，西泽立即提议今晚一起吃饭。

"怎么会呢，我也想和保阪先生聚一聚。五年来您一直支持我们的工作，结果都没给您办一场欢送会。"

服务员端来生啤和小菜，两人干杯。西泽喝了一口啤酒，把酒杯放在桌上后朝宗佑微微探身，表情变得有些严肃。

"您看起来很疲惫。"

"在您看来是这样吗？"宗佑反问道。

西泽用力点头，面露忧容。

"和以前相比您瘦了不少，气色也变差了。虽说教会的工作变得很忙，但还是别太勉强自己吧。"

西泽不仅相信了宗佑辞去教诲师一职时撒的谎，还顾虑他的健康，这让宗佑产生了一丝罪恶感。

教会的工作并没有变得更忙，反而是宗佑更加心不在焉。

"您要好好睡觉呀。"说着西泽拿起啤酒杯。

"我会注意的。"

自从上一次给由亚扫墓以来，宗佑就几乎没怎么睡过觉了。

他本觉得真里亚提出的"给石原做教诲"这一想法实在太疯狂，渐渐地却开始摸索怎样才能实施。

宗佑确实在千叶监狱当了五年的教诲师，但关押石原的是东京看守所，他在那里没有任何人脉关系，甚至无从得知谁在担任教诲师。

宗佑思考了各种对策，最终想到在千叶监狱担任处遇部部长的西泽。

西泽说过，他来千叶监狱前曾在东京看守所工作。

"那我们进入正题吧。"宗佑回过神来，将视线从手中的啤酒杯转到西泽身上。

"您是有什么事情要跟我谈吧？"西泽方才忧心忡忡的表情已变成微笑。

"是的……仓田先生的表现怎么样？"

宗佑先不提自己关心的问题，而是问之前介绍去接替自己的教诲师。

"我猜也是谈这个。"西泽理解地点了点头。

"因为当时接受教诲的人没有全都做好交接，我一直放心不下。"

"仓田先生是个不拘小节的人，他在囚犯中很受欢迎。"西泽笑着说道。

仓田牧师是前黑帮成员，不仅从小就是少管所的常客，加入黑帮后也因涉嫌使用兴奋剂多次遭到逮捕。在监狱服刑时他接受了教诲，从此幡然悔悟，受洗成为一名基督徒，并在出狱后当上牧师。媒体也时常报道这位奇人，将他称为"身负刺青的牧师"。

宗佑在一次牧师的聚会上结识了仓田，听闻宗佑在监狱从事教诲，仓田饶有兴趣地问了不少事，后来两人私下也保持着联系。

由亚遇害后，宗佑再也无法忍受给囚犯做教诲，他想起仓田说过也想当教诲师，于是把他介绍给西泽，接替了自己。

"这样啊。听您这么说我就放心了。他一直在说想成为教诲师，帮助监狱里的服刑人员改过自新，想必会尽心尽力的。"

"是的。很遗憾您不能来做教诲，但我觉得您介绍的这位先生非常不错。"

"那些囚犯的情况怎么样？"

"应该说没太大变化吧。不过奈良让人有点担心。"

"奈良升平吗？"

西泽点点头。

奈良因刺杀前女友而被判刑。

"有点担心？怎么说？"宗佑略微探身问道。

"大概是这半年吧……他的言行特别粗暴，被处分了好几次。"

说到半年前，那么大约是从宗佑不再去做教诲时开始的。

"有段时间……应该是他开始接受您个人教诲的时候，我还觉得他比以前更积极向上了。"

当时宗佑教导他，可以先有意识地认为自己已经获得赦免，从而做到正视自己犯下的罪。

与奈良最后的一次谈话都说了些什么呢？

宗佑记得，奈良说自己正在实践宗佑教给他的方法。那时奈良的表情无比明媚，一扫过往的阴郁，宗佑却没有做出任何回应，不仅如此，还在难以遏制的厌恶感的驱使下，逃跑般冲出了教诲室。

自那以后他再也没见过奈良。

"对了……看守所里也有教诲师吗？"宗佑甩开萦绕在心头的罪恶感，强行改变话题。西泽有些疑惑地看着他。

"我记得您说过，您以前在东京看守所工作。"

"哦……我们聊过这个？应该不是每间看守所都有教诲师，不过东京看守所是有的。而且……"西泽说到一半顿住。

"东京看守所有刑场？"

西泽闻言，表情僵硬地点了点头。

"在千叶监狱做教诲时，我看过一部关于死刑犯的纪录片，虽然里面没有提到教诲师，但我不禁代入自己的立场，想象可能发生的各种事情……我想，和监狱比起来，在看守所里做教诲肯定更不容易吧？"

看西泽的表情，宗佑察觉出他并不喜欢这个话题，但他不能退缩，宗佑硬着头皮问了出来。

"因为我没有宗教信仰，说这话可能有点奇怪……不过，我认为监狱的教诲和看守所的教诲是截然相反的两件事。"

"截然相反……"

"是的。一个给予人活下去的希望，一个教导人做好赴死的准备。同样是解释《圣经》里的话语，同样是阐明佛教的教义，向对方提出的要求却完全不同。"

"那里有许多教诲师吗？"

"对。各个宗教和教派都有对应的教诲师。"

"也包括新教的牧师？"

西泽点头。

"当时的牧师姓鹫尾，不知道现在他还有没有在做……"

宗佑把这个名字刻进脑海。

"他是个什么样的人呢？"宗佑追问。

西泽有些为难地挠了挠头："该怎么说好呢……我没法确切描述……应该说，他给人的印象跟我想象中的牧师很不一样，更偏向仓田先生那种类型吧。鹫尾先生没有在大教堂里任职，他自己在锦丝町的一间小酒馆或是酒吧之类的地方租了场地，白天召集附近的居民举办活动。"

"这样子啊……他还抽空去给关押在看守所里的人做教诲。"

"实在很令人钦佩，如果是我，肯定做不到。"西泽低下头深深叹了一口气。

教会位于锦丝町，牧师姓鹫尾——

今天能打听到这些应该就够了。

宗佑的目光从手中的手机转到车厢内的液晶显示屏，确认下一站是锦丝町站，视线又回到手机画面上。

与西泽告别后，宗佑坐上电车，在网上搜索鹭尾的信息。输入"鹭尾""锦丝町""教会"这几个关键词后，宗佑找到了那家教会的网站主页。

距锦丝町站约 5 分钟路程的地方有一家名为"红宝石"的卡拉OK 小酒馆，鹭尾租了这家店的场地，创立"罪人之门 耶稣基督教会"传道布教。

只看网页上鹭尾的照片，他的年纪应该比宗佑大上一轮，透过眼镜射出的锐利目光给宗佑留下了深刻的印象。

电车到站，车门打开，宗佑却迟迟难以下定决心。

发车铃声响起，宗佑猛地站起来，周围乘客纷纷皱眉，他不管不顾地跑出车门直奔站台，穿过锦丝町站的检票口，打开手机地图寻找那家店。

宗佑不知道接下来该怎么办，只是被一种难以名状的冲动驱使着。

他也不清楚，自己究竟是渴望为由亚报仇雪恨，还是渴望一个让自己死心的现实。

由亚临死前凄惨的一幕不断在宗佑脑中回放。肝肠寸断的痛苦中，他难以抑制自己的冲动，他要以教诲师的身份接近石原，为由亚讨个公道，但又对此感到无比恐惧。

宗佑心知肚明，自己即将要做的是违逆上帝旨意的行为，但理性无法阻止他。既然如此，只能直接去碰壁，让现实告诉自己这件事根本不可能成功。

找到鹫尾，直接跟他说自己想当东京看守所的教诲师，如果他断然拒绝，那么宗佑也不得不放弃。

在一个闪烁着耀眼霓虹灯的角落，宗佑找到了那家店。那是一座有些年头的杂居楼，紧挨着一楼入口右侧的位置上挂着"卡拉OK小酒馆·红宝石"的紫色招牌。店门左边贴了块仅有招牌十分之一大小的木制门牌，牌上手写着"罪人之门 耶稣基督教会"，下方挂着一个装有传单的透明架子。

宗佑从架子里拿出一张传单看了看，似乎是教会的月报。他把传单折好放进上衣口袋，深呼吸后打开店门。

"欢迎光临……"

听见女人慵懒的招呼声，宗佑循声望去，一个女人站在吧台里，边抽烟边打量着宗佑。她的头发偏棕色，年纪看上去与宗佑差不多，却穿着件颇为花哨的连衣裙。

"现在开门了吗？"宗佑问道。

这家小店只有吧台和两张四人桌，目前没有顾客。

"您是一位？"

见宗佑点头，女人伸手指向吧台座位。宗佑坐下后先点了杯啤酒。女人备酒时，他不动声色地观察整个店内，发现这里没有任何与教会有关的装饰。

"是有人推荐您来吗？"

闻言宗佑的视线回到女人身上。

"不是推荐……"

女人在宗佑面前放下杯子，接着倒入瓶装啤酒。

"您不介意的话，也请喝点吧。"说着，宗佑举杯喝酒。

女人道谢后从冰箱里拿出一罐酎嗨①，拉开拉环，和宗佑碰杯后喝了起来。

"这个时间鹫尾先生不在这里吗？"宗佑鼓起勇气问道。

不料女性用突然拉高的声调说道："您是鹫尾先生的朋友？"

"不，我们不认识。其实……我也是牧师，在目白的教会工作，我叫保阪。听闻鹫尾先生的一些事迹，我很感兴趣，所以想找他谈谈……"

"原来是这样。刚才他还在这儿喝酒呢，接了个电话说明天一早有事就走了。要不我帮您联系一下？"

"不用了，明早有事的话，现在也不好打扰他。我改天再来。"

说实话，没能见到鹫尾让他松了一口气。宗佑本来就觉得，突然和一个陌生人讲那种事真的很难，最好是多了解了解鹫尾的为人后再和他接触。

"如果您以为这里是教会才走进来的，想必吓了一大跳吧。"

宗佑不知道该怎么回答，只好客套地笑了笑。

"话说回来……这名字还挺奇特的。"

听宗佑这么说，女性困惑地歪了歪头。

"就是……罪人之门。"

"哦，鹫尾先生说是受到马太什么话的启发来着，不过我不是基督徒，所以不是很清楚……"

估计是《新约圣经·马太福音》第9章第13节的内容。

　　　　我来本不是召义人，乃是召罪人——

---

① 一种预调酒。原本是以日本烧酎为基底，混合苏打水等调制成的饮品，后来各种烈酒基底调配其他饮料后也称为酎嗨。

或许正是出于这种强烈的意愿，鹫尾才选择去当罪犯的教诲师。

"这家教会办了多久了？"

"听说是十五年前创办的，比我接手这家店还早了很多年。"

"之前是谁在经营呢？"

"是我婶婶，她得了糖尿病，很难再经营店铺，再加上我之前也在夜场辗转多年，就在五年前接下了这家店。婶婶给出的条件是，这里白天要继续借给教会使用，但怎么说呢……"女性苦着脸，支支吾吾的。

"怎么了吗？"宗佑好奇地问。

"唔……跟同样是牧师的人发牢骚好像不太合适吧。"

"我不认识鹫尾先生，也不会把在这里听到的事传出去。"

"据我婶婶说，鹫尾先生创办教会时是心怀大志的，在我接手店铺前，这里的信徒确实非常多。我对教会不太了解，但一般星期日的礼拜是在上午举办的对吧？"

"大部分是 10 点或 10 点半开始，我在的教会也是从 10 点开始。"

"这里的礼拜是从下午 2 点开始。"

"很少见啊。"

"听说是为了方便附近夜场和风俗业的女性来参加，才定了那个时间。"

对于工作到深夜乃至通宵的人来说，上午参加礼拜确实负担太重。

"毕竟那些人可能有更多烦恼，也更需要心灵上的慰藉，这样的安排也算合理。"

看来这位鹫尾牧师是自己从未遇见过的类型，不仅愿意关怀被判死刑的重罪犯，还优先考虑从事夜场和风俗业的女性。刚才西泽也说，鹫尾给人的印象与他想象中的牧师不一样。

"听你这么说，他确实是胸怀大志的牧师。"宗佑说道。

女性则苦笑："以前也许是吧……"

"现在不是吗？"

"现在就是个老酒鬼，星期日的礼拜倒还是会做，但其他时间基本泡在酒缸里。教会的日常事务也全都推给以前的信徒去做。我婶婶也常说，都是因为开始做那种事，他才变得和行尸走肉一般，完全没了过去的模样。"

行尸走肉——这个词沉重地钻入宗佑的耳朵。

"那种事是指？"

女性叹了口气，直视宗佑的目光。

"就是和死刑犯打交道。"

7

直也在铁门前停下脚步，通过窥孔望进牢房。未决犯杉田正跪坐在门后。直也打开门，喊道"报号——"

杉田立即回答："1437 号。"

用余光确认同行的狱警久保在点名簿上打钩后，直也关上门走向下一个牢房。

站在 25 号门前，直也朝窥孔望去，看到跪坐着的岸本后打开铁门。

"报号——"

"1120 号。"岸本的语气很庄重。

岸本是死刑犯。直也环顾牢房，确认房内没有异常，一切都井然有序。忽然，他注意到架子上的《圣经》，本要关门的手停了下来，看向岸本问道："对了……洗礼的事怎么样了？"

岸本困惑地看着直也。

"上次个人教诲的时候，你不是说想受洗吗？"直也接着说。

岸本似乎反应过来，低声说着"哦哦"。

后来直也再也没有听领导提到这件事。

"我没收到任何消息，估计鹫尾先生正向看守所提出申请吧。"

"是吗。希望你早日接受洗礼。"

"谢谢您。"岸本笑容满面地点头，随后直也关上铁门，与久保继续点名。

检查完 32 号房，直也感到自己前往下一个牢房的步伐变得沉重起来。

石原亮平住进 D 栋十一楼 33 号房已有两周的时间，但直也还是觉得面对他时很不自在，他也不明白为什么。尽管石原偶尔会有一些瞧不起人的言行，但他并没有表现出特别恶劣的态度，也没有故意提出让人头疼的请求。即便如此，每当与石原对视，直也总能感受到一种莫名的压抑和窒息。

是对石原犯下的罪感到厌恶吗？还是因为他比自己年轻，却已经命不久矣而感到同情？

到这个楼层工作后，直也已经接触过将近三十名死刑犯，却只对石原有这种感觉。

在 33 号房前停下脚步，直也看向窥孔，确认石原跪坐在房内后打开铁门。

"报号——"

"1370 号。"石原答道。

直也环顾房内一番后，正要关门，突然听到一句："可以等一下吗——"

"什么事？"他看向石原。

"能不能给我上次的纸？"

"纸？"不明白石原在说什么，直也不解地歪了歪头。

"自费购买的那个。"

应该是自费购物申请单吧。前些天直也告诉他自费购物的方法，并给了他三张申请单，不过石原并没有使用。

"之前给你的呢？"

"我以为不会用到就扔了，但可能是因为做了怪梦，突然很想吃点甜的。"

直也很好奇是什么怪梦让他想吃甜食，但估计问了石原也不会回答，于是没再追问。

"好。一会儿拿给你。"说完直也关上铁门，和久保一起走向下一个牢房。

完成 D 栋十一楼的点名后，两人回到中央监控室，里面已有几名前来换班的狱警，松下也在。

"早上好。"直也跟同事打招呼，但他们都板着一张脸，没人回应。

这是怎么了？吵架了吗？来换班的狱警彼此都不看对方的脸，一个个低着头，表情僵硬。

在沉重而压抑的氛围中，直也困惑地看向久保，久保看起来也很尴尬，他匆忙看了一眼钟表，确认时间已经过了 7 点半，说完"我先走了"，就急忙离开了监控室。

直也也想快点离开这里，但还得给石原拿申请单，他赶紧找了找，发现只有熟食和盒饭的购买申请单，食品饮料的申请单正巧用完了，得去总务科领取。

"你也该下班了吧。"

身后传来不快的声音，直也回过头，只见松下正不悦地瞪着他。

"嗯……33 号房的石原要一张食品饮料申请单，这里的用完了，我去总务科拿一下，给他送过去再下班。"

"等会儿我再给他送去，你先下班吧。"

"也不费多大事，我去……"

"我让你快点下班！"

松下的怒吼声吓得直也往后一仰，尽管松下是自己的领导，还是不由得狠狠瞪了回去。

明明是好心要减轻接班的工作负担，哪有反过来被斥责的道理。

"抱歉我不该吼你……我现在神经有点过敏……这些事我们之后再做，你先下班吧。"

"好的……那我先走了。"

调整好情绪后，直也离开中央监控室，随即乘坐电梯前往更衣室。换衣服时，他反复咀嚼着 24 小时轮班带来的疲劳和刚才的恼怒感。

离开看守所大楼后，直也边看手表边快步走向官舍。

虽然松下的话很让人生气，但今天下班时间比较早，直也很期待能在亚美和贤也上学前见到他们。

女儿亚美读小学四年级，儿子贤也读二年级。直也非常宠爱两个孩子，也很想多陪陪他们，但上白班的时候，孩子还在睡觉他就出门了，上轮班的时候，他回到家孩子都去上学了，所以除了休息日，直也很难在早上见到他们。

直也走出官舍电梯，踏上走廊，看到家门是打开的。"啊！爸爸——"刚走出门的亚美和贤也看到直也立即小跑过来。直也蹲下来迎接他们。

"爸爸今天会在家对吧？"贤也问道。

直也点头肯定。

"那放学后我们来玩足球游戏吧。亚美太弱了，一点儿都不好玩。"

"你嚣张个什么劲啦。除了足球游戏以外，姐姐我不是都比你厉害嘛。"

"好好，那我们来玩足球游戏和亚美擅长的游戏吧。爸爸来把你们两个都打败。"

无论工作中遇到多少烦心事，一看到两个孩子，所有的烦恼都烟消云散了。

目送两人搭上电梯后，直也走进家里。妻子由亚在玄关迎接他，笑着说："你回来啦，今天很早呀。"

"嗯，一下班就飞奔回来了。我饿了——"说着，直也脱鞋走上玄关。

"饭马上好，浴缸已经放好热水了，你先去洗澡吧？"

"好。"直也走进卧室，把包放在地上，从衣柜里拿出换洗衣物后前往浴室。

醒来后，直也伸手拿起床头柜上的手机。屏幕上显示现在已是下午1点多。

上完从早上 7 点半到隔天 7 点半的 24 小时轮班后，直也通常会回家吃饭、洗澡，然后小睡三个小时，可能是因为太累，今天睡得有点久。

虽然感觉还很疲惫，但再睡下去晚上可能会失眠。

直也从床上爬起来，拿着手机走出卧室，到客厅却发现由亚不在家。他突然想起来，由亚说过今天有个家长会，3 点左右才会回家。亚美和贤也估计也是那个时候回来。

直也坐进沙发，把手机放在桌子上，拿起遥控器打开电视。他心不在焉地看着午间综合新闻，节目正在报道一起发生在埼玉县的恶性谋杀案。

看综合节目和新闻时，直也总是感到很疑惑，为什么几乎每天都有杀人案发生呢？对大多数观众来说，这些可能只是与自己无关的遥远世界中发生的事，直也却怎么也无法置身事外，因为他之后往往会在工作中见到电视上报道的那些罪犯。

这些凶案及其造成的悲伤与痛苦就在他身边，只是他和家人、朋友都比较幸运，没有直接遇到这些悲剧而已。

突然，新闻快讯的声音响起，画面顶部出现"快讯"的滚动条。看到接下来出现的文字，直也不禁倒吸一口凉气。

　　法务省 15 日宣布，死刑犯岸本吾郎（52 岁，东京看守所）已于同日上午被执行死刑

15 日——就是今天。
滚动条上的字幕切换。

死刑犯岸本于 2009 年在千叶县市川市一位企业高管的家中杀害高管夫妻，因抢劫及故意杀人罪被判处死刑。

今天岸本被执行死刑了。

直也在心中一遍遍确认这个事实，岸本最后的样子掠过脑海。

直也说"希望你早日受洗"，岸本则笑容满面地向他道谢。

据说死刑一般在早上 8 点至 9 点间执行。

在那之后，岸本在一无所知的情况下吃了最后的早餐，接着狱警马上过来通知他即将执行死刑，并把他带到刑场。

岸本是怎样迎来自己最后的一刻呢？

被狱警蒙上眼睛，反手铐上手铐，脖子套上绞索……

想象这些情景时，早上中央监控室里同事的样子又浮现在直也眼前。

他们僵硬的表情，彼此都不肯对视的尴尬气氛。

抱歉我不该吼你……我现在神经有点过敏——

想必松下和当时在场的同事在那之后立即参与了岸本的死刑执行。

松下之所以大声斥责直也要他早点下班，应该是不想让他意识到接下来要执行死刑。即使几个小时后直也会察觉到这个事实，松下仍希望他能晚一点再知道，这样忧郁的情绪也会晚一点再缠上他。当时的自己都干了些什么？被松下怒吼后，自己回以挑衅的眼神，甚至还可能愤愤地向他"啧"了一声。

现在松下和其他参与执行的同事都怀着什么样的心情呢？

尽管是职责使然，却不得不剥夺他人的生命，他们该有多痛苦？

直也盯着电视画面，脑中浮现早上在走廊遇到的亚美和贤也的样子。当时自己心想，无论工作中遇到多少烦心事，一看到两个孩子，所有的烦恼都烟消云散了。

松下也有一个与亚美同龄的儿子，他对儿子的溺爱丝毫不亚于自己。

今天松下回家后看到儿子的脸还会有同样的想法吗？他究竟还能不能直视家人的眼睛呢？

直也感到心如刀割。虽然坐立不安，但他无能为力。

滚动条消失，综合节目不知何时已经转向了轻松的话题，但直也内心的悸动久久不能平息。

直也完全不知道接下来该怎么办，但有一件事非常清楚，他不想让家人看到自己现在的样子。

即使到由亚、亚美、贤也回家的那时候，直也也没有信心能保持镇定。至少在今天，他不可能装作什么都没发生，和孩子一起快乐地玩游戏，一家子其乐融融地吃晚饭。

直也不确定孩子会怎么想，但由亚应该会发现他不太对劲。如果她看新闻得知东京看守所执行了死刑，也许会从直也的言行中察觉出他现在负责管理死刑犯。

察觉出自己的丈夫总有一天也必须参与死刑执行。

直也拿起手机打开 LINE。

　　　刚才谷联系我说要见个面，我可以去吗？

直也用由亚也认识的朋友为借口给她发了消息，不一会儿便收到由亚的回复。

　好，什么时候回来？
　应该会很晚，不用准备我的晚饭了。

回完消息后，直也从沙发上起身，准备出门。

"下一站是北千住——"

电车的报站声响起，直也看了看手表，快到晚上 8 点了。

由亚和两个孩子应该刚吃完晚饭吧。这个时间孩子们还没睡觉，直也打算多消磨一些时间再回家。

直也给由亚发 LINE 消息后在下午 2 点多离开官舍，接着坐地铁前往有乐町，找可以消磨时间的地方。到了有乐町，他甚至提不起精神四处闲逛，直接走进了电影院。

然而直也完全不记得电影内容是什么，虽然他为了转移注意力，全神贯注地盯着屏幕，但脑海中不断浮现的是岸本被执行死刑的场景，最终还将参与执行的同事的心境投射到自己身上，忍不住流下了泪水。

走出电影院时还不到 5 点，要回家还太早了。直也本想进酒吧打发时间，但他酒量不佳，这么早就开始喝酒，可能到晚上就会醉倒，他只好放弃这个念头，漫无目的地在街上徘徊，走到最后筋疲力尽，便坐上地铁。

地铁到站开门，直也走下站台，通过检票口回到地上，正打算去 JR^① 北千住站换乘，突然又停下脚步。

直也想稍微喝点酒再回官舍，但去小菅附近的酒吧可能会碰到看守所的同事。即使对没有直接接触死刑犯的人来说，今天的新闻应该也同样震撼。哪怕没有遇到熟人，和他们面对面交流，只是听到他们聊死刑执行的话题，直也依然会很难受。

直也转身朝车站附近的酒吧街走去，看着贴在店门口的菜单，提不起食欲，便继续在酒吧街上前行。忽然，他注意到蹲在前方电线杆旁的两个男人，于是停下脚步。

其中一人自己似乎认识，直也定睛一看，认出是教诲师鹭尾。另一个男人倚着电线杆蹲在地上，鹭尾似乎在照顾他，正轻轻拍着男人的后背。

直也走近他们，开口问道："鹭尾先生？"

鹭尾转过头来，先是一脸茫然，随即似乎反应过来，喃喃自语道"哦……看守所的"，接着又把视线转回电线杆底下呕吐的男人。

看来他在照顾醉酒的朋友。

"我是小泉。这是怎么了？"

直也话音刚落，原本还在痛苦呕吐的男人突然怪叫一声"什么——小泉！"，随即转过脸来。

和男人四目相对，直也一惊，那人竟然是松下。松下的眼神对不上焦点，脸色苍白得像是置身极寒之地。

"哦哦……来得正好……陪我喝。我们再去一家……"

讲话含糊不清的松下朝直也伸出手，下巴还挂着呕吐物。

"松下，你还是回家吧。"鹭尾劝道，松下一把甩开鹭尾的手，

---

① 即日本铁道，是日本主要的铁路运营商，由七家地区性铁路公司组成的集团，网络遍布全日本。

跟跟跄跄地站了起来。

"还是说……你不想被我这种人，被我这种最恶劣的人指使？那就杀了我。干脆杀了我啊！"

松下的大喊大叫让直也困惑不已，他看向鸢尾。用充满怜悯的眼神凝视着松下的鸢尾则深深叹了口气。

"你也是倒霉啊。"拿着杯装清酒往嘴边送的鸢尾说道。直也闻言，目光从趴在桌上不断呻吟的松下身上抬起，直视着鸢尾，摇了摇头。

"不，倒霉的是……"

是你们吧——话到嘴边他又咽了下去。

刚才直也跟着鸢尾他们，三人一起走进一家居酒屋。松下接连灌下三杯杯装清酒，喋喋不休地说着自嘲的话，接着又和没电了似的倒头睡下。尽管一句话都没提到参与死刑执行，但看他与平时简直判若两人的样子，不难看出他经历了非同寻常的事情。

"二位刚才一直在一块儿喝酒吗？"小泉问道。

鸢尾摇头："不是……"

"我是在上一家店里喝酒时遇到松下的，大概 6 点多吧。因为他们上午就可以下班回家了，他应该一直都在别家店喝酒。碰见他的那时候，他就已经醉得不行了。"

就算可以下班回家，松下也不可能直接回官舍。刚出门去上班的丈夫没过几个小时就回家，妻子肯定会觉得很奇怪，新闻还报道丈夫工作的地方刚刚执行了死刑。

"松下先生是……哪个……"

后面的话直也说不出口。

"每个人都避之唯恐不及的位置。"鸢尾答道，又喝了一口清酒。

鸢尾指的应该是"接尸人"吧。两名负责接尸的狱警会在地下待命，当死刑犯的身体坠落时，其中一人会抱住尸身，防止尸身因反作用力而剧烈晃动，另一人则理顺绞索，让死刑犯面朝见证人并保持静止。

一旦参与死刑执行，无论负责哪个角色都令人难受，接触刚被绞死的死刑犯的身体，持续感受心跳逐渐消失的过程，想必更是格外痛苦。

直也望向旁边熟睡的松下，看着他趴在桌上痛苦呻吟的样子，想象他此刻正在经历的噩梦，不禁感到一阵黯然。

"本来那个位置是其他人负责的。"听到这句话，直也移回视线。

"但那个人说什么都不愿意做，甚至当场辞职……所以才紧急换成松下。"

"是这样啊……"

"早知道自己也该那么做的……刚才喝酒时他不知说了多少后悔的话。"

虽然不知道那个辞职的狱警是谁，但松下肩负养家糊口的重任，这绝不是一个能轻易做出的决定。

"那个……我有件事想问您……"

"什么事？"鸢尾闻言朝直也稍稍探出身子。

"岸本先生最后有受洗吗？"

"嗯……执行前受洗了。"

直也想，这多少是一丝安慰吧。

"岸本先生向我和关照过他的狱警道谢后，毅然接受了死刑。"

"多亏有您，岸本先生肯定能获得安息……"

"多亏我？"鹫尾打断直也，冷笑一声，粗暴地把酒杯放在桌子上。

"我可不是那种高尚的人，说到底不过是死神的爪牙罢了。"

鹫尾的话让直也倍感震惊。

"不……我甚至觉得我自己就是死神。"

"为什么这么说？"

"我认识岸本先生有六年了。第一次见面时，他刚被判处死刑。我听说他整个人非常颓废，一直在给自己辩解，对于被自己杀害的两名受害者既没有歉意也没有悔意，还常常顶撞狱警，挨了好多次处分。在接受我的教诲后，他开始认真学习《圣经》，虽然进展缓慢，但他逐渐可以正视自己犯下的罪行，对两名受害者的赎罪意愿也越来越强烈。"

听着鹫尾的描述，直也脑海中浮现出岸本接受教诲时的样子。在直也看来，那时的岸本已不再是一名残忍夺走两条生命的凶恶罪犯，而是一个思念女儿的父亲，一个不断为受害者祈祷的温和男性。

正因为鹫尾的存在，岸本才得以改邪归正，重新找回人性。可鹫尾怎么说自己是死神呢？

"你能说出《刑事诉讼法》第479条第一款是什么内容吗？"

直也被鹫尾问了个措手不及，支支吾吾答不上来。

"被宣告死刑的人如果心理状态失常，法务大臣可以做出停止执行刑罚的决定。换句话说，假如死刑犯的精神状态不稳定或者错乱，执行死刑的概率就会降低；但假如狱方判断他们已经真心悔改，并做好了以死赎罪的准备，那反而更容易被执行死刑，不是吗？"

直也愣住了。确实，自己和同事接触死刑犯时，总是优先考虑让他们维持平稳的情绪。

"我存在的意义，就是为了迅速而顺利地将死刑犯引向刑场。"

对于我们这些狱警来说，不也是如此吗？

死神——这个词深深地沉入直也的心底。

"在东京看守所当教诲师的这十年来，我见证了六个人执行死刑。你不觉得我作为死神相当出色吗？"鹫尾带着微笑问道，直也无言以对。

鹫尾移开视线，用阴沉的目光瞥了一眼松下，又看回直也，问道："你知道他住在哪里吗？"

"知道……我们都住在官舍。"

"那你送他回去吧。"鹫尾说完站起身，把从口袋里掏出的一张皱巴巴的 1 万日元钞票放在桌上，径直朝出口走去。

8

一到店门口便听见门后传来卡拉 OK 的声音。

宗佑开门走进店内，一个公司职员装扮、手握麦克风的男人首先映入眼帘。与上次来时不同，两张桌子中的一张已经被一对男女占据，吧台前也坐着两个男顾客。

宗佑环顾店内，没有看到教会网站照片上的男人。

"哎呀，牧师先生——"

听见吧台里面的妈妈桑向他打招呼，宗佑走了过去。

"今天很热闹啊。可以坐会儿吗？"

"当然了，热烈欢迎。"

宗佑坐在空着的吧台座位上，点了杯啤酒。他请妈妈桑也喝一杯，两人举杯相碰。

"她叫您牧师先生？您是鹫尾先生的朋友吗？"坐在右边的男顾客突然问道。

"也不算吧……"宗佑含糊其词。

"他是听到鹫尾先生的传闻，好奇鹫尾先生的事才来这里的。"妈妈桑补充道。

"哦……牧师你好奇心挺强呀，不过我觉得他只能当你的反面教材。"

"那个人也是这么说的。"

"那个人是……您跟鹫尾先生提到我了吗？"

"对。"

"他怎么说？"

"刚才说了嘛，好奇心强的人呀。今天您也是来找鹫尾先生的吗？"

"能见到他的话当然最好。"

"他已经有一个星期没来这里了。很可惜，我猜他今天也不会来。"

"是不是太忙了？"宗佑问道。

"不是啦。"妈妈桑夸张地摆了摆手。

"上次他在店里吐了血。"

"血？"宗佑惊讶地反问道。

"对……听他说得了肝硬化。我把这事儿跟婶婶讲了之后，她下令不许再给鹫尾先生酒喝了，我也把这话转告给了他，从那以后他就不来了。他估计是在别的店喝。"

"这样吗……"宗佑嘴上附和着，心里在想接下来该怎么办。

既然妈妈桑已经跟他提过自己的事，那干脆问一下联系方式？或者早点离开这里，去附近的酒馆找一找？

"除了这里以外，鹫尾先生常去哪家……"宗佑正问时，突然听到开门的声音，妈妈桑看向门口。

"哎呀……来得正好。"

听到妈妈桑的话，宗佑回过头。一个穿着运动服的中年男人走进店里。虽然和照片不太一样，但看起来应该是鹫尾。

照片上的鹫尾看上去很精悍，眼前的男人却满头白发，瘦削憔悴，然而他透过眼镜射出的眼神比照片中的更加锐利。

"鹫尾先生，这位就是我上次跟你说过的牧师先生。"

在妈妈桑的介绍下，宗佑说道："我是保阪，请多指教。"鹫尾只是轻轻抬了一下手便走向角落，坐在桌子旁。

"鹫尾先生，今天也不能给你提供酒哦。"

"我只是来拿落在这里的东西。"说着，鹫尾从桌旁的柜子上拿起什么东西站了起来——是诗歌播放器。

鹫尾径直走过宗佑背后，打开门离开。宗佑盯着他的背影，鹫尾回头说道："你不一起来吗？这家店太吵，不适合聊天吧。"

宗佑意识到这话是对自己说的，连忙拿出钱包结账，随后跟着鹫尾走了出去。

两人走在夜晚的欢乐街上，走在前面的鹫尾在一家居酒屋前停下脚步。见他拉开滑门走进店内，宗佑也跟着走了进去。

139

这是一家只有吧台和三张桌子的小店，座位上已经坐了一半的客人。

宗佑朝吧台看去，一位像是店长的年长男性望过来，脸色一沉。宗佑马上意识到他们是不速之客。

服务员没有向他们打招呼，鹫尾直接坐在空着的桌子内侧。宗佑在他对面坐下，立刻感觉有人朝他们走来，回头一看，刚才吧台内的年长男性就站在自己身后。

"鹫尾先生，我不是早就禁止你入店了吗……"男性带着责备的表情说道。

"老板，今天有监护人在，不会有事的。我要一杯冰镇八海山，随便上些小菜。"

被称作老板的男性夸张地长叹一口气，接着看向宗佑，语气粗鲁地问道："那你呢？"宗佑答道："请给我一杯同样的。"

"说来惭愧，我之前在这里多次喝得烂醉。不，也不止这里……这附近能喝酒的店太少，真是不方便。"鹫尾看着走回吧台的老板，爽朗地笑着说道。

"不过……您可以喝酒吗？"宗佑问道。

"为什么这么问？"鹫尾不解道。

"听说您生病了。"

"听佳子说的吗？她还真是多嘴。"

原来那家小酒馆的妈妈桑叫作佳子。

"……耶稣基督在最后的晚餐也吃了面包，喝了葡萄酒，我每天也是怀着同样的心情喝酒，仅此而已。"

宗佑不知该如何作答，只能默默看着鹫尾。不久，两杯清酒和一盘似乎是开胃菜的小碟子端上了桌。

鹫尾拿起杯子，没有与宗佑碰杯，直接一饮而尽，要求再来一杯。老板再次叹了一口气，走回吧台。

"听说你在目白的教会当牧师……"

宗佑点点头，从放在旁边椅子上的包里拿出名片夹。

"我是保阪，请多指教。"宗佑递上名片，鹫尾接过后端详片刻。

"那种时髦地方的教会牧师，找我有何贵干？"鹫尾用一种审视的目光打量着宗佑。

"我对您的传闻很感兴趣，所以想见您一面。"宗佑答道。

这时鹫尾点的酒和几碟小菜也端了上来。

"我的传闻？是不是听说有个在锦丝町的酒吧里喝得烂醉、不知检点的牧师？"鹫尾伸手拿起杯装清酒，笑着问道。

"不……听说您在东京看守所担任教诲师。"

宗佑刚说完，正把酒杯举到嘴边的鹫尾停下手，眼镜后的双眼纳闷地盯着他。

"其实我以前也在千叶监狱当过教诲师。"

"以前？也就是说你辞职了？"鹫尾没有喝酒，把杯子放回桌上。

"是的。我认识的一个牧师说非常想当教诲师，我就介绍他去接替我的工作了。因为当时我自己也有一些想法，觉得时机正好。"

"想法？"鹫尾不解地问。

"我一直希望自己总有一天能成为东京看守所的教诲师。"

假如鹫尾找千叶监狱的狱警西泽核实，就会发现宗佑辞去教诲师的理由只是个谎言，但宗佑猜测他们今后并不会有交集。

眼下他只能咬住鹫尾不放，尽量争取当上东京看守所教诲师的机会。

"我曾经在电视上看过有关死刑犯的纪录片……自那以后，我一直想给死刑犯做教诲。对于那些犯下重罪、只能等待死亡的死刑犯，我希望他们的灵魂多少能获得一些救赎。为他们提供帮助，或许就是我今后应该做的事情……"

"重罪啊……"鹫尾喃喃说道，拿起杯子喝了一口酒。

鹫尾是怎么看待宗佑的呢？在他看来，宗佑是像他一样愿意向弱势群体伸出援手、热心公益的牧师，还是一个心怀鬼胎的可疑人物呢？

鹫尾一直盯着宗佑，从表情看不出他内心的想法。

"你的家人是基督徒吗？"鹫尾突然问道。

宗佑摇头："不是。"

"我的父母信奉神道①。我在 22 岁时受洗成为基督徒。"

"为什么选择基督教？"

明明是理所当然的疑问，宗佑却一时语塞。

希望自己害死优里亚的罪过能得到赦免——

宗佑害怕一旦鹫尾得知他决定受洗的原因就会拒绝他。

见宗佑沉默不语，鹫尾抓起酒杯就灌下一半。

"刚才你说，你希望那些犯下重罪、只能等待死亡的死刑犯多少能获得一些救赎。"鹫尾放下酒杯，双手在桌上交叉，微微向前

---

① 神道教简称神道（Shinto），是日本大和民族和琉球族的宗教，分为大和神道和琉球神道。神道最初以自然崇拜、祖先崇拜、天皇崇拜等为主，属于泛灵多神信仰（精灵崇拜），视自然界各种动植物为神祇，也赋予各代日本天皇神性，特别崇拜作为太阳神的皇祖神——天照大神。称日本民族是"天孙民族"，天皇是天照大神的后裔，并且是其在人间的代表，皇统就是神统。

倾身。

"是的。"

"你人生中犯下最深重的罪是什么？"鹫尾紧盯着他问道，这让宗佑感到一阵令人窒息的压迫感，那锐利的眼神似乎在说，他不会放过任何谎言和借口。

宗佑没有避开鹫尾的视线，在心里下定决心后长出一口气。

"我害死了自己的恋人。"这句话一出口，胸口传来一阵钝痛。

"害死自己的恋人是指出事故了还是怎么了？"

"不是的……20岁的时候，我喜欢上了女朋友的姐姐。跟她坦白这件事后，她就从我和她姐姐面前消失了。一年后，她从自己住的公寓跳楼自杀，留下她和我的孩子。"

"你不知道她怀孕了吗？"

"是的，直到她去世我才知道。后来我一直受到良心的谴责，自暴自弃。就在那时我接触到《圣经》，也想要更深入了解那些话语的含义，于是定期去附近的教堂，最后接受了洗礼。背叛并害死自己的恋人，这是我人生中最深重的罪孽。"

说出口之前，宗佑还在犹豫不决，但奇怪的是，现在他感觉心情轻松了些。

他正思考为什么会这样，却发现眼前鹫尾的表情发生了变化。鹫尾看着他的眼神不再如先前般锐利，而是透出一种愿意包容一切痛苦的慈悲。

"……那孩子后来怎么样了？"

"被杀了"这句话，宗佑说不出口。

"你一直抚养孩子，但没有告诉他实情吗？"鹫尾追问道。

"不是，"宗佑摇头，"孩子和母亲的姐姐一起生活，户籍上算是亲生女儿。"

"是吗……"鹫尾轻声答道，伸手去拿杯子，将剩下的酒一饮而尽后重新看向宗佑。

"很遗憾，我不能把工作托付给如此罪孽深重的人。"

宗佑咬紧牙关，果然不该说真话。

"……不，你自己肯定承受不了。"

这是什么意思？

"那个……"

"和你聊天很开心。"鹫尾打断了宗佑的话，从裤兜里掏出两张皱巴巴的 1000 日元钞票放在桌上，站了起来。

"那个，您说我自己承受不了，是什么意思？"

听宗佑这么问，正朝门口走去的鹫尾停下脚步，回过头来。

"就是说，你没有必要主动去窥视黑暗。"说完鹫尾便离开了。宗佑望着他的背影远去。

他不能就此放弃，但现在追上去也找不到能说服鹫尾的言辞。

鹫尾的身影消失后，宗佑把酒灌进喉咙，思考接下来该怎么办。

9

直也在 33 号房前停下脚步，通过窥孔看向牢房内，石原盘腿坐在桌前。

"石原，要开门了。"说着，直也开锁打开铁门。石原坐着没动，只转过头来。

"有你的信。"

"信？"石原歪了歪头，露出讶异的表情。

直也踏入牢房，将已经拆开的信封递给石原。石原接过来，看见背面写着的寄件人姓名，嘴角扭曲了一下。

上面写着——武井遥。

根据信件内容和之前石原与律师的会见谈话，直也猜出她是石原的姐姐。她也许是跟母亲姓，也可能是婚后改了姓。

"如果你要回信，我们可以提供信纸、信封、邮票，你填张申请单就行。"

直也说完便要离开。"等一下。"石原叫住他，将信封连同里面的信纸一块儿撕成两半，接着不断撕成更小的碎片。

"能不能帮我扔掉啊？"石原边说边递出手中的纸屑。

"你确定？"

"连扔到这个房间的垃圾桶里我都觉得脏。"

直也伸手接过碎纸片。

"对了……最近都没瞧见那个叫松下的狱警。他怎么了？"

听到这个名字，直也脸色一僵，但他没有作声，只是直直地盯着石原。

"最后一次看到他是在——对了……新闻播报说这里执行死刑的那天。那天早上他给我拿来自费购物的申请单时，脸色惨白。"石原脸上露出一种享受对方反应的表情。

看守所里也会播报死刑执行的新闻，之后的一段时间里，这一层楼关押着的死刑犯都会恐慌不已。

"松下老师是不是杀了那个叫岸本的死刑犯啊，所以看守所奖励了他一个长假？"石原调侃般笑着问道。

"闭嘴。"

"别这么冷淡嘛，我只是想问问当时的情况而已，我想知道自己会怎么死掉。你参加过死刑执行吗？"

"我姑且再确认一遍，这个要扔掉对吧？"直也没有回答石原的提问，而是握紧纸张，伸手确认。

"嗯。我才不需要那种东西呢。"

"好。"

"我死的时候，希望是小泉老师你陪着我呀。我很想看看，你会用什么样的表情来杀我。"石原边说边笑，直也没有理会他，走出牢房，关上并锁好铁门。

回到中央监控室，他径直走向垃圾桶，正准备松开紧握的手时，突然改变了主意，走到办公桌前坐下，将手中无数的碎纸片撒在桌上。

尽管石原极力想要保持冷静，但从被撕得极为细碎的纸片中，还是能一窥石原的内心情感。

因为要检查信件，直也已经看过信，他原本希望石原能读一读信件的内容。

直也查过档案，知道石原9岁时父母离婚，从那以后他就与母亲和姐姐分开生活，姐弟间有何纠纷他不得而知。然而，即使石原犯下那般残忍的罪行，还被判为死刑犯，他的姐姐仍想见一见弟弟，并希望弟弟在被执行死刑前能有赎罪的想法，找回小时候那个诚实善良的自己。姐姐那诚挚的感情深深触动了直也。

正如刚才石原自己所说，他迟早会被执行死刑。直也无法确定是今年、五年后还是十年后，但石原对申请再审的冷漠态度似乎预示着那一天的到来并不会太远。

直也一点儿不想，也不愿想象自己真正见证石原的死刑那一天是何情景，但他还是希望石原能在临终前找回一些人性。

看着桌上的碎纸片，直也叹了一口气，打开抽屉寻找透明胶带。

“工藤，要开门了。”

直也看着窥孔，说完打开铁门，一阵怀旧的旋律传入耳中。

原来是牢房内的广播在播放音乐，那是直也参加狱警初任培训时常听到的一首流行曲。

“教诲的时间到了，赶紧做好准备。”

直也说完，跪坐在眼前的工藤站起身，穿上拖鞋进入走廊。

直也关上铁门，和同事久保一起押着工藤穿过走廊。虽然离开了牢房，刚才的旋律依然萦绕在耳边，勾起了他初为狱警时的回忆。

那时的直也满怀希望。长女亚美出生，他与由亚也登记结婚，还找到一份稳定的工作，他本以为自己将迎来一个丰富多彩的未来。

现在的自己却……作为死神的爪牙，正将一位死刑犯送往教诲室。

我死的时候，希望是小泉老师你陪着我呀。我很想看看，你会用什么样的表情来杀我——

他回想起与石原的那段对话，最后一次见到松下的情景也在脑海中忽隐忽现。

岸本的死刑执行后第二天起，松下因为身体不适一直请假，已经将近三个星期没来上班了。

自那天从北千住的酒馆把醉得不省人事的松下送回官舍后，直也就再没有见过他。

松下的妻子出门迎接时，一看到松下的状态似乎就明白发生了什么，毕竟午后的新闻节目播报过丈夫工作的地方执行了死刑。

看着眼前这对夫妇，直也感到无地自容，将松下交给他的妻子照顾后便逃也似的地奔回家。

尽管他们都住在官舍，直也后来却再也没有遇见过松下，这让他一直放不下心，虽曾考虑去松下家里探望，但由于害怕要直面松下，他迟疑不决。

松下此刻是什么想法呢？

走到教诲室，直也敲了敲门，听见里面传来一声嘶哑的"请进"后，他打开门。

"我带工藤义孝过来了，打扰了。"

朝坐在桌子对面的鹫尾说完，直也让久保在门外待命，自己与工藤一同步入房间，接着关上门，坐在门边的椅子上。

"工藤先生，好久不见了，欢迎欢迎。"随着工藤走近，鹫尾也起身，如往常一样给了他一个拥抱。

鹫尾的表情十分温和，与在酒吧时相比简直判若两人，但他的脸色依旧很差。实际上，他的面色比上次更显阴沉。

鹫尾放开环抱着工藤的手，两人隔着桌子坐下。

"最近感觉怎么样？"鹫尾和颜悦色地问道。

"感觉吗……"工藤低下头。

"怎么了吗？"鹫尾接着问。

"这段时间一直睡不好……"

"是有什么烦心事吗？"

工藤依旧低着头，讲话吞吞吐吐。

"莫非是……那条新闻的影响？"

工藤顿了一下，点了点头。

他们说的应该是岸本被执行死刑的那条新闻。

"……自从得知那位名叫岸本的人被执行死刑后，我就一直无法平静下来……满脑子都是下一个会不会就是我……我什么时候会被执行……"

工藤因杀害朋友一家三口而被判处死刑。由于自判决生效已经过很长时间，他随时有可能被执行死刑。

"即便不是处在您这样的境遇中，也没有人能预知未来。我们只能过好……每、一天……"鹭尾突然用一只手按住腹部，表情因痛苦而扭曲。坐在对面的工藤似乎也察觉到异样，一脸担忧地探出身问道："……鹭尾先生，您怎么了？"

"不、没事……没……什么……"鹭尾的声音颤抖不已，他边说边用另一只手捂住嘴，随即从椅子上摔倒在地。

"鹭尾先生？！"直也脑中瞬间一片空白，赶紧起身走到鹭尾身边。鹭尾捂着嘴，红色液体从指缝中流出，见状直也蹲下问道："您还好吧？"

鹭尾痛苦地呻吟着，轻轻点头表示没事。

这怎么可能没事。

直也站起来冲向门口，一开门就撞上在外等候的久保。

"鹭尾先生吐血倒下了！快叫救护车，请医务室的医生过来！"

久保慌慌张张地跑走，直也也赶忙回到鹭尾身边。

走出大门，接触到外界空气的瞬间，直也不禁叹了口气。

真是疲惫的一天啊，他快步走向官舍。

鹫尾在教诲室突然倒地，随后被迅速赶到的救护人员送往医院，直也的领导也一同过去，听他说鹫尾马上被安排住院了。领导在电话中提到，医院并没有告知鹫尾究竟患了什么病，不过直也觉得估计是肝脏出了问题。鹫尾似乎经常喝酒，气色一直都很差。假如是肝硬化或肝癌，确实有可能出现吐血的症状。

不喝点儿就撑不下去呀——

直也想起，鹫尾曾在看守所食堂偷偷喝酒，还发出这样的感慨。

他为什么一直坚持给死刑犯做教诲呢，做这种不把自己的身体喝坏就撑不下去的教诲。

坚持做这份他自认为是死神爪牙的工作。

鹫尾说过，当上东京看守所教诲师的这十年间，他已经见证了六次死刑执行。虽然直也一次也不愿参与，但身为狱警，这也是分内职责，一旦轮到自己，就不得不去做。然而教诲师纯粹是志愿服务，并非正式职业，肯定有很多办法可以避免这种情况。

如此艰难而痛苦的事，鹫尾为何愿意坚持做整整十年，直也实在是费解。

"喂，小泉——"听到背后传来的呼唤，直也停下脚步回头，身着西装的松下正朝自己走来，看起来他应该是刚从看守所出来。

"您刚才在单位里吗？"直也问道，松下点头肯定，随后两人并肩而行。

"我一直想向你道谢，结果到现在还没说出口。那天晚上谢谢你。"

提到那天的事，直也有些痛心地看着松下，不知该对他说什么好。

"没事……您身体还好吗？我一直放心不下……"

"从那天之后就没变，恐怕……永远不会变了。"

直也不忍直视这样的松下，移开了视线。

"刚才我去交了辞职申请，因为接下来我要把带薪年假都休掉，我们估计不会再在单位见面了。工作交接方面可能会给你添麻烦……不好意思啊。"

"不会……"

"下周我们就会搬出官舍。"

"你们准备搬去哪里？"

"岛根。"

这个意外的答案让直也重新看向松下。

"我老婆的娘家在那里，他们经营着一家农场。现在我特别想去耕耘土地。"松下说着笑了笑。

直也也觉得或许这样比较好。

"那天我也给鹫尾先生添了麻烦。我想向他道歉，但不知道他的联系方式，下次见面时你能帮我捎个话吗？"

"这个嘛……我不确定什么时候才能再见到鹫尾先生。"

松下歪头不解。

"他今天在教诲中突然吐血……被救护车送到医院，听说直接办理了住院。"

松下的表情黯淡下来，低声说："是吗……"他停下脚步，转身望向前方那座宏伟的建筑。直也同样凝视着自己的工作场所。

"你要继续做这一行吗？"

直也无法回答。

"如果是的话，尽量别投入太多的感情。"

直也疑惑地看向松下。

"我在那层楼工作了三年，不知不觉中，我开始将死刑犯看作跟自己一样的普通人，也包括那个人……"

那个人——松下说的是岸本吧。

"他当然和我一样是人。可是……他杀了人，实在是太痛苦的一件事了。"

松下凝视着东京看守所良久，最终仿佛要摆脱过去般向前走去。

10

走出锦丝町站，宗佑进入附近的一家购物中心，到地下食品卖场寻找适合当伴手礼的商品。

宗佑并不了解鹫尾，只知道他爱喝酒，显然不能带酒去看他，但也不确定他是否喜欢甜食。宗佑还考虑过就送束花，可估计也不符合他的个性，最后选择了中规中矩的水果礼盒。

前天，"卡拉 OK 小酒馆・红宝石"的妈妈桑佳子给教会打来电话，说是鹫尾一周前入院了，他要佳子帮忙转告宗佑，因为没人陪他聊天，他很无聊。于是佳子找出鹫尾寄放在她那里的名片，拨打了上面的电话号码。

离开购物中心，宗佑在车站前搭上出租车，目的地在起步里程内，不一会儿他就到了医院。坐电梯到四楼，宗佑先来到护士站。

"我来探望 403 号房的鹭尾先生。"

得到护士的许可后，宗佑走向 403 号病房。看门口挂着的牌子，这是间六人房，鹭尾的床位在窗边。

"打扰了。"宗佑直直走到病房最里面，找到正躺在床上读书的鹭尾。鹭尾似乎已经发现有人靠近，不等宗佑开口便转头看过来。

"哦……你来啦。"鹭尾合上书本放到床头柜上。他的脸看起来比之前更加消瘦，但气色似乎好多了。

"我带了点小东西，不成敬意，一会儿您可以尝尝。"宗佑把水果篮放在桌上。

"确实不够意思的，我还等着你带酒来呢。"

"那怎么行……"

"算啦，你随便找个地方坐吧。"

宗佑就近拉了一把折椅坐下，鹭尾按下病床的按钮抬起上半身。

"我听佳子说，后来你也经常去找我。"鹭尾说道。

"是的。"宗佑点头。

单凭那天的对话还无法让宗佑死心，他每个星期都会跑两趟锦丝町，在那家小酒馆和附近的酒吧流连徘徊，四处寻找鹭尾。

只是找鹭尾交谈的话，宗佑也可以请佳子告诉他鹭尾的联系方式，但他觉得如果不是面对面，估计会再次被拒绝。

"你可真是个古怪的牧师，我又不是值得你这么执着的人，还是说，其实你执着的对象并不是我？"

鹭尾暗含深意的说法让宗佑差点做出反应。他微微歪着头看向鹭尾。

"不过算啦……我也想再和你聊一聊。"

"听说您一个星期前入院了，现在身体感觉怎么样？"

"没什么大碍，只是肝癌罢了。"鹫尾若无其事地笑了。

"不是说肝硬化吗……"

"我原本不想说，但既然在店里吐了血，也瞒不住了。不过，要告诉亲近的朋友我查出了肝癌，只剩下半年可活，确实也难以启齿吧。"

最后一句话让宗佑深感震惊。

"只剩半年可活……这是真的吗？"

"医生是这么说的。正当我思考今后该怎么办时，你在我面前出现了。这也许是某种天意吧。"

"您说想再和我聊一聊，是指……"宗佑探身问道。

"有一件事我忘记问你了。"

"什么事？"

"通过追求与过往不同的活法，你觉得自己已经洗刷掉罪恶感了吗？"

鹫尾凝视着他，目光无比坚定，不像是一个重病之人的眼神。

"你觉得自己造成恋人死亡的罪过已经得到宽恕了吗？"鹫尾的话语和目光尖锐地刺入宗佑的内心。

为了得到宽恕，宗佑学习《圣经》教义，接受洗礼，后来成为牧师，但每次想起优里亚，心中仍会感到刺痛。

"……我不这么觉得。"

"即使你已经受洗，成为上帝的子民？"鹫尾带着一种探寻的目光问道。

宗佑默默点头。

"即使你身为牧师，处于教导他人的立场上？"

"……我认为上帝已经赦免了我，但我还没能原谅自己。"

"是吗……跟我一样啊。"

宗佑不解地看着鹭尾。

"明明马上就要死了，却还是无法原谅自己犯下的罪。"

鹭尾犯了什么罪？虽然好奇，但宗佑决定等鹭尾自己说出来。

过了一会儿，鹭尾缓缓抬起一只手，从上往下解开睡衣的扣子。敞开睡衣后，可以看到一大片华丽的刺青盘踞在他的胸口和肩膀上。

宗佑想起自己认识的牧师仓田。虽然没有目睹，但听说他也有刺青。

"……我年轻时就是个恶名昭彰的不良少年，18岁那年加入黑帮，直到35岁被逐出组织，我做了很多坏事。"

"您为什么被逐出了黑帮？"宗佑问道。

"因为兴奋剂成瘾，我被警察逮捕了，组织里是严禁吸毒的。"

"您至今仍不能原谅自己在黑帮时犯下的罪吗？"

"我当然认为自己做了很多坏事，但那并不是我人生中最深重的罪，至少我自己是这么觉得的。"

人生中最深重的罪——上次见面时鹭尾问了这个问题，宗佑告诉他自己导致优里亚自杀的事。

"这件事我从来没有告诉任何人……但让你说了自己的故事，我总不能闭口不言就离开人世吧。"

听见这句话，宗佑坐直了身子。

"我被逐出黑帮，并不是说从此就改邪归正了，反而肆无忌惮地堕落成最卑劣的那种人。白天沉迷赌博，晚上去酒吧街，通过诈骗或者找把柄恐吓在那里认识的人搞到钱，把钱拿去吸毒，结果就是再次被捕入狱。出狱后，我依旧不知悔改，继续过着同样的生活。直到 43 岁时遇到一位女性，我生平第一次想要反思自己的人生。"

"那位女性是什么样的人？"

"她叫文乃，比我小 5 岁。"说出这个名字似乎令鹫尾十分痛苦。

"我是在她工作的小酒馆认识她的，持续接触后我渐渐被她吸引。文乃在几年前和有暴力倾向的丈夫离婚，独自抚养当时读初中一年级的女儿靖子。她晚上在小酒馆工作，白天给超市打零工，还兼职做保洁，一个人辛苦拉扯女儿长大。文乃非常疼爱女儿，我去店里喝酒时，她常常开心地跟我讲女儿的事，还给我看照片。文乃坚强而努力的姿态，再加上她与我以前接触过的女性完全不同，这些都让我深深着迷。我母亲在我小学时抛弃了病弱的父亲，也抛弃了我，跟男人私奔了。而我交往过的女人或多或少都会让我联想到母亲，也许只有那样的人才会和我这种无可救药的男人在一起吧。当时的我可能是在文乃身上看到了理想中的母亲形象。"

谈论文乃时，鹫尾眼角的皱纹更深了。

宗佑第一次看到他露出如此温柔的眼神。

"……后来，我无时无刻不在想着文乃，却始终无法说出口，只能以顾客的身份继续光顾小酒馆。我想讨她的欢心，有时会去找她女儿那个年龄段的孩子喜欢的图书或角色周边，带到店里送给她，有时会倾听文乃的烦恼，给她意见建议，总之尽力表现得像个好人。在相处过程中，我感觉文乃似乎也对我有了好感，但我却犹豫着是否要主动更进一步。"

"因为必须谈及自己的过去吗？"

只要看到鹫尾的身体，就能推测出他的过往生涯。

"不仅仅是过去。当时的我虽不像以前那样频繁，但还是时不时在吸毒。我首先发誓要和毒品断绝关系。我这辈子第一次下定决心要好好工作，于是拼了老命到处求职，终于找到了一份建筑方面的工作。我本打算成为一名正经人之后，再坦诚告诉文乃我以前的人生，向她表白。如果她不能接受，那也无可奈何。不管怎样，我觉得这是改变我这个堕落人生的最后机会……"

鹫尾的目光似乎望着一个遥远的地方，宗佑意识到他的心愿并没有实现。

"真的很难……在那之前，我从没做过什么正经工作，加上长期吸毒导致身体虚弱，建筑工地的体力活对我来说异常艰难。每天都要忍受领导和同事的责骂，每次都想揍他们一顿就辞职，但我都忍住了。戒断反应日益加重，每次我都在脑中回想文乃的脸庞，回忆她给我看的靖子的照片，梦想有一天能和她们一起生活，就这样咬紧牙关挨过艰苦的工作和戒断反应。经过半年多的努力，我终于戒掉了毒瘾，工作中也经常能得到认可了。我想再戒半年，在职场上进一步赢得信任后，就向文乃表达我的感情。可是……"鹫尾说到这里停了下来，低下了头。

他的表情一下子变得惨淡无比。

"如果讲出来让您觉得难受的话，请不要勉强……"

"不，我想说给你听……"鹫尾打断宗佑的话，抬起头直视他的眼睛。

"……就在我那样考虑的时候，有个新客人开始光顾文乃工作的小酒馆。那个男人比我大几岁，据说几年前离了婚，现在一个人生活。他好像是一家会计事务所的所长，每次来喝酒都打扮得十分得体。他毫不掩饰自己对文乃的好感，时不时就带看起来很高级的点心送给她，聊天时常常邀请她出去吃饭或约会。虽然文乃婉言谢绝，但那个男人依然不屈不挠地追求她。目睹这些场景，我感觉内心充满难以言喻的焦躁和不安。我担心再这样下去，文乃可能会被那个人抢走，所以犹豫是不是该先向她告白，可我又害怕一旦告白不成，反而会永远失去她。焦虑、迟疑、恐惧在我的心中交织，接着我开始怀疑，我在如此巨大的痛苦中煎熬挣扎，该不会根本就没有任何意义吧？想着想着，原本拼命抑制的欲望开始急速膨胀……

"您又去碰兴奋剂了吗？"

宗佑说出自己的推测，鹫尾点了点头，表情比刚才更加悲怆。

"不仅如此，我还犯下了无可挽回的重罪。"

看着鹫尾布满血丝的眼睛，宗佑感到呼吸有些困难。

"有一天，文乃说自己已经很久没休息了，身体非常疲惫。于是我拿了一个药片给她，跟她说是可以消除疲劳的营养补充剂，让她试试。但那是我常吃的药片型兴奋剂。"

宗佑紧紧盯着鹫尾，努力压抑住从心底涌上的叹息。

"下一次见面时，文乃看我的眼神就变了。她心醉神迷地说还想要那种营养补充剂。她似乎根本想象不到，自己吃的其实是兴奋剂。我用一种施恩于人的态度告诉她这是非常难得的珍品，把药片递给她。就这样一次又一次……"

鹫尾移开视线看向窗外，片刻后重新看着宗佑说道："几个月后，文乃成了我的女人，我没有反省自己的行为，而是任由欲望驱使，不费吹灰之力便得到了她。那时候，她已经知道我以前是黑帮成员，有逮捕记录，坐过牢，以及她吃的药片其实是兴奋剂，但她一点儿都不在乎。每次见面时，她只是一味地渴求毒品和我的身体。我辞掉讨厌的工作，重新过上以前那种自甘堕落的生活，文乃也无法像以前那样干活，却比以前需要更多的钱，所以她堕落到了能快速赚钱的世界。"

宗佑听出文乃是去卖身了。

"目睹她的变化，我对她的执着也消失得无影无踪。这个说法实在是太自私，明明是我有意让她变成那样的……但因为我受不了待在她身边而产生的罪恶感，开始与她保持距离。不久，我因为在酒吧里殴打顾客被逮捕，吸食兴奋剂的事也曝光，结果被判了三年有期徒刑，再次入狱。"

"那之后和文乃女士的联系呢？"

宗佑很在意她们母女后来怎么样。

"入狱后，文乃从没有来探望过我，也没有给我寄信。你可能会觉得事到如今还说些什么呢，但随着我在监狱里过上有规律的生活，逐渐摆脱毒品的诱惑后，我重新意识到自己犯下的重罪。服刑期间，我无时无刻不在想文乃和她的女儿。我酿下大错了……但愿她能摆脱毒瘾，和女儿过回正常的生活。出狱后，我犹豫再三，最后还是下定决心，前往她们曾经居住的公寓，但文乃和靖子已经不在那里了。找公寓的房东打听后才知道，文乃在大约一年前被逮捕，罪名是涉嫌杀害她的女儿……"

宗佑倒吸一口凉气，勉强问出："为什么会做出那种……"

"我也很想知道，但我不敢问，也没有去查。光是得知文乃杀了她的女儿这个事实，就已经让我心如刀绞了。"

鹭尾大概认为是吸食兴奋剂的影响吧。

"不，杀了靖子的不是文乃，而是我。我摧毁了文乃的心……

之前我指责你是个罪孽深重的人，实际上罪孽更深的是我。"

"所以您才开始寻求信仰吗？"

"没错……当我因良心的苛责而痛苦不堪时，在车站附近布道的女人叫住了我，我因此接触到基督教。换作以前的我，根本不会停下脚步……但当时如果不依靠些什么，我根本活不下去。"

这种心情宗佑能感同身受。

优里亚自杀后，他也饱受着良心的折磨。

"可是，不管我再怎么学习《圣经》教义，甚至受洗成为基督徒，我的心依然没有得到救赎。文乃和靖子的身影一直在我脑海中忽隐忽现，无论如何都挥之不去，而我也无法原谅毁掉她们人生的自己。该怎么做才能得到神的赦免？该怎么做才能原谅自己？烦恼许久后，我认为自己唯一能做的就是不断赎罪。我已经无法直接向文乃和靖子赎罪，但如果我能给其他人的心灵带来一些救赎，也许……就能……"鹫尾说话的声音变得越来越小，最终痛苦地低下了头。

"'罪人之门'就是您为了赎罪而创立的吗？"

听宗佑这么问，鹫尾慢慢抬起头，接着点头肯定。

大部分教会通常在上午进行礼拜，而鹫尾担任牧师的教会则是在下午2点。租借场地给教会的小酒馆妈妈桑佳子说过，这样安排是为了方便附近在夜场和风俗业工作的女性来参加。但宗佑推测，鹫尾可能也是希望能帮助与过去的文乃有相同境遇的女性吧。

通过教会官网可以看出，鹫尾致力于帮助收押于监狱和看守所的罪犯重返社会，也会向药物成瘾者伸出援手。然而根据佳子的说法，尽管星期天照例会组织开展礼拜，但教会本身几乎没有发挥其应有的作用。

她说，与死刑犯打交道后，鹫尾就变得如行尸走肉一般——

"您是怎么当上东京看守所的教诲师的呢？"宗佑问道。

"大约十年前，一位认识的牧师来问我要不要做。他是在我成为牧师时，为我行按手礼①的其中一人。他在东京看守所做了许多年教诲师，但因为年事已高，身心状况逐渐恶化，所以在找继任者。"

"那位牧师为什么会找您呢？"宗佑问道。

鹫尾歪着头。"为什么呢……"他思索着。

"我没有直接问过，但我猜，毕竟是要面对犯罪者，或许背景不那么清白的牧师更适合吧。那位牧师对我的过去也有一定的了解。"

"于是您答应了？"

"我并没有马上就做决定。"鹫尾立刻摆了摆手，"听了他的描述后，我很是犹豫。东京看守所是设有刑场的地方，那么当然也要给死刑犯做教诲，不如说，来接受教诲的多半是死刑犯吧。执行死刑时，教诲师必须见证死刑犯的最后一刻。当时那位牧师很艰难地说，为即将死去的人祈祷是非常痛苦的一件事。"

听着鹫尾的话，宗佑再次在脑中想象那个场景。自己面对即将被处以极刑的石原亮平的那一幕。

"经过一番苦恼，我最终接下了这个工作。不过，当时并不是出于什么使命感，而是出于某种邪念。"

"邪念……"宗佑喃喃自语，不明白这是什么意思。

"那时的我依然无法原谅自己犯下的罪行，一直感到痛苦不堪，

---

① 一种宗教礼仪，把手按于领受者头上，象征圣灵的降临、祝福的传递、授权或任命等含义。

一直在想是我毁了文乃幸福的人生，是我害她杀了靖子，我是最卑劣的人。我以为，如果去见一见那些犯下残酷罪行的人……不对，那些禽兽的话，也许我就不会那么自责，也会感到轻松些吧，当时我的想法就是这么卑鄙无耻。"

看着面前形容憔悴的鹫尾，宗佑心想，实际上他绝对没有那样想。

"出现在我面前的死刑犯全都是普通人。即便他们做出了禽兽一般的行径，但他们毫无疑问是和我一样的人。他们和我一样，会因为有趣的事哈哈大笑，谈到外面的家人会因思念而哭泣，认真学习《圣经》后被夸奖时会露出开心的表情。接触到他们的各种面貌后，我渐渐忘记了他们是死刑犯。在看守所以外的地方想到他们时，我也是把他们看作一个人类，看作一个朋友，而不是死刑犯。然而，通知总是突如其来。看守所会打电话给我，说'明天早上请来一趟'。第二天，我会在刑场见到那个人，然后被拉回到残酷的现实中。献上最后的祈祷后，朋友被狱警蒙上眼睛、戴上手铐，带入刑场。我只能看着这一切，不断祷告……"

虽然眼睛看着宗佑，但鹫尾眼前似乎浮现出当时的情景，上半身微微颤抖着。

"第一次见证执行后，走出看守所，我感到周围一片黑暗。然而那时才上午 10 点左右，也没有下雨。那种灵魂被撕成两半的失落感折磨着我。当时我祈求着再也不要……再也不要有这样的感受，可到现在，我还是送别了六位朋友。"

"您没有想过辞去教诲师一职吗？"

"第一次目睹执行后，我觉得这或许是对我的惩罚。让我承受这种痛苦，肯定是对我所犯之罪的惩罚。从那以后，无论多么痛苦，多么难过，我都认为这是对文乃和靖子的赎罪。我曾想过，像我这样罪孽深重的人可以当教诲师吗？我能救赎那些即将被处决的死刑犯的心灵吗？说到底，我真的有这个资格吗？但我也觉得……或许像我这样的人更适合。"

"这是为什么？"

"我觉得，像我这样无法原谅自身的罪行，一直在痛苦中挣扎的人，或许更能理解那些犯下重罪后只能等待死亡的人的内心。"

你觉得自己造成恋人死亡的罪过已经得到宽恕了吗——

宗佑终于明白，刚才鹫尾为什么要这么问了。

"听了我讲的这些后，你还想给死刑犯做教诲吗？"鹫尾直勾勾盯着宗佑问道。

宗佑慢慢闭上眼睛，聆听自己内心的声音。由亚的身影浮现在他的脑海中。

"你有勇气去窥视黑暗吗？"听到鹫尾的声音，宗佑睁开眼睛。

"即使承受痛苦，我的心意也不会改变。"

两人默默地对视了一会儿。最终，鹫尾重重地叹了口气，开口说道："是吗……我明白了。死之前我会和相关人士商量一下的。"

鹫尾已经和那些从信徒中挑选出的干事说过，假如有机会，他还想继续做教诲，并且得到了他们的同意。

"谢谢您。"宗佑深深低头。

"好像说太多话了，我有些累，需要休息一下。"鹫尾说着按下病床的按钮，放平上半身，闭上了眼睛。

"那么……我也告辞了。"

宗佑从折椅上站起来，明知鹭尾看不到，还是向他再鞠了一躬，朝门口走去。

走出医院，呼吸着外面的空气，宗佑却依然觉得喘不上气来。没想到最终竟揭开了鹭尾不愿触碰的记忆。宗佑感到内心一阵刺痛。而这只是因为自己——想为由亚报仇雪恨的愿望。

宗佑长长地吐出一口气，迈步离开。

第三章

1

看到拄着拐杖的男人走出电梯，宗佑从长椅上站了起来。鹫尾在一名女护士的搀扶下走过来，宗佑也赶紧走近。

"您身体感觉怎么样？"宗佑问道。

鹫尾苦笑着说："除了早餐很难吃以外，都没什么问题。"宗佑偷偷看了一眼旁边的护士，她的表情十分凝重。

想必鹫尾现在的状态并不适合外出，却硬是要求医生批准出院了吧。

"请先坐一会儿，我去叫出租车来。"

宗佑把鹫尾安顿在接待处的长椅上，接着走到医院门口，拿起出租车专用电话的话筒叫了辆车。大约15分钟后，出租车到达医院门口，宗佑回到接待处，告诉坐在长椅上看电视新闻的鹫尾。

宗佑搀着鹫尾慢慢走出医院，花了些时间帮他坐上出租车，打开另一侧车门坐到他旁边。

"请去东京看守所。"

告知司机目的地后，出租车马上驶出医院。

"您身体真的没事吗？"宗佑看着鹫尾问道。

无论是从长椅上站起身，还是坐进出租车，鹫尾都显得相当吃力。

"毕竟谁也说不准下一秒会发生什么事。趁我现在还能动，多少得勉强一下自己……不然可能就没机会交接了。"

大约两周前，还在入院的鹫尾联系了宗佑。他告诉宗佑，东京看守所的处遇部部长来探望自己，聊天中他提及自己将不久于人世，同时转告了宗佑希望从事教诲师的意愿，处遇部部长也表示欢迎宗佑接手鹫尾的工作，因此他找宗佑做最后一次确认。

宗佑毫不犹豫地说他愿意，之后事情的进展也十分顺利，今天就要正式与鹫尾完成工作交接，开始进行第一次教诲。

宗佑不知该如何回答，于是将目光移向窗外。

阴沉沉的天空似乎反映了他此刻的心情。

"……我第一次去东京看守所时，也是这样的天气。"

听到这句话，宗佑重新看向鹫尾。

"您还记得十年以前的事吗？"

"嗯……也许因为当时其实是个大晴天，只是在我看来很阴沉吧。那时候我在思考接下来要面对的人，心情非常沉重，也很紧张。"

现在的自己也是一样。即将见到的人当中肯定有死刑犯，他们被关押在狭小的单人牢房里，唯一能做的事只有等待死亡。眼下宗佑根本不知道要跟他们谈些什么，那些人当中也许还包括残忍杀死由亚的石原。

宗佑感觉手心开始出汗，于是再次凝视窗外，远处出现了一座他常在电视上看到的建筑物。随着东京看守所那座庞大的建筑逐渐靠近，他的心脏开始剧烈跳动。

出租车在像是入口的地方停下。宗佑付了车费，将钱包放回包里，接着走下车。搀扶着鹫尾下车走进看守所。感觉鹫尾的步伐比之前稳定了许多，宗佑跟在后面踏入走廊。

一名身着制服的狱警站在走廊里，见两人走来，开口说道："二位辛苦了。"

"你也辛苦了。我想你应该听说了，他就是下一任教诲师，今后就拜托你了。"

鹫尾介绍完，宗佑与狱警寒暄了一番。

"请多指教。按照规定，除了教诲需要的东西，其他物品将由我们代为保管。另外，请在文件上填写一下个人信息。"

宗佑点头表示明白，拿出《圣经》和诗歌播放器后将包交给狱警，接着在递来的文件上填写姓名等信息。随后他们乘坐电梯，跟着狱警来到一个房间内。房间约有十叠大，里面摆放着一套会客用的家具，但没有布置祭坛，看来并不是教诲室。

宗佑与鹫尾并排坐到沙发上，走廊上的狱警说了句"请在这里稍等片刻"便关上了门。

"这里是等候室之类的地方吗？"宗佑问道。

鹫尾点了点头。

"那边有茶水，可以帮我泡杯茶吗？"

宗佑起身朝鹫尾指的方向走去。墙边摆着一个案台，上面有热水壶、茶杯和袋装茶，还有一个装满点心的托盘。宗佑泡了两杯茶，端回鹫尾身边。

宗佑喝着茶，滋润异常干渴的喉咙，外面突然传来敲门声，接着门开了。一位西装革履的年长男性走进房间，宗佑见状将茶杯放回桌上，从沙发上站起来。

"给您添麻烦了，真是不好意思。他是保阪。"坐在沙发上的鹫尾说道。

"我是处遇部部长丹波。感谢您接下这里的教诲师工作，今后请多关照。"

"我叫保阪，请多关照。"

交换名片后，宗佑和丹波面对面坐下。

"在开始做教诲之前，有些事情我想跟您说明一下。听鹫尾先生说，您以前也做过教诲师……"丹波朝宗佑微微探身。

"是的，我在千叶监狱做过五年的教诲师。"

"哎呀，那真是太让人放心了，"说着丹波露出一丝微笑，但很快又收起笑容，继续说道，"不过，这里的情况跟监狱还是有不少差别的。您也知道，跟监狱不一样，这里关押着死刑犯。"

宗佑直视丹波，点了点头。

"……您可以这么理解，大部分希望接受教诲的都是死刑犯。教诲时会有狱警在场，但考虑到对方的处境，无论发生什么事情都不奇怪，希望您在进行教诲时能牢记这一点。请务必避免刺激对方的言行。"

"我明白了。"

"另外，这一点可能和监狱是一样的，请不要泄露您教诲对象的隐私，以及看守所的内部结构和员工信息等。"

"也就是保密义务吧。"

"是的。这里也禁止与在押人员有私人往来。假如他们请您帮忙，比如有人要求您瞒着狱警帮他送信，或是希望您转告某人什么消息，请您一律坚决拒绝。"

"好的。我可以问一些问题吗？"

"请问。"

"目前有几个人正在接受教诲呢？"

"接受新教教诲的应该是六个人对吧？"丹波看向旁边的鹫尾问道。鹫尾点头。

"其中死刑犯两人，其他四人。但那四人中，也有三人在一审或二审被判死刑，正在提出上诉。"

"剩下的那个人是？"

"一个因职务侵占罪正在上诉的男人，据说他原本就是基督徒。"

"是吗……"

宗佑很想知道石原是否在这些死刑犯中，但此时提到具体的名字可能会引起怀疑。

"那两位死刑犯，从判决生效到现在已经过了很多年吗？"宗佑问道。

"其中一个快十年了，另一个是四年。"

并不是石原。

"十年啊……"宗佑不由得喃喃自语。

死刑生效后在狭小的单人牢房里生活了十个年头的人，究竟是什么样的心情？他甚至想象不出来。

答应接任东京看守所的教诲师后，宗佑一有时间就上网查找有关死刑和看守所的真实情况。刑事诉讼法规定，死刑应在判决生效后的六个月内执行，但在过去的十年中，实际从死刑生效到执行的平均时间在七到八年。而那个人从死刑生效到现在已经过了十年，也就是说什么时候被执行死刑都不足为奇。

"是的。这意味着您的教诲非常重要。"

看向宗佑的丹波目光坚定，显然他与宗佑有着同样的想法。

"之前在监狱里，我们会通过组织集体教诲、举办圣诞会等活动来吸引在押人员对基督教产生兴趣，这里有类似的做法吗？"

宗佑考虑是否能通过这些活动来吸引石原接受教诲。

"以前这里也组织过集体教诲、电影观影会之类的活动，但现在全都没有了。"

"这是为什么呢？"宗佑问道，极力掩饰内心的失望。

"刚才我也提到过，这是为了让死刑犯的心理状态保持稳定。尤其是那些判决已经生效的死刑犯，他们每天都生活在极度紧张的状态中。万一死刑犯彼此接触，或者他们与其他囚犯接触后引发重大问题呢？所以必须特别谨慎。"

突然听到有人冷哼一声，宗佑转头看向身旁的鹫尾。鹫尾看着丹波的眼神中透露出一种反感，但宗佑并不清楚他反感的缘由。

"判决生效后的死刑犯……"丹波接着说，宗佑也把目光转回到他身上。

"除了狱警、教诲师、送餐和送官书的卫生员，以及有限的几名会见者以外，他们不会与其他人见面。"

宗佑考虑如何才能让石原接受自己的教诲，但暂时找不到任何办法。

"我们每月进行一次教诲，每次大约25分钟。因为是分批进行，所以今后要劳烦您每个月来两次。"

"没问题。"

"不过，虽然这种情况很罕见……有时也会突然联系您，要求您第二天早上过来。"

听到丹波的话，宗佑感觉室温仿佛下降了几度。

死刑的执行——

只要在这里做教诲，迟早要面对那一刻。

想象着那个场景，宗佑不禁有些畏缩，但已经没有退路了。他默默地点了点头。

"今天因为要交接工作，也考虑到鹫尾先生的身体状况，计划是对六个人进行教诲，中间会安排一顿午餐。估计会花费不少时间，不知您是否方便？"

"我没问题。"宗佑回答道，转头看向身边，鹫尾也点了点头。

丹波从上衣口袋里拿出一张纸递给鹫尾。

"接受教诲的人依次是工藤、秋山、东、水户、山边、服部。时间从 10 点开始，拜托二位了。"

宗佑站起来看了看表，大概还有 15 分钟。

"教诲结束后，我们再来确认一下今后的日程安排。"丹波说道。

宗佑朝丹波鞠了一躬，和鹫尾一起走出房间。

"刚才您为什么笑了？"两人走在走廊上时，宗佑开口问道。鹫尾停下脚步，转头看着宗佑说："因为很可笑啊。"然后再次迈开步伐。

"可笑……是指？"

"为了维持死刑犯的心理稳定，这是他们的口头禅。为了这个目的，他们极力切断死刑犯与外界的联系，让我们这些宗教人士变成死刑犯唯一的依靠，夺走他们对生命的执着。"

鹫尾自嘲般的语气让宗佑有些在意。

鹫尾再次停下脚步，接着打开门示意宗佑进去。房间约有六叠大，正中间摆着一张桌子，两侧各有一把椅子，房间深处还设有十字架祭坛。门旁边也有两把简易椅子，鹫尾跟着走进来，"嘿哟"一声坐在其中一把椅子上。

"今天我会在这里观摩学习。"

宗佑原以为是鹫尾进行教诲，自己在一旁观摩，鹫尾再将他介绍给教诲对象。毕竟是第一次见面，至少得知道该怎么打开话题。

"请问……最先接受教诲的那位工藤先生是什么样的……"宗佑话音未落，鹫尾便回答："是死刑犯。"

"哪一个？"

"十年的那个。"

看着鹫尾，宗佑感觉胃部传来一阵钝痛。

"十四年前，他因负债累累走投无路，到朋友家里借钱，结果发生争执，杀了朋友和他的妻子，还有他们9岁的儿子，所以被逮捕判刑。死刑判决生效三年后，他开始接受我的教诲。"

突然传来敲门声，宗佑看向门口。见鹫尾点头示意，宗佑说道："请进。"门开了，一名年轻的狱警领着一个白发斑驳的年长男子走了进来。

听说这个死刑犯杀害了三个人，宗佑想象他应该是一副凶神恶煞的样子，但眼前的男子却感觉比他还要瘦弱、娇小，看上去十分柔弱。

男子看着宗佑，不解地歪着头。狱警似乎已经知道有新来的教诲师，面不改色地说："我带工藤义孝过来了。打扰了。"接着走进房间。

狱警坐到鹫尾旁边的椅子上，工藤则显得有些困惑，他看看宗佑，又看看门边。

"您是工藤先生吧。初次见面，我叫保阪。"

"啊、嗯……"

"工藤先生——"

听到鹫尾叫他，工藤转过脸去。

"很抱歉，我不能再为工藤先生做教诲了。"

"啊……为、为什么……怎、怎么会这样……"

看到工藤惊慌失措的样子，宗佑不禁开始想象这两人只能在这间教诲室里相处的七年时光。

"其实我已经肝癌晚期，活不长了。"

狱警惊讶地看向旁边的鹫尾，显然对此事毫不知情。

从年轻狱警那带着怜悯的眼神可以看出，他与鹫尾的关系相当亲近。

"所以呢……接下来这位保阪先生会代替我为你做教诲。来这里之前，他在监狱里做过教诲师，相信他一定能帮到你。"

"怎、怎么会……全靠鹫尾先生，我才能坚持下来……坚持到现在……"

工藤似乎受到了极大的打击，身体微微颤抖着。

"今天大概是我们的最后一面了，我会先去那边等你。你在这里还有很多要学习的东西，我会在那个世界祈祷，希望我们重逢的时间能尽可能晚一些。"

两人对视了一会儿，鹫尾把目光转向宗佑，点头示意道："那么，时间宝贵，现在开始吧。"

工藤依依不舍地转头面对宗佑，宗佑向前踏出一步，伸出右手。

"我习惯在教诲开始前和对方握手。您不介意的话，能和我握个手吗？"宗佑尽量用礼貌的语气说道。工藤虽然有些犹豫，还是握住了宗佑的手。宗佑用另一只手轻轻覆盖在工藤的手上，随即松开。

"请坐。"他示意工藤坐到椅子上，两人面对面坐下。

"这是我们的第一次教诲，我还不太清楚应该说些什么。我想先听听您想聊的事情，可以吗？"宗佑如此开场。

工藤有些困惑地低下头，小声念道："我想聊的事情……"

"什么都可以。平时鹭尾先生做教诲时，你们都聊些什么呢？"

"和鹭尾先生的话……"工藤抬起头，用呆滞的目光看着宗佑，"我经常谈到我的母亲……"

"那么，能不能和我也聊聊令堂的事情？"宗佑看着工藤说道。

宗佑扶着鹭尾坐到床边，看到他疲惫不堪地长叹一口气。

"一天下来您很辛苦吧。今天太感谢您了。"

宗佑决定再观察一会儿鹭尾的情况再离开，于是拉过一把折椅坐下。

因为中途吃了顿午饭，他们在东京看守所待了四个多小时，再算上搭出租车来回的时间，今天外出超过了五个小时。以现在鹭尾的身体状况来说，应该很是吃力。

"该道谢的是我。这下我终于可以好好休息了……"说着鹭尾脱掉鞋子，将一只脚抬到床上，再抬起另外一只脚，最后躺下去。

"如果我在教诲中遇到烦恼，可以向您请教吗？"宗佑看着鹭尾问道。

"恐怕没有那个机会了。"

"请不要这样说。虽然是我在做教诲，但我希望能经常让他们听听鹫尾先生的想法和话语。"

对六个人进行教诲后，宗佑深切地感受到他们有多么依赖鹫尾，也深刻理解到，自己要赢得与之同等的信赖还需要很长的时间。

"你按照自己的方式去做就行了。但要我说的话，就一件事：无论你对《圣经》的理解有多深，都别以为这样就能拯救他们。"

"那该如何拯救他们的心灵呢？"宗佑问道。

鹫尾摇了摇头："我不知道。这种事情没有人知道。'只要这样做你的内心就能得到救赎'，任何人都无法给出这样的答案吧。我们能做的就是和他们一起思索、烦恼，一起为他们所面临的难题绞尽脑汁。教诲师的存在意义，不过如此。"

"您认为教诲师是无能为力的存在吗？"

"不是这么说。对他们而言，教诲师是必不可少的。尽管他们面临的是属于自己的课题，但如果有人肯尽力与他们一同苦思冥想，设身处地为之烦恼，他们就会感到自己并不是孤军奋战。哪怕他们在漫长的时间里一直被困在与世隔绝、狭窄的单人牢房中，一直承受着孤独的折磨，生活在不知何时就会来临的死亡的恐惧中。"

宗佑注视着鹫尾，咀嚼着他的每一句话。

"我该休息了……以后的事就拜托你了。"

说完鹫尾闭上眼睛，宗佑则坐在椅子上动弹不得。也许刚才鹫尾说得没错，他有一种预感，这可能是最后一次机会了。

宗佑凝视鹫尾良久，最后向他深深低头致敬，才缓缓站起来。

他离开病房走向电梯，脑中回想起鹫尾刚才的话。

　　最多就是和他们一起思索、烦恼，一起为他们所面临的难题绞尽脑汁——

宗佑觉得，最先接受教诲的工藤马上就给自己提出了需要一起思索烦恼的难题。

当时面对宗佑的要求，工藤虽然犹豫了一会儿，但还是开始讲述自己的人生经历，以及他唯一的亲人——母亲。

工藤出生于秋田，在19岁来到东京之前一直与母亲相依为命。在他小时候父母就离婚了，他由母亲一手抚养长大，但经济上相当拮据，甚至连学校的餐费都经常拖欠。

由于家境贫困，工藤在学校也感到低人一等，渐渐地，他开始和当地的不良少年来往，结果变成经常被警察教育的问题少年。好不容易上了高中，又因为闹事被退学，之后他的品行愈发恶劣，18岁时与同伙合谋犯下盗窃罪行，因此遭到逮捕。

在拘留所里，当前来探视的母亲责问他"为什么要做这种坏事"时，工藤忍不住开始抱怨自己的家庭环境。他愤恨地说，都是因为家里没有父亲，因为家境贫寒，他才会吃这么多苦头。听了这些，母亲只说了一句"对不起"，当场泪流满面。

那是工藤第一次看到母亲流泪。他说，自那一刻起，他开始反思过去的自己。过去他总是嫌自己家穷，从未感激过独自一人拼命将他抚养长大的母亲，反而一直让母亲担心，让母亲辛劳不已。

他决定好好过日子，尽快减轻母亲的负担，但留在老家很难找到好工作，也为了避免受到狐朋狗友的负面影响，工藤在19岁时来东京打拼。然而由于只有初中学历，他在东京能找到的工作非常有限，工作收入只能勉强维持生活，根本没办法寄钱给母亲贴补家用。

心怀成功梦的工藤拿着仅有的一点积蓄开始创业，却在几年后意外陷入困境，还被恶劣的讨债人追逼得走投无路，最后在去朋友家借钱的时候杀害了朋友一家三口。

工藤对自己犯下的罪行深感悔恨。他明白，自己夺走了三条无辜的生命，只能用自己的生命来偿还，因此冷静地接受了即将到来的死刑执行。当然，他并不是一开始就有这样的想法，而是在接受鹫尾的教诲后，多年来反省自己过去的所作所为，直面自己犯下的罪行后，才能达到这样的心境。

工藤说，他很少因为恐惧死亡而感到不安，但每当想到母亲，内心总会剧烈动荡。今年已81岁高龄的母亲每个月仍坚持从秋田来探望他。儿子犯下恶性罪案，母亲在老家肯定会被人指指点点，过着如坐针毡的生活，但她从未责备过儿子，只是反复叮嘱他要保重身体。

自己一次都没有为母亲尽过孝。虽然一直有这样的心愿，但他做不到，他只能在看守所的刑场上死去。他想在有生之年哪怕尽一次孝心，但究竟该怎么做？

面对工藤恳切的提问，宗佑无言以对。他对自己作为教诲师的无力感到懊恼，还好刚才鹫尾的话让他心情稍微轻松了一些。虽然不知道自己能否拯救工藤的心灵，但至少他能陪工藤一起思考、一起烦恼。

在一楼下电梯后，宗佑没有立即走向出口，而是坐在接待处的长椅上。此时的他感到十分疲惫。

宗佑从包里拿出手机查看通知，发现有一条 LINE 消息。

怎么样了？

是真里亚发来的。昨天两人在 LINE 上聊天时，宗佑告诉她自己要去东京看守所交接教诲师的工作。

教诲结束了，现在在锦丝町的医院。

宗佑发出消息后，马上收到了真里亚的回复，她似乎一直在等待。

辛苦了。我想听你详说，今天有时间的话，可以来我家一趟吗？

宗佑发送了 LINE 消息。

好，我现在就过去。

宗佑按下门铃后，真里亚开门探出头来。

在真里亚的催促下，宗佑走进玄关，脱掉鞋子。穿过走廊后刚进入屋内，真里亚就迫不及待地问道："情况如何？"

"我先跟由亚打个招呼。"宗佑带着让真里亚冷静一下的意味说道，接着走向摆在墙边的佛龛，跪坐在佛龛前，双手合十。

今天，我成功迈出了为你报仇雪恨的第一步——

但我完全无法预料，接下来事情的发展是否会如我们所愿。即使之后真的能给石原做教诲，距离能为你报仇的那一天，恐怕也还有相当长的时间。我今后要持续教诲死刑犯，也不得不参与死刑执行，面对他们的凄惨下场，现在的我根本没有信心能在精神上承受得住。

但是……我会努力做到这一切的。请在另一个世界引导我吧——

看着朝自己微笑的由亚遗照，在心中默念完后，宗佑松开手站起身。回过头来，发现茶几上已经放着两杯茶。

虽然自己没有意识到，但他似乎已经对由亚倾诉了很长时间。

真里亚坐在茶几前，抬起头一脸焦急地看着宗佑。宗佑在她对面坐下后，她便急切地探身向前，仿佛在说"快讲给我听"。宗佑先喝了一口茶，润了润无比干渴的喉咙，开口说道："接受新教教诲的有六个人，但没有石原。"

听完真里亚轻声说道："是吗……"她似乎有所预料，表情中并没有太多失望。

"他是不是接受了其他宗派的教诲？"真里亚问。

"不清楚，"宗佑摇了摇头，"看守所的职员没有提到任何关于石原的事。"

"为什么？"

"如果我突然说出具体的名字，可能会被他们怀疑我是出于某种目的才来当教诲师的吧。"

"是这个道理，但……"真里亚低下头，"接下来要怎么让石原接受你的教诲呢？"

"说实话，难度相当大。如果是在监狱，可以通过组织集体教诲、举办圣诞会之类的活动，劝说囚犯来接受教诲，也有一些人跟狱友交流后很感兴趣，主动要求参加。但根据看守所的说法，他们现在已经不举办这些活动了。特别是死刑犯，他们连和其他囚犯见面的机会都没有。所以除非石原自己对教诲产生兴趣，否则他不可能来。"

"能不能请看守所的职员去劝说石原接受教诲？"

宗佑在来这里之前也考虑过这个问题。除此之外，似乎没有其他途径能让石原接受自己的教诲。可是……

"我在犹豫是不是该这样做。"说着宗佑叹了一口气。

"你还在犹豫什么？"

"我刚才也说过，假如向狱警提到具体的名字，还要求他们帮忙做这种事，他们可能会怀疑我除了教诲以外别有所图。看守所的狱警对于死刑犯的处置非常敏感。"

"我觉得没问题。"真里亚的语气很强硬。

为什么会这样想？宗佑不解地看着她。

"就算他们起疑心调查你，你和石原之间也找不到半点联系。被石原杀害的其中一位受害者的父亲是你，这件事除了我们自己以外，没有任何人知道。"

确实如此。

"如果你还觉得担心，就不要提石原的名字，只说你想给二十多岁的年轻死刑犯做教诲，拯救他们的心灵之类，讲这种冠冕堂皇又很合理的话就行了。"

真里亚说得对，用这个方法去接触确实比较自然。

无论如何，自己不采取行动的话，就不会有任何进展。

2

"石原，要开门了。"直也看着 33 号房的窥孔说道。牢房里的石原回头看向这边。

打开锁，推开铁门，直也走进牢房。他默默地伸出右手，石原则一脸厌烦地从直也手中抢过信。

看了一眼信封上的寄件人，石原冷笑一声，正要直接撕掉，这时直也突然开口："你能不能别这样了？"石原停下动作看向他。

"你这是第几次让我扔掉信了？"

石原没有回答。

"算上这封就是第八次了。如果你不想看，就给她回封信，告诉她别再寄了。不然的话你姐姐也太可怜了。"

石原移开视线，照例将信封连同信纸一起撕碎，本想朝直也伸出握着纸屑的手，突然又停了下来，直接将手伸到后面，将纸屑扔进垃圾桶。

"这样就行了吧？"

直也看着石原，叹了口气便离开房间，关上铁门并上锁后朝中央监控室走去。

这次信被扔进了房间的垃圾桶，直也无法复原了。但也没事，内容和以前是一样的。

或许他的姐姐遥已经感觉到，她寄出的信石原压根没有读，直接就扔掉了。

在每封信里她都恳切地写道，希望能见到因犯下残忍杀人案而被判死刑的弟弟，希望他在死刑执行前能产生赎罪的念头。

遥在信中提到，父母离婚后，她与母亲的日子过得十分艰难。体弱多病的母亲无法找到稳定的工作，经济上捉襟见肘，母女俩在精神上也被逼到了绝境。而此时偶然接触到的基督教信仰变成她们唯一的精神支柱，在教会相关人士的帮助下，她们也得以维持生活，因此后来母女都受洗成为基督徒。

母亲在离婚时本来也想带着儿子一起生活，但由于石原选择跟随他更亲近的父亲，她决定尊重石原的选择，加上她自己身体不好，无法同时抚养两个孩子，只得含泪将石原托付给前夫。

在石原杀害两名年轻女性、犯下重罪之前，遥一直以为弟弟过得很幸福。

明明选择跟自己更亲近的父亲一起生活，却很快遭到冷落，被扔到祖母家里，这未免也太过讽刺了。假如他留在母亲身边，尽管经济窘迫，也不会在16岁时杀害祖母，更不会变成后来又残忍杀害两名年轻女性的禽兽。

遥此前寄来的信件都被拼接复原了，直也坐在中央监控室的椅子上读着信，突然有人对他说道："我们该走了吧。"

直也抬起头，只见久保站在自己面前，探头看向他手中的信纸。

"这是什么？"久保好奇地问。

"是石原姐姐寄来的信，但每次送来石原都把它撕碎，叫我扔掉。"

"所以你在玩这种拼图一样的游戏？"

直也点点头。久保似乎有些愣住："你还真是个怪人。"

"也许是吧……但没准哪一天他想看这些信呢。"

"那个男人会产生那种人性？我完全无法想象。"

直也以前也这么认为，现在心里仍有一半这么想，但另一半却希望石原能有所改变。

为什么会有这种想法？直也重新思考了一下。

之前听鹫尾讲述已被执行死刑的岸本的经历，或许在很大程度上影响了直也。

岸本因杀害两人而被判死刑，他一直为自己辩护，对受害者没有丝毫歉意或反省，还经常惹事被看守所处分，但在接受鹫尾的教诲后，他逐渐改变了。

而现在跟久保讲这些应该也无济于事。

"……话说回来，我们这是要去哪里？"直也问道。

"10 点有新教的教诲呀。"

对哦。直也起身与久保一起走出中央监控室。

"……原来如此，还可以这样想啊。"听完教诲师保阪的话，工藤感慨道。

"不过，这不是唯一的答案。我想，一定还有其他能为母亲尽孝、让她感到欣慰的事。我会继续帮忙想，也请您继续思考下去。"

"好的，我会的。"工藤直视保阪，重重地点了点头。

保阪从鹫尾手中接过教诲工作已有半年。刚开始的时候，双方都显得有些尴尬，但现在工藤似乎已经很信赖保阪了。

保阪与上一任的鹫尾明显是不同类型的人，不过直也觉得保阪同样是一位热诚的教诲师。

保阪看了看时钟，说道："时间差不多了。下次教诲我们再继续讨论吧。"见两人起身，直也也从椅子上站起来。

工藤朝这边走来，直也把手放在门把手上。

"小泉先生，可以打扰一下吗？"

直也闻声看向保阪。

"我想和您谈一谈，今天您有时间吗？"

"和我？"

直也有些困惑，教诲师找自己要谈什么？

"是的。您不方便吗？"

保阪注视着自己的眼神十分认真，让他很难拒绝。

"好吧……1点过后是午休时间。楼上有员工食堂，我们在那里谈怎么样？"

"谢谢。"保阪郑重地鞠了一躬，直也同样鞠躬回应，随后带着工藤离开教诲室。

走进员工食堂后，直也环顾四周，发现保阪坐在靠窗的位置望着窗外。直也走过去，保阪似乎注意到窗上的倒影，转头看向他。

"让您久等了。"说着直也在保阪对面坐下。

"不会不会。很抱歉在休息时间还打扰您。"

"没关系。"

"这里的景色真好。"保阪看向窗外，喝起了咖啡。

"这是职场中唯一的绿洲。话说回来……您找我有什么事呢？"直也问道。

保阪看回直也，把杯子放在桌上，表情严肃地开口说道："您知道鹫尾先生前些天去世了吗？"

直也感到胸口传来一阵钝痛。

"不知道……"

"这样啊。第一次见到您时，我觉得您和鹫尾先生的关系似乎比较亲近，就想着应该告诉您……"

"所以特地约我？"

保阪点头肯定。

"刚才叫住您时，我本想直接说，但突然觉得暂时不要让工藤先生知道比较好，至少那个场合并不合适……"

估计保阪也是考虑到，不该让随时可能被执行死刑的工藤再受到沉重打击。

"……虽然我们的关系不是特别亲近，但也聊过几次天，听到他去世的消息还是很震惊。"

保阪看着直也点点头，从上衣口袋里拿出一张纸条放在他面前。

"鹫尾先生安葬在这里。"

"谢谢您。有时间我会去祭奠的。"直也拿起纸条收进口袋。

"本来鹫尾先生应该是我的导师，现在他与世长辞，我觉得心里很没底，我还想多向他请教在看守所担任教诲师需要掌握的事情。"

"您肯定没问题的。我负责的那个楼层只有工藤先生接受新教的教诲，所以其他人的情况我不清楚，但至少工藤先生非常信任您。"

"您这么说我就比较放心了，毕竟您是直接和工藤先生打交道的。包括工藤先生在内，现在一共有六人接受教诲，但他们都比我年长。所以我总觉得有些忐忑，他们会不会心里其实在想，我这么个小年轻还对他们说教，未免太过自以为是了。"

"是吗？"

"我接任教诲师时，鹫尾先生对我说过……做好现有这些人的教诲固然重要，但那些年仅二十来岁就被判处死刑的人可能更需要教诲。因为他们肯定比那些已经接受鹫尾先生教诲的人更恐惧死亡，也更容易自暴自弃，迫切需要心灵的救赎。"

直也突然想起，石原的死刑判决刚生效时，鹫尾曾提过，如果石原对教诲感兴趣，就带他来。

"我自己非常认同这一点，也希望能继承鹫尾先生的遗志。让我苦恼的是，怎么做才能让那些人愿意接受教诲呢……"

"确实很难。我负责的楼层里也有一个刚被判死刑的二十多岁的小伙子……"

保阪惊讶地睁大眼睛，朝直也探出身。

"他犯了什么案子？"

"杀害两名年轻女性。"

"该不会是去年发生在世田谷和练马的案子吧？"

"是的。"

见直也点头，保阪的视线落到面前的杯子上。

"我对那起案件的印象非常深刻。还记得公审的时候，他不仅没有对受害者表达任何悔过之意，反而像是在嘲讽她们……"

"没错。"

顿了一会儿，保阪重新看向直也。或许是回想起那起可怕的罪案，他的表情有些僵硬。

"那个人接受教诲了吗？"保阪问。

"没有……正因为鹫尾先生跟我提过，所以我问过他要不要参加教诲，但他完全没有兴趣。"

"您能不能再尝试争取一下？"

面对保阪的请求，直也犹豫了。

"想必那个年轻人的内心已经颓废不堪了吧。身为一名教诲师，我不希望他在这样的状态下迎接死亡。"

面对保阪坚定的目光，直也能感觉到他作为教诲师非比寻常的热忱。

直也不是传教士，但他也有同样的想法。但愿石原在迎来死亡时，至少能找回一丝人性。这肯定也是他姐姐遥的愿望。

"目前再去劝说恐怕也是同样的结果。"

"是吗……"闻言保阪显得十分沮丧。

"不过……我会试着找找让他愿意接受教诲的契机。"

直也考虑的是，也许遥的信可以成为那个契机。

"拜托您了。"

这分明是别人的事情，保阪却向直也深深鞠了一躬。

3

扬声器中传来的声音让我的胃里翻腾起一阵恶心感。

我用手捏着肚子胃的部分，在狭小的房间里前后踱步，一边想着为什么会这么不舒服。

突然我想起来了，这是那些女人抛弃我的时候，电视和街头常常播放的流行歌曲。

我拼命想要抹去脑海中浮现的两个女人的身影。

我不再狠狠盯着扬声器，而是看向垃圾桶。

都是你们的错，我才会变成这样。都是因为你们抛弃了我。明明我那么需要你们……

虽然不知道信上写了什么，但事到如今一切都太晚了。

尽管内心极度排斥，我的脚却不由自主走向垃圾桶。我犹豫着举起垃圾桶，把里面的纸片倒在矮桌上。

我盘腿坐在矮桌前，把散落的纸片一张张拼凑起来。

随着支离破碎的文字逐渐连成完整的句子，我内心深处的怒火也开始沸腾。

开什么玩笑——

我愤怒地挥开纸片，抓起矮桌朝马桶扔去，但这样还不能消气。我冲向马桶，再次举起矮桌四下挥舞，砸向脑海中浮现的两个女人的身影。

"——石原，你在干什么！"

背后传来一声大喊，但我完全不理会，继续猛砸矮桌。

"——住手！"

几个狱警一块儿冲了进来，把我摁倒在榻榻米上反剪双臂。我声嘶力竭地大喊："开什么玩笑！"

走廊传来的脚步声在门口停了下来。

"石原，要开门了。"话音刚落门便打开了，小泉走进房内，看着我说道："听说你在拼完图后大发雷霆。"

"那又怎样？"

"你为什么生气？"

"不关你的事。"我厌烦地移开视线。

"明白了你姐姐的心意，为自己的愚蠢感到气恼吗？"

"才不是！"我瞪着小泉喊道。

"哪里不是？"

"那个女人写的全是谎话。"

"那封信里有什么谎话？"

"遥和我妈抛弃了我，把我交给那个混蛋，只想自己去过幸福日子。而她居然睁眼说瞎话……"

"你怎么能断定你姐姐在说谎？"

说着，小泉把手里拿着的东西放到榻榻米上，原来是用透明胶带粘在一起的信纸。

"这都是她之前寄来的信。从这些信来看，我不觉得你姐姐在说谎。"

"你懂什么！"

"那是你9岁时的记忆吧。原本仰慕的父亲竟然那样对待你，你难以接受，所以自己篡改了记忆，把一切都归咎于母亲和姐姐。这也是有可能的吧？"

不可能。

"你可以给你姐姐写信，或者让她来见你，两个人核对一下记忆不就行了。"

事到如今，我根本不想再见到遥。

"你不敢吗？"

我抬起头，狠狠地瞪着小泉。

"那封信你都看完了吗？"小泉问道。

"没有……"

"看到哪里了？"

"只看到她说想见我，希望我在临终前能对受害者怀有赎罪之心……然后就是母亲想带我走，但我选择跟父亲生活的那些谎话。"

"是吗？据说和你分开后，她们过得相当辛苦。你母亲得了重病，没办法找到稳定的工作，经济上非常窘迫，精神上也到了承受的极限，几乎失去了活着的希望，就在那时，她们偶然接触到的基督教信仰拯救了她们，人生也因此而改变。"

"基督教？"我纳闷地问道。

"没错。对你母亲和姐姐来说，基督教是非常重要的信仰。后来她们也都受洗成为基督徒。你要是闲得发慌，不如也去学一学？"

"学什么？"

"基督教啊。基督教的教诲师也会定期来这里教导。"

"开什么玩笑！蠢死了……"

"那是改变你母亲和姐姐人生的重要信仰，没准也能让你改变吧。"

改变她们人生的重要信仰——

这句话让我产生了一丝兴趣。我才不打算认真学习什么基督教信仰，我只想嘲弄她们珍视的东西，嘲笑她们的那个信仰既没有用处也没有意义。

反正也没别的事可做。

4

宗佑走在看守所的走廊上，一位认识的狱警打招呼道："您辛苦了。"

"请多关照。"宗佑回应后也向窗口的狱警打招呼，接着填写好递来的文件再交回窗口，拿出《圣经》和诗歌播放器，把包交给他们暂存，便与站在走廊上的狱警一起走向电梯。

乘电梯时，宗佑回想起上次来这里的情景，心里隐隐作痛。为了探听这里二十多岁的死刑犯的情况，他利用鹭尾去世的事对小泉撒了谎。

在等候室前停下脚步，狱警敲了敲门，说："教诲师保阪先生来了。"

"请进。"听见门后传来的声音，狱警随即打开门。见宗佑走进室内，丹波从沙发上站起来说道："今天也请多关照。"

"也请您多关照。"

丹波示意宗佑坐到沙发上，接着走向放在墙边的案台，泡好茶后端过来，面对宗佑坐下。

"今天的教诲对象是水户、山边、服部……还有一个，第一次接受教诲的人。"

宗佑闻言，视线离开手中的茶杯，看向丹波。

"他叫什么名字？"

"石原，一个 26 岁的死刑犯。"

宗佑感觉心脏猛地一跳，他赶紧将茶杯放回桌上。

果然，放在膝盖上的手开始微微颤抖。宗佑把双手藏到桌子底下，以免被丹波发现。

"关于这个人，我觉得有必要提前告诉您一些情况……石原去年以极其残忍的手段杀害了两名年轻女性，因此被判死刑。他没有上诉，死刑已经生效。"

宗佑看着丹波，感觉喉咙深处在痉挛。

"……为什么……要提前告诉我情况？"宗佑勉强挤出声音问道。

"这个男人肆无忌惮，甚至会放话说赶紧给自己执行死刑。大概两周前，他在牢房里大闹了一场。恐怕他已经是破罐子破摔了，希望您在教诲时尽量避免刺激他，要比平时更小心一些。"

"我明白了……"

"为防万一，我们会安排两名狱警列席，教诲时，有一名狱警会站在石原的背后。因为和平时不一样，可能会让您感觉不便，这点还请您谅解。"

"那个石原……先生，他安排在第几个过来？"

"我打算让他第一个接受教诲，可以吗？"

宗佑点点头，看向时钟。离教诲开始还有些时间，但他对丹波说："我先过去吧，提前准备一下。"便起身向门口走去，有种双脚仿佛逐渐沉入地板底下的眩晕感。

花了比平时更多的时间才走到教诲室后，宗佑立刻在椅子上坐下。他双手交叉，放在桌上，闭上眼睛，不断为浮现在脑海中的由亚祈祷。

突然听到敲门声，宗佑猛然睁开眼睛，看向正门。他鞭策着双脚站起来，喊了声"请进"。

听到自己的声音中没有颤抖，宗佑放心了一些。门开了，一个身穿整套灰色运动服的年轻男子在狱警小泉和久保的押送下走进来。

和那个似乎在冷笑的男子四目相对的瞬间，宗佑感觉全身的血液一下子都涌向头部，大脑一片朦胧，不由得伸出一只手撑住桌子。

"我们带石原亮平来了，打扰了。"

久保关上门后马上坐到门边的椅子上，小泉则跟着石原向宗佑走来。

宗佑的视线从紧盯自己不放的石原脸上移开，映入眼帘的是自己紧握的双手。

那双扼杀由亚的可怕的手——

当时的场景如走马灯般在宗佑脑中不断盘旋。

不行，得平静一点。冷静下来。不，现在什么都别去想，让大脑和内心全都放空。

"……您是石原先生吧？初次见面，我叫保阪。"宗佑瞥见小泉站在石原背后，神情紧张地注视着自己。

小泉知道宗佑在教诲开始前必定先与对方握手。如果不握手，可能会引起怀疑。

"……我在开始教诲时会先和对方握手。您不介意的话，能和我握个手吗？"

宗佑向石原走近一步，伸出右手。石原没有反应，盯着宗佑的手看了一会儿后，抬起头，讥笑着说："我介意。"

"喂，石原！你太没礼貌了。"身后的小泉立即出言责备。

"没关系，"宗佑应道，"那就先坐下吧。"他指了指对面的椅子。

不用握石原的手让他松了一口气，接着他面对石原坐下。

杀害由亚的凶手就大摇大摆地坐在自己眼前，言行中根本看不出有赎罪或是悔过的态度。如果办得到，真想让他尝尝与由亚同等的痛苦。

宗佑拼命压抑心底里几乎要喷薄而出的怒火，努力思考下一句话。

"……你为什么想接受教诲？"宗佑先提问。

"没为什么，就是太无聊了嘛，在这里又无事可做。"

"你来这里多久了？"宗佑知道答案，这么问是为了让对话继续下去。

"我从去年3月就来了。我已经习惯了这里的生活，只是，这里不能做我唯一喜欢的事情，这点我不太满意。"

"唯一喜欢的事情？"

"对，就是把年轻女人折磨死。"

"石原！"小泉大喝一声。

一旦教诲被迫中止就前功尽弃了。宗佑勉强压下心中翻腾的情绪，抬手制止小泉，说道："没事的。"

"……既然你会来这里，是不是觉得接受教诲可能也是件有趣的事？"

"是啊。我认识的人说什么基督教的信仰拯救了她，简直荒谬。"

"我不认识你的那位朋友，但这并不荒谬。学习基督教义可以让人从许多痛苦中解脱，至少我个人是这么认为的。"

"太蠢了，"石原嗤之以鼻，"你是说，只要学习基督教义，我也能从痛苦中解脱？"

"是什么让你感到痛苦？"

"刚才不是说了嘛，我被关在这种地方，唯一的乐趣被剥夺了啊。你用基督教义来拯救我吧。"

看着面露讥讽的石原，宗佑胸中涌起一股难以抑制的情绪，随即他意识到那是他这辈子从未有过的杀意。

恐怕自己真的做不到。

若要继续面对这个杀害由亚的男人，这种痛苦不啻被钉在十字架上。

走出大山站的检票口，宗佑拖着沉重的步伐走向公寓。

已经有好几个小时喘不过气来，胸中仿佛有一种不可名状的东西在四处乱爬。他多次跑进厕所蹲在马桶边，想把积聚在胸中的不快感吐出来，口中吐出的却只有一点点胃液，依然无法驱除令他苦闷的元凶。

从东京看守所所在的小菅走来的这段路似乎漫长无比。

终于到达公寓，走进门厅，宗佑按下门禁对讲机的按钮。

"你好……"对讲机里传来真里亚的声音，但宗佑还在艰难地呼吸，一时说不出话来。

门开了，估计真里亚通过显示屏认出是宗佑。他直接进门，搭乘电梯前往五楼。

其实今天宗佑并没有打算来这里。离开东京看守所时，他已经身心俱疲，自知即使与真里亚见面，恐怕也没有余力跟她交谈。

可是，自从在教诲中与石原对峙后，石原的那副面孔就在他眼前挥之不去，愤怒、痛苦、悲伤在心中纠缠成一股冲动，让他饱受煎熬，如果不找个地方把这股情绪吐露出来，他肯定会发疯。

于是宗佑在电车上给真里亚发了一条"我现在去找你"的 LINE 消息。后来两人又聊了几句，但宗佑并没有提到给石原做教诲的事。

走到 502 号房门前，宗佑按下门铃。门立即打开，真里亚探出头来。

"你怎么脸色这么差，没事吧？"真里亚皱着眉头问道。宗佑没有回答，脱下鞋子朝走廊走去。

推开门进入房间，一看到柜子上摆放着的由亚遗照，顿时有什么东西从胃里翻涌而上。宗佑忍不住扔下手中的包，冲进厕所。关上门，他蹲在马桶前吐出胃液。

"你还好吧？"外面的真里亚担心地喊着，宗佑无法回答，继续对着马桶吐了一阵。反复深呼吸后，他感觉自己稍微平静了一些，便站起身，冲水后走出厕所。

宗佑在真里亚担忧的目光下从她身旁走过，站在迷你厨房前。他拧开水龙头，用洗洁精仔细地清洗双手，用手捧起水洗了一下脸。拿出口袋里的手帕擦手擦脸时，他注意到灶台旁有个威士忌酒瓶。

"……能给我一点酒喝吗？"宗佑回头说道。

真里亚脸色一沉："还是喝水比较好吧？"

宗佑想多少麻痹一下那一直萦绕在脑中、令人厌恶的记忆。

"没点醉意受不了。今天我给石原做了教诲。"

这话一出，真里亚猛地瞪大了眼睛。相视片刻后，她朝宗佑走近一步，问道："你想怎么喝？"

"纯饮。"

真里亚从迷你厨房的橱柜里拿出玻璃杯，用微微颤抖的双手抓着威士忌瓶向玻璃杯里倒酒。宗佑移开视线，走回房间坐在茶几前。

很快真里亚便端着盘子走进房间，在茶几上将分别装有水和威士忌的杯子各放了两杯，接着坐到宗佑对面。

宗佑拿起装有威士忌的杯子正要喝，却听到真里亚说"等等"，于是停下动作看向她。

"我们先为踏出第一步而干杯吧。"说着真里亚举起杯子。

宗佑根本没有那种心情，但还是和真里亚碰了碰杯，喝下威士忌。

喉咙一下子如火烧般热辣。高浓度酒精渗进空空如也的胃里只有痛感，但他毫不在乎地灌了下去。

"那么……情况如何？"

宗佑停住拿着杯子的手，看向真里亚。

"情况……我也不知道该怎么形容。只能说，对我而言那是最糟心的一段时间……"

"但你和石原聊过了吧？"

"嗯……他给人的感觉和公审时一样。不，应该说……变得更恶劣了吧。"

接着宗佑开始讲述石原在教诲时的情况。大致听完后，真里亚脸色严峻地说："前途坎坷啊……"

"……今后石原还会来接受教诲吗？"

"不确定……结束后我请狱警转告石原，表示希望他能再来参加。但看今天这样子，恐怕……"宗佑摇了摇头。

真里亚显得很失望，宗佑的心情却恰恰相反。

石原不仅没有反省自己犯下的罪行，还出言嘲弄宗佑多年来最珍视的信仰，这让他感到难以忍受。一想到以后还要继续给石原做教诲，甚至要直接从石原口中听到他杀害由亚时的情况，宗佑不禁毛骨悚然。

真里亚回头看向佛龛。盯着由亚的遗照看了一会儿后，她重新面对宗佑说道："……由亚肯定会将石原引导到你那里的。为了让你帮她报仇雪恨，也为了给予石原无以复加的痛苦惩罚……"

宗佑边听边注视着由亚的遗照。一旁优里亚的遗照也映入眼帘，让他的心顿时揪紧。

假如真像真里亚说的那样，今后还要继续给石原做教诲，那难道不是对自己的一种惩罚吗？

他将不得不继续面对杀害他亲生女儿的男人，一直被这种无以复加的痛苦所折磨，那难道不是对他背叛优里亚的一种惩罚吗？

5

"石原，我要进来了——"

听到声音，我依然盘腿坐着，只把脸转向门口。小泉打开门走了进来。看他一脸不悦的样子，我忍不住要笑出声来。

尽管被小泉狠狠骂了一顿，但今天着实愉快得很。那个教诲师僵硬的表情现在还历历在目。

"保阪先生让我转告你，希望你能再去参加教诲。"

我有些意外，纳闷地歪了歪头。

"他可真是宽宏大量啊，明明你的一言一行都那么过分。假如你的父亲是保阪先生那样的人，或许你的人生也会完全不同吧。"

突然提到父亲，我感觉心被扎了一下。

"保阪先生还跟我说，无论你说什么，他都会认真对待并据此进行教诲，所以要我别大声警告你。不过，一旦你的行为太放肆，我也不能视而不见。"

"放心吧，我没打算再去接受教诲，太蠢了。"

小泉叹了口气，走出牢房后关上门锁好。

过了一会儿，听见铃声响起，我站起来走向墙边，拿起叠好的褥子展开铺在地上，再把枕头放在靠门的那一侧。趁还没关灯，到厕所小便之后钻进被窝。

"熄灯——"

远处传来狱警的声音，房间里的照明灯切换成了夜灯模式。

我闭上眼睛，像往常一样进入寂静黑暗的世界，但我马上发现了不对劲。平时我闭上眼睛就会置身于彻底的黑暗中，接着便在不知不觉中睡着。而现在，眼皮底下却闪烁着一抹淡淡的亮光，似乎有什么景象正从那里浮现出来。

究竟会出现什么样的景象，我也没有任何头绪。我感到一种宛如在鬼屋中行走的不安，不由得睁开了眼睛。天花板上，夜灯散发出模糊的光芒。

我再次闭上眼睛，这次用力闭紧眼角。然而，我所期望的黑暗依然没有到来，正中间的部分闪烁着淡淡的亮光。感觉有东西快要浮现出来的那一刹那，我连忙睁开了眼睛。盯着夜灯的光，内心满是厌烦。

那道光是不是想透过眼睑钻入我的黑暗之中，试图让我看到什么怪异的东西？

平时的我根本不会在意，现在却犹豫着不敢闭上眼睛，怎么都睡不着。我想用被子把头罩住，遮住夜灯的光，但规则禁止这样做，所以也不行。

这种烦躁感究竟是怎么回事……

也许是刚才小泉说的话让我想起了不愿去回想的父亲。

假如你的父亲是保阪先生那样的人，或许你的人生也
会完全不同吧——

我在心中回想着小泉的话，无声地笑了，真够蠢的。

那家伙不过是个伪君子。在今天教诲的最后一刻，他还在那里
胡扯，说什么上帝面前任何罪孽都能得到赦免之类的鬼话。

我的罪行根本不可能得到赦免，我亲手夺去了四条人命，上帝
要怎么赦免我？

说到底，保阪本来就是抛弃我的母亲和姐姐所看重的基督教的
走狗。

我怎么可能相信那种家伙说的话。

保阪，母亲，还有遥——都是一群虚伪的家伙。

就在刚才，我还压根儿不打算再去接受教诲，但现在我决定把
它当作一种新的乐趣。

我要践踏他们所珍视的东西。

6

狱警开门示意后，宗佑走进房间。丹波立即从沙发上起身迎接，
说道："今天也麻烦您了。"

　与丹波互相问候后，宗佑坐到沙发上。丹波把泡好的茶放在桌上，坐在宗佑对面。和往常一样，宗佑向丹波询问接受教诲的囚犯近期的日常表现。

　"……我从狱警那里听说了您教诲时的情况，他们都说您非常热诚地投入工作中，非常感谢您。鹫尾先生的离开让我有些担心，幸好他介绍了您这么优秀的牧师来接任。"

　"哪里……我还有许多不懂的地方，也在反复试错中摸索学习。"

　"关于今天的教诲……石原又要求参加。"

　"这样啊，"宗佑强忍内心的动摇，点了点头，"因为我说过希望他再来参加……太好了。"

　"今天的顺序同样是石原、水户、山边、服部。虽然上次没什么问题，但保险起见，石原接受教诲的时候还是多派一名狱警陪同。"

　"好的。"宗佑拿着《圣经》和诗歌播放器站了起来，向丹波道别后离开房间。

　走进教诲室，他立刻坐下来，双手交叉放在桌子上，闭上眼睛。不安的情绪还未平复，外面便传来敲门声，他睁开眼睛。

　"请进。"宗佑说完站起身来。门开了，石原在狱警小泉和久保一左一右的押送下走了进来。

　"我们带石原亮平来了。打扰了。"

　久保说完关上门，随即坐到门边的椅子上，小泉则跟着石原走过来。

　与石原四目相对时，宗佑感觉自己的体温仿佛下降了好几度。他的目光充斥着不可一世的轻蔑。

"……欢迎你来。我一直在等你。"宗佑振作精神走向石原，向他伸出右手。

盯着宗佑伸出的右手，石原不屑地冷笑一声。

"今天也不握手吗？算了，没事。请坐。"

示意石原坐下后，宗佑坐到他对面，小泉站在石原背后。

"今天想聊点什么？"说着，宗佑双手交叉放在桌子上。

"上次你说了些奇怪的话吧。"

"奇怪的话？"

"说什么在上帝面前一切罪孽都能得到赦免之类的……"

上次宗佑确实这么说过，但和平时不一样，他特别难受、特别难以启齿。

"我确实说过。今天要继续聊这个吗？"

"不。今天我想让你听我说，我为什么会来到这里。"

宗佑顿时感到心慌意乱。

"你的意思是……要忏悔自己的罪行吗？"宗佑强压着内心的不安问道。

石原轻笑一声。

"我倒不觉得那是罪行。只是想让你听听我的愉快经历而已，毕竟就算你羡慕，也没法体验到哦。"

感觉自己的视野逐渐变得昏暗，宗佑紧紧盯着眼前的石原。

"我第一次杀人是在 16 岁，但那个就不说了吧。死的是半截身子入土的老太婆，也没有多好玩。教诲时间大概 25 分钟对吧？"

宗佑点头。

"那天我在便利店看到一个装模作样、非常讨人厌的女人，顿时就来了兴趣，我想知道这样的女人边求饶边咽气的时候会露出什么样的表情，所以我在便利店里买了几瓶啤酒和胶带，跟着她进了公寓。"见石原兴高采烈地说着，宗佑不禁开始想象由亚被杀时的场景，胃里某种不适的东西渐渐翻涌而上。

"我若无其事地和那个女人一起坐上电梯，我问她'到几楼'，她傻乎乎地说了六楼，都不知道自己接下来会变成什么样。我在五楼下了电梯，马上爬楼梯到六楼。那个女人正站在门口，从口袋里拿出钥匙。我悄悄靠近她，对她说'你掉东西了'。在她回头那一刻，我用装着啤酒瓶的购物袋朝她脸上一挥，把她拖进屋子里。"

这些内容宗佑在旁听公审时已经知道了，但再一次从眼前的当事人口中听到，依然浑身起鸡皮疙瘩。

"那个女人的鼻子被打烂了，一直流着血，哭着求我不要杀她。我用胶带封住她的嘴，再把她的双手和双脚都绑起来，脱掉她上半身的衣服，盯着她的眼睛看，慢慢地勒死她……"

咳嗽声让宗佑回过神来，他抬起头，目光对上用手捂住嘴的小泉。看来是小泉实在听不下去，故意发出清嗓子的声音，意在制止石原继续说下去。

"小泉先生，请您退后一些。"宗佑说道。

"啊？"小泉不解地歪着头。

"非常抱歉，但您站在后面我无法集中精神进行教诲。"

"可是……"小泉嘟哝着，似乎很困惑。

"没事的，请让我们两人独处。"宗佑用眼神恳求。小泉点点头："好的。"他从石原身后走开，退到门边。

确认小泉站在久保身旁观察这边的情况，宗佑的目光回到石原身上，说道："继续说。"

虽然很想堵住耳朵，但他必须听。由亚的最后一刻究竟是什么样的，他必须直接从唯一知情的人口中听到。

为了给由亚报仇雪恨，宗佑不得不陪伴这个男人直到他临终的那一刻。

他希望自己能对这个男人燃起更加猛烈的憎恨之火，如此才能在这场不知将持续多长年月的苦旅中，不断支撑自己忍受下去。他也必须维持住和这个男人的关系。

"……杀另一个女人的时候就更加愉快了。"

宗佑动用全部的意志力直视石原的双眼。

"更加愉快是指？"为防止声音发颤，宗佑谨慎地说道。

"跟刚才那个女人一样，这个女人也是我在便利店里遇见，尾随她回家的。这次我是用事先准备好的警棍殴打她的脸，然后把她拖进屋里。没想到，这个女人竟然说她怀孕了。她流着红色的眼泪，说她肚子里有个孩子，哀求我不要动粗。"

现在如果将强忍着的感情全都释放出来，宗佑的视野估计也会被一片血红色浸透。

"然后呢？"

"我又朝她的脸打了几下，她就昏过去，安静下来了。我用胶带绑住她的双手双脚，封住了她的嘴。"

曾经在公审法庭上听到这些话时，宗佑忍不住冲进厕所呕吐，但现在他不能这么做。

"……不过，就那样杀掉也不好玩，所以我拍了她的脸好几次，把她弄醒。我看着她的眼睛，慢慢地勒死了她。"

无法忍受继续与石原对视，宗佑略微移开视线。小泉和久保一脸严肃地看着他们。

宗佑再次直视石原的眼睛，开口说道："你没有考虑过，如果你杀死她们，被警察逮捕后会怎么样吗？你没有想过可能会被判死刑吗？”

“我当然考虑过。”

“那你为什么要做那种事？你不珍惜自己的生命吗？”

“因为我觉得死了也没什么大不了的。活着也没什么意义啊。只要杀了人，哪怕像我这种无足轻重的人也能一举成名。虽然我并不是想出名，但可以让周围的人意识到——”

“意识到什么？”

“都是你们的错，才害我变成这种人。都是因为你们抛弃了我，因为你们瞧不起我、讨厌我，我才会变成杀人魔。”

竟然只因这种任性而自私的自我主张，由亚就惨遭石原的毒手。毫无道理可言的现实再次摆在宗佑面前，让他几乎要昏厥过去。但他勉强撑了下来，面对眼前的现实。

“现在那些家伙已经意识到了，所以我也没有必要再活下去了。国家什么时候杀我都行。反正除了我以外，每个人都希望我能尽快执行死刑吧。受害者的家人、社会大众，还有这里的人都是这么想的。”

“对吧？”石原转过头朝小泉和久保问道，但两名狱警都没有回应。

“现在的你渴望死亡，这一点我理解了。”

石原似乎对宗佑的话有所反应，他回过头来。

“但那些被你杀害的人，他们并不希望死去，他们想活着，盼望着能继续活下去。对于他们，你现在有什么感觉？”

“你是教诲师，应该在期待我说些‘我很后悔’‘我在反省自己了’之类的话吧。但老实说，我没有任何感觉，只能说他们运气不好。反正很快我也会去他们那边，如果他们有什么要讲的，到时候再找我一吐为快嘛。"

不能让石原带着这样的想法去死。如果不给予石原活下去的希望，即使他被执行死刑，也无法让由亚安息。

该怎么做才能让石原渴望活下去？哪怕是用欺骗来达成目的。

"事情就是这样……我亲手杀掉了四个人。"闻言宗佑移回视线，只见石原正盯着自己放在桌上的双手。

"即便如此，我在上帝面前也能得到赦免吗？"石原将目光移到宗佑脸上，露出笑容。

"你误会了一件事。"

听宗佑这么说，石原皱着眉，不解地歪了歪头，紧接着宗佑握住他的双手。石原似乎大吃一惊，他浑身颤抖，身体直往后仰。

"即使世界上的每个人都那么想，我也不会希望你死去。"

宗佑双手紧紧握着石原的手，将他拉近。到了两人的脸几乎贴在一起的距离时，宗佑开口说道："至少，我不希望你抱着这样的想法死去。我不希望你在走向死亡时，依然认为只有杀人才是你活着的意义。"

"你……你到底想干吗……"

宗佑从石原的眼神中看出了他的惊慌失措。

"也许你这辈子不可能活着离开这里，但我还是希望，在今后你将要度过的，绝对称不上愉快的时光中……有那么一刻能让你觉得，活着真好。"

"放开我……你放开我！"

石原嘶吼着挣脱宗佑紧握着他不放的双手，直接从椅子上站起来，转身背对宗佑，朝两名狱警走去。

"石原——"宗佑叫住了他。

石原停下脚步，但没有回头。

"希望你能再来参加教诲。我会陪你走完今后的人生，直到你在上帝面前获得赦免，直到你意识到自己已经获得了赦免。"

小泉给石原使眼色要他回话，但石原保持沉默。

小泉叹了口气，对宗佑说："那么，石原的教诲时间结束。"接着他打开门，久保也站起来，两人带着石原走出房间。

门关上的瞬间，宗佑内心中一直压抑着的情感终于爆发，涌出的眼泪模糊了视野。尽管没有被血色浸润，视野仍逐渐被幽暗覆盖。

7

"石原，你很冷吗？"

我闻言看向走在身旁的小泉。搞不懂他为什么要这么问，我没理会，继续穿过走廊。

到 33 号房前，小泉打开门示意我进去。我走进房间，背后响起铁门重重关上的声音。

我脱下拖鞋正要放回架子上，突然发现不对劲，自己拿着拖鞋的手正在微微颤抖。

此时我的脑海中闪过刚才的那一幕。与此同时，我回想起被保阪握住双手时那略微温暖的触感。

希望今后有那么一刻能让你觉得，活着真好——

真是可笑。现在才对我说这种话已经太晚了。

被关在这种地方，今后究竟能有什么事让我开心？能有什么事让我觉得活着真好？这种话应该在我杀掉老太婆之前，起码在我杀掉那两个女人之前，有人早一点对我说啊。

保阪说得没错，我这辈子不可能活着离开这里了。我剩下的人生不过是在狱警的监视下等死。

死后，我会堕落到与母亲不一样的世界里吧。我很清楚，自己杀了四个人，绝对去不了母亲所在的地方。而遥死后，同样也不会来到我的世界。

死后我就是孤魂野鬼了。

那是一个什么样的世界呢。

我环顾四周，三叠大的狭小房间出现在视野内。

我即将死去，余生中除了看守所里面的这个世界，什么都接触不到。

希望今后有那么一刻能让你觉得，活着真好——

想起保阪的话，我的笑声在牢房里回荡。

有那么一刻能让你觉得活着真好……

仿佛受到这句话的吸引，我看向自己的双手。

我最后一次被人握住手是什么时候呢……

或许是因为不小心想到这种问题，我的脑海中涌现出各式各样的记忆。与遥和母亲分别后的日子在脑中飞速掠过，最后浮现在我眼前的是男人宽大的背影。

对了……是父亲牵着我的手，带我去老太婆家里的时候。

从那个女人住进家里的那一刻起，尽管我还是个孩子，就明白父亲觉得我碍事了。父亲离开时说，让我暂时跟着老太婆住一段时间，但那时我就已察觉，父亲再也不会回到我身边了。

那是记忆中我最后一次握着别人的手。

我还记得，当时的我并没有说出口，而是用紧紧握住父亲的手来发出无声的哀求：请不要抛弃我，不要放开我的手。

印象中，那天父亲的手冷冰冰的，感受不到任何体温。但今天握住的那个男人的手有些湿润，还有点温暖。

脑海中记忆告诉我，这种感觉并不陌生。

那是我被带到老太婆家里更早……更早之前的……

不愿回忆的光景逐渐浮现在眼前，我赶紧摇摇头甩掉，看向自己的右手。

此生再也感受不到遥和母亲的温暖了。不只是她们，除了保阪以外，今后我还会和其他人有肌肤接触吗？

不会有的，我将永远被关在这个狭小的单人牢房里，直到死去。

更何况，哪有人想要握住这双杀害了四条人命的手呢？

那个教诲师打心底里肯定也是这么想的。

8

"……我衷心祈祷，愿上帝保佑并指引我们每一个人。最后，伴随乐曲的尾声，我宣布今天的礼拜到此结束。"站在讲坛上的宗佑说道。接着他操作手边的 CD 播放器，管风琴的乐声随即响起。音乐结束后，信徒们纷纷起身离开教堂。

这时，一名女性信徒逆着人潮走了过来，是与宗佑同辈的森田。

"您辛苦了，今天也非常感谢您。"森田说着鞠了一躬。

"哪里，我应该感谢您才对。"

"那个……"森田有些难以启齿的样子。

"有什么事吗？"

"……您遇到什么事了吗？"

宗佑有些困惑。

"啊，没什么……只是您最近好像很累……"

"没有呀……"宗佑支支吾吾地说道。

"是吗？我跟其他人聊天时，大家有在讨论，说是不是看守所的教诲工作让您有些烦恼。"

森田也是教会的干事之一，似乎有些在意宗佑最近的状态。

"因为您需要和那些处境困难的人打交道。"

她指的应该是死刑犯。

宗佑确实也觉得自己没有全身心投入今天的礼拜。事实上，他也一直在考虑明天教诲的事。按照顺序，石原应该在教诲对象中，但他究竟会不会来？如果他来了，该怎么打开他的心扉？

他要怎样让石原产生想要活下去的念头，在将来的某一天给由亚报仇雪恨呢？

"谢谢您的关心。不过我没事。尽管他们的处境明显与我们这里的信徒不同，但我要做的事是一样的，唯有尽全力传达上帝的旨意。"

说出这句话的瞬间，宗佑的内心刺痛了一下。

"您这么说我就放心了。相信您一定能拯救他们的心灵，就像您拯救我们一样。"

宗佑无法直视森田的微笑，不禁移开目光。

自己违背了上帝的教导，还欺骗身边重要的人。

宗佑心知肚明，自己这样的人不配当牧师。可是，不当牧师就不能继续做教诲师。

两人道别时，宗佑依然不敢直视对方的眼睛，随后森田离开教堂。

教堂中只剩下宗佑一人，他迫切需要一些可以支撑自己的东西，于是从外套口袋里拿出手机，他凝视着待机画面上的由亚。

我没做错。对吧，由亚？

即使得不到上帝的赦免，我也想为你报仇。

宗佑直视着房门，这时响起了敲门声。

"请进。"宗佑应道。门开了，石原在小泉和久保的包围下走进来。

"我们带石原亮平来了。打扰了。"

久保坐在靠近门口的椅子上，石原和小泉则朝他走来。

宗佑起身走向石原，伸出右手。石原盯着宗佑的手看了一会，但似乎并不想握手。宗佑指了指椅子，两人相对而坐。

"小泉先生，今天也请您在后面等就行了。"

确认小泉走到门边与久保并排坐在椅子上后，宗佑将目光投向石原，开口说道："很高兴又能见到你。上次我讲的话过于一厢情愿，所以很担心你觉得我是在强迫你，再也不肯来了。"

"你别误会。我可不是为了得到上帝的赦免才来这里的，只是闲得发毛而已。"

"我明白。哪怕你只是来找我打发时间，我也很开心。今天要聊些什么呢？"

"这里接受你教诲的有多少人？"

"加上你一共七个人。"

"有死刑犯吗？"

"大部分都是。为什么问这个？"

"也没什么……就是好奇，和我一样的死刑犯每天都在做些什么。一整天都没事干，他们都是怎么转移注意力的？"

石原这样说，是因为他内心有什么烦恼，需要转移注意力吗？假如有，具体又是什么呢？

"大部分人是进行请愿劳动。"

"就是包装一次性筷子之类的吧？我对那种事情没有兴趣。"

"是吗？其他的话……对了，在接受我教诲的人当中，最近有个人开始画画了。"

宗佑想起排在石原前面接受教诲的工藤。

"画？"

"对……虽然他很久没有画画了。"

"他为什么突然要做这个？"

"他想给外面的妈妈尽孝。他说无论通过什么形式，希望能趁自己还活着的时候为母亲尽一点孝心。"

"他是死刑犯？"

宗佑点了点头。

"所以他能做的事非常有限。我也和他一起思考用什么办法比较好，后来听他说小时候在画画比赛中获过奖，妈妈也夸奖了他，所以我建议他再画一幅画送给母亲。虽然他说现在妈妈可能不会喜欢自己送的画，但还是兴致勃勃地说会努力画好。"

"我对画画没兴趣。"

"没关系，不一定非得是画画。比如小时候擅长的事情，或者做起来感觉很开心的事情，你有没有想到些什么？"

石原低下头，沉默了。

"话说回来……发生什么不愉快或者悲伤的事了吗？"

石原像被宗佑的话吓了一跳，抬起头来，眼神明显动摇了。

果然，上次的教诲后，他的心境似乎出现了某种变化。

"为什么这么问？"石原问道。

"我只是觉得……你的状态和以前不太一样。如果确实是发生了那种事，可以说给我听听吗？虽然我不一定有办法解决，但如果能倾诉出来，你可能会感觉好一些。"

"没啊……没有那种事。"石原移开目光。

"这样啊。因为其他接受教诲的人都比我年长，和你聊天的时候，总觉得你比其他人更让我放心不下。无论你有什么烦恼都可以找我谈，就当作找父亲商量事情。"

宗佑一边在心中向由亚道歉，一边硬是挤出这些话。

"你……有孩子吗？"石原看着宗佑问道。

有一个女儿，被你残忍地杀了。

"没有，我单身。"

"是吗……幸好你没有我这样的孩子。"

"虽然我并不明白为人父母的感受，但没有哪个生命是不应该来到世上的。即使你是我的孩子，我也不会这样想的。"

被石原紧紧盯着，宗佑感到胸口堵得难受。

为了维持住与这个男人的联系，宗佑拼命抵抗各种在心中横冲直撞的罪恶感。

"时间到了。"小泉提醒道。宗佑移开视线，从椅子上站起来说："我会再等你的。"接着向石原伸出右手。

一脸迟疑的石原慢慢抬起右手，握住宗佑的手。

那是仿佛连心脏都会被冻结的冰冷触感。

第四章

"您画得真是太棒了，真期待令堂看到这幅画的样子。"保阪从放在桌上的画纸上抬起头说道。

"是吗？"对面的工藤有些害羞地挠了挠头。

"每画一次都看得出你在进步，堪称专业画家的水平了。我都想把它挂在自己的房间里呢。"

"听您这么说我真的很开心……如果您不介意，我也送一幅给您。"

"可以吗？"

"当然了。只是，和我最近画的相比，之前画的那些就逊色多了，所以我会给您重新画一幅。这一幅我想留给母亲。新的画我下一次教诲时再给您。"

"期待您的大作。不过也不用那么着急，您还要进行请愿劳动，不要太累了。"

"不着急的话……也许就没机会送给您了。"工藤表情僵硬地说道。周围的空气瞬间有些凝重，但保阪马上对工藤露出明亮的笑容:"下次您想画什么?"

"我想试着画圣维特大教堂。"

"那座教堂我也很喜欢,可惜没有去过。我会尽快给您寄教堂照片的。"

直也听着他们的对话,看了看时钟,时间已经到了。

虽然不想打断他们之间愉快的谈话,直也还是开口:"时间到了。"

他们互相道别后站了起来。工藤卷起桌上的画纸朝这边走来,和直也走出教诲室,与在门外待命的久保一起进入走廊。

"保阪老师很会夸人呢。"

直也闻言看向工藤,只见他凝视着手里的画纸,脸上带着掩饰不住的喜悦。

"我觉得他不是在奉承你。"

来教诲室之前,工藤就先让直也看过那幅画。直也不太会欣赏绘画艺术,但看到那幅精湛细腻的风景画,依然忍不住赞叹不已。

大概在一年前,工藤开始用铅笔画画,他的进步之快连直也都感到大吃一惊。

起因是教诲时,工藤提到自己小时候参加绘画比赛获过奖,母亲也称赞了他,这让他非常开心。在保阪"要不要继续画画"的提议下,工藤犹豫了一阵,最后还是买来纸笔等绘画材料开始画画。到现在,他几乎把所有的空闲时间都用来画画了。

"我也想把它挂在自己的房间里呢。"直也说完,工藤开心地笑了。

"小泉老师不介意的话,我也画一幅给您。虽然会排在保阪老师后面。"

"我会拭目以待的。"

把工藤送回单人牢房后，直也与久保一起走向 21 号房。

直也探头朝窥孔看去，石原正坐在矮桌前包装一次性筷子。

"石原，要开门了——"

听到直也的声音，石原把手里的一次性筷子放在矮桌上，保持跪坐的姿势转过身来。

直也打开铁门说道："教诲的时间到了，赶紧准备。"石原马上站起来，从架子上拿出《圣经》，穿上拖鞋走出门。

关上铁门，直也和久保一左一右围着石原穿过走廊。到达教诲室后，直也敲了敲门。里面传来保阪"请进"的声音。直也让久保在门外待命，自己打开门，和石原一起走进去。

"我带石原亮平来了。"

石原走向保阪，与他握手后面对面坐下。

直也坐在门边的折椅上，看着两人平静地交谈，不禁心生感慨，人到底还是会变的。

石原换到 D 栋关押已近一年半。在这期间，为防越狱和自杀，在看守所的安排下，石原已经换了三次牢房，而他的言行和生活态度也发生了翻天覆地的变化。

直也认为这一切都是教诲师保阪的功劳。

直也能感觉到，第二次教诲之后石原的态度发生了变化。教诲结束时，石原虽然表示出拒绝的态度，现场的气氛也很紧张，但之后他经常目睹石原在单人牢房里盯着自己的手看，一副若有所思的样子。

　　到第三次教诲时，也许因为石原开始信任保阪了，此前一直拒绝握手的他与保阪握手告别。之后石原继续接受教诲，第五次教诲时保阪送给他一本《圣经》。一开始他只是把书扔在架子上，但现在会时不时拿出来看，并在笔记本上记些什么。

　　大约半年前，他开始与保阪互通书信。当时是保阪提出，如果他读《圣经》时有什么疑问，或者日常生活中有什么想法，都可以写信告诉他。

　　石原嘴上依旧说自己是因为闲着无聊才写信之类不讨喜的话，但直也觉得，这正说明此前从未向任何人敞开心扉的石原，如今开始对保阪怀有特殊感情。

　　事实上，为了筹措给保阪寄信所需的文具费用，石原甚至开始进行请愿劳动。毕竟他曾经说过请愿劳动挣钱太少，他才不想做这种活。

　　发生变化的不只是石原。直也从今年春天起也升任为看守部长。

　　对了，松下如今在做些什么呢？

　　直也突然想起原本与现在的自己同级的前辈，一抹阴影掠过心头。

　　吃过午饭后，直也查看手机，看到由亚发来一条 LINE 消息。

　　后天是你的休息日吧？

　　直也想了想，今天是 24 小时轮班，工作时间从早上 7 点半到明天早上 7 点半。明天下班后就放假，后天是休息日没错。

　　对。怎么说？

直也回消息后，由亚很快回复。

　　那天是小学的建校纪念日，学校放假。孩子们说好久
没去迪士尼乐园了，想去玩。你觉得呢？

狱警的工作是轮班制，白班和 24 小时轮班交替着上，没有固
定的周末，因此很难与亚美和贤也的假期重合。一家人已经有半
年没能一起外出游玩了，这正是一个好机会。

直也发了个 OK 的表情，突然感觉身旁有人，抬头一看，管理
部长加贺站在自己面前。

"现在方便说几句吗？"加贺问道。直也点点头。加贺坐到对
面，挤出一个笑脸："刚才是在和家人联系？"

"是的。"

"说到家人，你有两个孩子吧。现在他们多大？"

"大女儿 11 岁，小儿子 9 岁。"

"有没有打算再添小孩？"

突如其来的问题让直也十分困惑，但他仍答道："目前
没有……"

"家里有亲戚患重病吗？"

"没有。请问，这到底是……"

"没什么，就是随便问问。我走到这儿，正好看到你，就想到

好久没跟你聊聊天了。今天你是 24 小时轮班吧？"

"是的……"

"你升职后责任也越来越重，想必各方面都不容易，但我很看好你，继续加油吧。"

鼓励了直也几句后，加贺迅速站起身，匆匆朝出口走去。

究竟是怎么回事——

加贺的态度明显不同寻常。看着他的背影逐渐远去，直也心中涌起了莫名的不安。

莫非是……死刑执行——

2

按下门铃后，真里亚马上开门迎接。与宗佑四目相对，真里亚皱起眉头。

宗佑脱下鞋子走进玄关，接着走向里面的房间。茶几上已经摆好两人份的饭菜。

"你一个人住，肯定没好好吃饭吧？"

闻言，宗佑回头看向真里亚。

"真是对不住，你特意为我做了这么多，我却没什么胃口。有酒的话，给我倒点酒喝吧。"

"你要是不注意身体，迟早会像鹫尾先生那样病倒的。要是不能继续做教诲师，你打算怎么办？"

"我要是注意身体，根本受不了这种日子。"

从宗佑开始给石原做教诲已过了一年左右。由于每个月只有30分钟的时间，他们实际面对面的时间加起来也不过六个小时。然而自第一次与石原对峙时起，无论宗佑在做什么，那个男人的事情总在自己脑中挥之不去。

为了打探石原的内心变化，宗佑主动提出与他互通书信。可每次收到他的信，宗佑又会苦恼该如何回信。写下言不由衷的体贴话语后，会因为对由亚的罪恶感而备受煎熬。甚至在睡梦中，他也常常被由亚惨遭石原杀害的噩梦惊醒。

真里亚肯定无法理解吧。

这种被迫与杀害自己女儿的男人保持联系的折磨——

宗佑从包中拿出一个信封递给真里亚，自己走到迷你厨房里取出一个玻璃杯，将放在一旁的威士忌倒进杯子。见真里亚拿着信封坐在茶几前，他面朝真里亚盘腿坐下，举起杯子喝了一口。真里亚从信封里拿出信纸，开始读信。

每次给石原进行教诲后，或者收到他的信件时，宗佑都会来真里亚的家里。虽然来一趟大山很麻烦，但宗佑住的牧师馆就在教堂旁边，人来人往的，他不能让人目睹有女性走进自己的房间。

看着眼前的菜肴，二十多年前的记忆掠过脑海。

记得有一次真里亚到宗佑家里玩，还为他做了唯一的一次饭，好像是明太子意面。

那时候，两人虽然心怀背叛优里亚的罪恶感，但仍短暂享受过如恋人般相处的时光。宗佑想，假如优里亚不是以那种形式离开人世，当年的光景可能会在自己的人生中多次重现。

然而，即使光景相似，当年的感情也早已不在。

现在将两人联系在一起的并非爱情，仅仅是对石原的复仇之心。

真里亚为宗佑准备饭菜，只是为了让他补充营养，好完成对石原的复仇。对她而言，相当于用砥石磨刀而已。

真里亚似乎读完了信，她抬起头看向宗佑。

"内容还是老样子，一成不变啊。"

宗佑迎着真里亚的目光点了点头。

石原在信里只写了他有限的日常生活中的琐事，从未提及他在作案前的心境或对受害者的看法。尽管近一年来一直在面对面交流和书信往来，宗佑仍无法窥知石原的内心世界。

"石原有发生哪怕一丁点变化吗？"

宗佑不解地歪头。

"公审时，他扬言要法庭赶紧判自己死刑，跟那时候相比，他有没有想要多活一些时间……是不是开始对生活抱有希望？"

让石原对生存充满渴望，在他临死前用最伤人的话语将他推入绝望的深渊，这是宗佑和真里亚两人的愿望。

"很难说……"宗佑摇着头说，"按照狱警的说法，自从接受教诲后，石原的生活态度发生了翻天覆地的变化。他为了和我互通书信，甚至开始做以前毫无兴趣的请愿劳动。可是，靠这些行为并不能断定石原对生活产生了希望吧，也许他只当作是死前打发时间的消遣罢了。"

"也是……"真里亚低下头。

"每月只有30分钟的教诲，很难真正了解对方的内心。无从得知他是否希望活下去……"

真里亚抬起头问："下次教诲是什么时候？"

"安排在下下周一。怎么了？"

"不如到时候你问问石原，他怎样看待自己的死亡？"

"这是什么意思？"

"你就装作若无其事地提到，死刑犯可能随时会被执行死刑，没准明天早上就会被处决。假如他对自己的死亡感到恐惧，那就说明他希望活下去。"

"但是，教诲师严禁做出扰乱死刑犯心理稳定的言行。如果贸然煽动石原的恐惧之心，导致他不肯再来参加教诲，就前功尽弃了。"

宗佑无法深入石原内心的原因就在于此。

除非石原自愿，否则宗佑很难向他提起跟案件有关的话题，也不能提及他被判处的刑罚。

"接下来该怎么办，我也会试着多想想。无论如何，你还是得先照顾好自己的身体。"

"知道了。今天还有工作，我先走了。"

宗佑喝完杯中的酒，站起身来，从真里亚手中拿回信件后走向玄关。

离开公寓，宗佑朝大山站走去。突然口袋里的手机发出振动。宗佑拿出手机，是丹波打来的电话。

丹波找自己有什么事？宗佑带着疑惑接通了电话。

"我是丹波。很抱歉这么晚打扰您。"

丹波的声音颇为生硬。

"没关系……找我有什么事吗？"宗佑问。

"明天早上，您能来一趟看守所吗？"

一阵寒意顺着背脊爬上来。

"难道是……要执行死刑吗？"

"这个嘛……嗯……很抱歉，我现在只能说，明天早上请到看守所来……"丹波含糊其词地说道。

这肯定是死刑执行。

但究竟是谁——

自己教诲的三名死刑犯的脸在脑海中一一闪过。

"明早 7 点左右，我会搭出租车到目白接您。麻烦您了。"

丹波用毫无起伏的声音说完后，挂断了电话。

宗佑看着手中亮起的手机屏幕，时间从凌晨 5 点 58 分跳到了 5 点 59 分。是时候准备出门了。

宗佑吃力地从床上爬起来，打开房间的电灯。光线一下子填满视野，让他有些眩晕。这时握在手中的手机发出了刺耳的声音，他慌忙关掉闹钟。

宗佑定了早上 6 点和 6 点 20 分的闹钟，但根本用不上，到现在他一夜未眠。

宗佑下到一楼，进浴室冲了个热水澡，但大脑依旧昏昏沉沉。不仅如此，用浴巾擦干身体后，他还能闻到身上和嘴里散发出的酒精味。

好几次他差点呕吐，但还是赶紧刷好牙，换上教诲时常穿的西装。他以为自己洗漱的动作很快，但一看时钟，已经过了 6 点 50 分。

残留在嘴里的酒臭味让宗佑感到很是不快，但已经没有时间喝咖啡了。更何况胃里似乎有什么东西在翻江倒海，不管吃进什么，恐怕都会直接吐出来。

宗佑拿起装有《圣经》和诗歌播放器的包走出牧师馆。站在外面等了一会儿，一辆出租车驶来，停在他的面前。

后座的门打开，坐在里面的丹波朝宗佑低头致意，表情僵硬地说道："早上好。"宗佑点头回应后也坐到丹波旁边。车门关上，出租车随即驶出。

一见到丹波，宗佑便想询问谁会被执行死刑，但在出租车司机面前显然不合适。

宗佑感受着车内那令人窒息的沉默，丹波突然问道："昨晚您喝了不少吧？"

"是的……抱歉。"

"没事。我也想这么做。但碍于立场，只能忍到今天下午。要不要来一罐？"丹波递来罐装咖啡。

"谢谢。"

对话在这里中断了。宗佑双手握紧没有打开的罐装咖啡，望向窗外流动的清晨风景。

假如接下来有人将要被执行死刑，那个人会是谁呢？

接受他教诲的几名死刑犯的脸再次一一浮现在脑海中。

石原——

这个最后才浮现出的男人的脸，久久留在脑中没有离去。

假如接下来有某个人被下令执行死刑，宗佑希望是石原。如此

225

一来，自己的痛苦在今天就能结束。

　　然而，即使宗佑想象得出最后一次面对石原的场景，也全然无法想象之后会发生什么事情。面对即将被处决的石原，他要用什么样的话语来伤害石原，才能替由亚报仇？无论再怎么绞尽脑汁，现在的他都找不到答案。

　　出租车逐渐接近东京看守所那座巨大建筑物，丹波向司机说道："不要去正门，请绕到后面。"接着告诉他具体路线。

　　"请停在那里。"丹波说道。出租车在站着两名狱警的门前停了下来。

　　下车后，宗佑跟着丹波走进建筑内。入口附近有一个办公窗口，宗佑拿出《圣经》和诗歌播放器后把包寄存在窗口处。接着两人搭乘电梯上楼，沿着走廊走了一会儿，丹波在挂有"所长室"牌子的门前停了下来。

　　"教诲师保阪先生到了。"说完丹波打开门，示意宗佑进去。

　　宗佑走进房间，相对坐在沙发上的四名男子齐刷刷地站了起来。这四个人宗佑都是第一次见到，但从穿着和年龄来看，他们应该是东京看守所的高层。

　　"很抱歉麻烦您这么早过来。我是所长若林。"

　　一位看起来年纪最大、头发斑白的男子说完鞠了一躬，随后依次介绍身边其他人。另外三名男子分别是东京看守所的总务部长、检察官、检察事务官。

　　"今天将执行工藤义孝的死刑。请您进行最后的教诲。"

　　所长的话让宗佑眼前一黑。

　　从昨天接完电话到现在，宗佑想象了各种可能性。当时他脑中第一个浮现的人确实是工藤，毕竟他是自己教诲的死刑犯中判决生效时间最长的。然而宗佑一直试图把这个念头从脑海中驱散。

为什么一定要处决工藤呢？十五年前，工藤的确残忍地夺走了三条生命，可是，现在的他认真地学习《圣经》，诚心悔改自身的罪过，在狭小的单人牢房中不断为受害者的冥福祈祷。杀死这样的工藤，究竟有什么意义呢？

想到这里，宗佑突然意识到自己的自私，不禁深感羞愧。他之所以能这么想，单纯是因为工藤对自己没有造成伤害罢了。

那些被工藤杀害的受害者以及他们的亲人一定盼望工藤的刑罚能早日执行，正如宗佑和真里亚希望石原的死刑能尽快执行。宗佑还不满足于石原仅仅被处以死刑，还想让他遭受更多的痛苦，为此才出现在这里。

"这层楼设有等候室，请您在那里稍等。"

闻言宗佑抬起头。

所长向丹波使了个眼色。"保阪先生，这边请。"说着丹波带宗佑走出房间。

宗佑被引导到所长室斜对面的房间，他几乎是瘫坐在沙发上，双手抱住自己的脑袋，他闭上眼睛，拼命回想着至今与工藤的每一次对话。

面对即将走向死亡的工藤，自己究竟该对他说些什么？

自己根本无能为力。到底该做什么，才能减轻工藤即将面临的恐惧和痛苦？

不知道。无论怎么想，他还是不知道该怎么办。

敲门声让宗佑回过神来，他抬起头。门开了，丹波在外面说道："保阪先生，时间到了。"

宗佑重重吐出一口气，拿着《圣经》和诗歌播放器站了起来。

房间外除了丹波，还有刚才那四名男子。

"这边请。"丹波在前面带路，宗佑紧随其后，所长等人跟在后面。

他们在走廊上前进，穿过好几扇门。每扇门旁都站着一脸紧张的狱警，宗佑立刻明白，不久后工藤也会经过这里。

想象着那幅光景，他感到一阵揪心般的疼痛。

宗佑紧跟着丹波，沿着狭窄的楼梯往上走。丹波在楼梯尽头的门前停下脚步，打开门，示意宗佑先进去。房间里的四名狱警立即朝他们敬礼。

其中一名狱警对上宗佑的目光——是小泉。朝门口方向敬礼的小泉面色苍白，紧闭着的嘴唇战栗不已。

接着，所长、总务部长、检察官、检察事务官陆续走入，直到最后进屋的丹波关上门，狱警们才放下手。

这个房间约六叠大，正中间是一张桌子和六把椅子，桌上摆满各式糕点。桌后靠墙的地方是一座设有十字架的祭坛，另一面墙则被风琴帘隔开。

想象着风琴帘后面的东西，宗佑的心跳变得更加剧烈。

"请坐。"丹波伸手示意，于是宗佑在十字架前祷告后坐到椅子上。

房间中弥漫着一种压抑的沉默，让人连呼吸都觉得困难。

外面传来上楼的脚步声，所有人的目光都集中在门上，表情比刚才又僵硬了几分。

门开了，工藤被三名狱警从两侧和后方包围着走了进来。

宗佑对上工藤的目光，顿时心如刀绞。

他与昨天在教诲室见面时简直判若两人，表情和眼神中没有丝毫生气，步履蹒跚，要是没有狱警的搀扶，甚至都站不稳。

狱警解开工藤的手铐，让他坐在桌子对面。工藤一直低着头，全身微微颤抖。

"2330 号，工藤义孝，对吗？"

对于丹波的提问，他似乎也无法做出回应。

教诲时，他似乎冷静地接受了自己将被处以极刑的事实，然而一旦真正面临死亡，这种冷静瞬间荡然无存。

"很遗憾，执行命令已经下达。接下来要执行死刑。"

宗佑能做的唯有不断祈祷。

"最后吃点好吃的吧？也可以抽烟。"

听丹波这么说，工藤稍稍抬起了头。他伸出颤抖的手，想去拿托盘上的甜馒头。但中途似乎又放弃了这个念头，慢慢收回了手。

"不吃吗？"

确定工藤没有反应后，丹波转向宗佑说："麻烦您了。"

宗佑拿着《圣经》站起来。

"请起立。"宗佑向工藤说道。但他并没有起身的意思，盯着桌上的一个位置，像小孩子撒娇耍赖一样，左右摇头。

"那就这样，我读一段《圣经》……"

话音未落，"我……我不想死！"工藤突然大叫，用双手猛击桌子，站了起来。

"你冷静点！"几名狱警立即冲上前，但工藤挣脱他们的手，试图跑向门口。其他狱警也围过来，将工藤控制住。

"你们有什么权利杀我！骂我是杀人犯，你们自己不也是杀人犯吗！"

四名狱警合力将边喊叫边挣扎的工藤按住，混乱中人群撞到桌子，桌上的糕点撒落一地。

近距离观看这一幕的所长下令："执行！"马上，小泉给工藤套上了遮眼布，与此同时，另外两名狱警分别扭起他的右臂和左臂，将他的双手反铐住。

"开什么玩笑！我不想死……我还有想要做的事！"工藤大吼大叫，双脚四下乱踢。

所长领着检察官和检察事务官离开房间。小泉拉开风琴帘，帘后的刑场出现在眼前。

"救救我……求你们了……救救……救救我……"

工藤的双脚也被绑上绳子，狱警几乎是抱着将他带进了刑场，而宗佑只能眼睁睁地呆站着。

他竭力祷告，却被工藤的喊叫声淹没，甚至分不清自己有没有发出声音。

"救命……救救我……求你们了……"

"别说话了！咬破舌头只会让你更痛苦。"

小泉悲痛的声音传来，但工藤依然呜咽着拼命求饶。

工藤被扶上踏板，小泉和另一名狱警神色紧张地用白色绞索固定住他的脖子。

"牧师……救救我……我……我还不想死……这样我无法得救……"

小泉和其他狱警忽地离开工藤身边，下一瞬间便传来地动山摇般的巨响，工藤的身影消失了。

这阵从未听过的怪声紧紧揪住宗佑的心脏，视野中，一条摇摇晃晃、嘎吱作响的白色绞索一直在他眼前挥之不去。

听见敲门声，宗佑看向门口。说完"请进"后，门开了，丹波走了进来。

"刚才工藤已完成净身，遗体放入棺材，全部执行到此结束。今天真的非常感谢您。"丹波朝宗佑深深鞠了一躬。

"哪里……"宗佑有气无力地答道。

"我会送您到出口。不过在那之前，我想先向您道歉。"

宗佑看着丹波，不解地歪着头。

"通常我们会等到教诲师离开后再执行死刑，但刚才情况紧急……不慎让您看到了不该看的一幕。"

那个画面仍深深印在宗佑的脑海中。

"请允许我再次向您致歉。"

"不……我才该向您道歉。"宗佑说道。

这次是丹波显得很困惑。

"我根本无能为力……"

"怎么会呢。我听同事讲过教诲时的情况，我认为工藤很信任您。虽然他因为面对执行惊慌失措，但最后一刻有您陪伴在身边，想必他的内心也很欣慰。"

真是如此吗。

　　牧师……救救我……我……我还不想死……这样我无
法得救——

工藤说的最后一句话一直在他耳边回荡。

"平时工藤先生叫我保阪老师或保阪先生，最后却称呼我为牧师。"

"可能是死亡的恐惧让他无法顾及那么多吧。"

也许是吧。然而……

过去的一年半里，宗佑与工藤相处时一直把他当作朋友，此时他却开始思考，对于工藤而言，自己又是怎样的存在呢？

至少工藤并不认为宗佑能拯救他的心灵吧。

"我能看一下工藤先生吗？"宗佑问道。

丹波疑惑地歪了歪头。

"结果我没能为工藤先生做任何事。我想至少最后好好为他做个祷告。"

"棺材的话可以，但遗体不能展露。"

"那就拜托您了。"

宗佑跟随丹波离开房间，穿过走廊，搭上电梯，接着再次穿过走廊，来到挂着"太平间"门牌的房间。

站在房间中央放置着的棺材前，宗佑闭上眼睛，为工藤献上最后的祈祷。

睁开眼睛后，宗佑回头一看，丹波也神情肃穆地凝视着棺材。

"工藤先生的遗体会怎么处理？"宗佑问。

"刚才我们已经联系过遗属，告知工藤安详离世的消息。遗属表示会来接回遗体。"

那个人应该是工藤的母亲吧。

"这样啊……牢房里的物品会归还给遗属吗？"

"如果他们有要求的话。"

但愿工藤的画能送到母亲手上。

"不知您能否帮忙转告遗属一件事？"

"什么事？"

"直到最后一刻，工藤先生仍在竭力思考怎样才能为母亲尽孝。"

"我会转告的。"丹波点了点头。

3

一片幽暗中，各式各样的浅绿色幽灵在四处飞舞。

其中一个幽灵的脸与熟悉的男人重合，直也不禁用力捏紧握着贤也的手。坐在旁边的贤也则是兴奋地看着这些游乐设施里的幽灵。

载着直也和贤也的坐具继续旋转，在黑暗中不断前进，周围有时冒出长相怪异的幽灵，有时冒出倒映在镜子里的自己。

此刻映入眼帘的所有景象，都让直也想起昨天第一次踏入的刑场。而飘浮在自己身边那些奇形怪状的东西，不就是在那里被处刑的工藤等死刑犯的幽灵吗？

正当直也强忍不适，后悔乘坐这项游乐设施时，终于看到了似乎是出口的亮光。

在工作人员的引导下，直也拉着贤也的手走下设施。坐在后面的由亚和亚美也走了下来，伴随着孩子们欢乐的笑声，他们一起向出口走去。

一走出幽灵公馆，直也便感到视野里出现一片白光，不由得眯起眼睛。

他知道这是因为阳光太耀眼了，可奇怪的是，无论是映入眼帘的天空，或是四周那些原本色彩斑斓的建筑和游乐设施，在他眼里都显得灰蒙蒙的。

从昨天早上开始，他的世界就彻底变了样，这种感觉即使来到梦之国也未能改变。

"爸爸，接下来我们去玩小熊维尼猎蜜记①吧。"亚美拉着直也的手催促道。

"小熊维尼猎蜜记不是小孩子玩的东西吗？我要玩太空山。"贤也说道。

"你真是个笨蛋。太空山在明日世界，离这里很远的。在迪士尼乐园，要从近到远一个个玩过去，才是快乐玩耍的不二法则。再说了，你瞧不起那些小孩子玩的项目，你自己不也是个小孩子。"亚美以不容辩驳的口吻说完，便朝着她想去的游乐设施方向走去。

"亚美，等一下。"

由亚一边出言安抚，一边拉住孩子们。她担忧地看向直也："你还好吧？是不是有点累了？"

尽管"很累"也不足以形容目前的状态，直也还是回答："嗯，是有点累了……"他看了一眼手表，已经快到正午了。

"差不多到午饭时间了。等会儿餐厅会很挤，爸爸先去占个座，顺便休息一下。"

"好，那就交给你了。我带他们去玩小熊维尼猎蜜记，之后再回来找你。"

"就在那家餐厅怎么样？"直也指着旁边的一家餐厅问，由亚点了点头，便带着孩子们离开了。

---

① 小熊维尼猎蜜记是位于东京迪士尼乐园内的游戏项目。

目送孩子们兴高采烈地奔向下一个游乐设施，直也走进餐厅。他点了一杯乌龙茶，找到一张空着的四人桌坐下。用吸管吸着毫无滋味的乌龙茶，他重重地叹了口气。

由亚果然已经察觉到昨天发生的事情了。

一般来说，他们在 7 点半集合后就可以下班，昨天却接到指令，要求"现在接到通知的人前往准备室待命"。其他被召集到准备室的狱警都一脸疑惑，不明所以，但由于前天中午管理部长加贺找自己谈过，直也已经预感到接下来要发生的事情，心情也变得十分沉重。

不久后，直也被叫到管理部长办公室，加贺命令他参与死刑执行。直也的任务是给被下令执行死刑的工藤套上遮眼布，并用绞索固定住他的脖子。

接着他和同事到刑场一起练习了几遍，等待工藤的到来。然后……

执行完工藤的死刑后，直也离开东京看守所，走到自家所在的官舍前，却无法鼓起勇气进门。他实在害怕面对由亚。

于是直也步行到小菅站，坐电车前往北千住。他给由亚发了一条根本经不起推敲的 LINE 消息，说是突然被领导拉去喝酒了。他把自己关在网吧的包间里猛灌啤酒，拼命想要将那些可怕的记忆从脑海中抹去，然而徒劳无功。无论他多么努力让自己大脑放空，眼前总是浮现出工藤呐喊着"我不想死"，拼命挣扎的身影，耳边也回荡着他绝望的哭喊，这个痛苦的旋涡逐渐将直也吞噬。

不过是死神的爪牙罢了——

不知何时教诲师鹫尾说过的话再次浮现在直也的脑海中，他在心中一遍又一遍地告诉自己，不是这样的。

　　我不是死神的爪牙——

　　我只是为了维护国家的治安，履行了必要的职责——

工藤是夺走三条人命的凶恶罪犯，死刑是他应得的下场，而且被他杀害的三人中有一个是与亚美、贤也年纪相仿的孩子。假如亚美和贤也被人杀害，我也一定会想要杀死那个凶手。我们这些狱警只是替那些受害者家属实现他们正当的愿望而已。

可是，无论直也在心中如何为自己的行为辩解，最终不可否认的现实是，自己是导致工藤死亡的一分子。

直也刚把绞索套在工藤的脖子上，刑场的踏板就打开了，工藤的身影瞬间从眼前消失。

只剩下一条摇摇晃晃、嘎吱作响的绞索。

直也不忍看下去，移开视线，结果与站在附近的保阪四目相对。回想起保阪那张苍白的面孔和颤抖的嘴唇，直也很为他担忧。

按理说，死刑应该在教诲师退场后再执行，但昨天工藤闹得太凶，导致保阪还在场时，他们就给工藤套上绞索，放开踏板。

保阪和直也一样，目睹了死刑执行的瞬间。

尽管直也只是履行职责，在那一刻也感到痛苦难耐。保阪身为神职人员，内心的苦闷恐怕有过之而无不及。想象着他的心情，直也感到无比难过。

结果昨天直也回到家时已接近深夜零点。平常这种情况显然很不对劲，但在玄关迎接他的由亚只说"辛苦了"，再没有多问半句。

直也觉得，当时由亚注视着自己的目光中仿佛带着一种怜悯。

当天的新闻应该已经报道过，丈夫所在的看守所执行了死刑。

发觉有人靠近，直也回过神来，他抬起头，只见由亚在他对面的座位上坐下。

"孩子们呢？"直也问道。

"他们在那边的商店挑选纪念品呢。"由亚指了指不远处的商店。

我昨天杀了人——

直也无法直视由亚的眼睛，"是吗……"他装作若无其事地环顾四周，茫然地望着来来往往的情侣和小家庭，每个人的脸上都带着灿烂的笑容。

"大家看起来都很开心。来玩的人和工作人员，大家都在笑。"由亚说道。

"是啊。"直也回应。

"直也……我们离开小营吧。"

听到这话，直也猛然看向由亚。

"还会有别的工作的。现在孩子们长大了，我也可以出去挣钱……"

看到由亚眼眶含泪，直也一时语塞。

"一直以来你都保护着我们，我真的很感谢你。我和孩子们也都由衷地尊敬你。"

这句话让直也心头一震，一直压抑着的情感涌上心头，视线因泪水而模糊。

直也也想离开，他不愿再经历那种痛苦了。

"我饿了——"

"吃完饭我们去明日世界吧。"

听到孩子们的声音，直也赶紧用袖口擦去眼泪。

4

门开后，对上宗佑的目光，真里亚吓得往后退了一步。

"今天我收到了这个，所以拿来给你看。没别的事。"

宗佑在公寓的走廊里把石原的信递给真里亚，转身准备走向电梯。"等一下"，真里亚抓住了他的手。

"怎么了？"宗佑看着真里亚问。

"我做点饭，你进来吃点。"

"我没有胃口。"

"宗佑，你最近照过镜子吗？看看自己的脸。"

今天早上照过。消瘦的脸颊，凹陷的眼睛，宗佑也觉得自己简直和骷髅一样可怕。

"先进来吧。"

真里亚抓着宗佑的手，几乎是强行把他拉进屋。无奈之下，宗佑只好脱下鞋子走进玄关。进入里面的房间，他一看到佛龛，赶忙将目光转向别处。

"我做乌冬面吧，比较好消化。你坐下来等会儿。"

听到真里亚的声音，宗佑在茶几前坐下，双手扶着有些发晕的头，手肘支在茶几上。

自那天起，他已经有十天左右没怎么睡过觉了。

一闭上眼，面前就会浮现出一个男人的脸，无论如何都挥之不去。

是工藤，不断挣扎、求救，接着突然从眼前消失的工藤。

宗佑并没有亲手把绞索套在工藤的脖子上，也没有按下踏板的按钮。然而他什么都没有做，就那么眼睁睁地看着拼命求饶的工藤死去。

这种仿佛自己也参与了杀人的罪恶感，使得工藤的幻影不断在他脑海中出现。

而在工藤的背后，又浮现出另一个人影凝视着自己。

那是宗佑杀死的另一个人——优里亚。

宗佑——宗佑——

幻影中，优里亚不断喊着他的名字，随后的话语却听不清楚，但宗佑大概能猜到她会说些什么。

她一定是在指责自己是个多么罪孽深重的人。

他寻求上帝的宽恕，只为让自己背叛并害死优里亚的罪过得到赦免，最后他甚至成为一名牧师。然而面对求饶的工藤，他却无法给工藤的心灵带来慰藉。

没错，自己是个多么无能，又罪孽深重的人。

听到声音，宗佑回过神来，他睁开眼睛，茶几上放着一碗乌冬面、筷子和一杯水。

"吃不完也没关系，多少吃一些。不吃我是不会放你走的。"

听真里亚这么说，宗佑无奈地拿起了筷子，每次只夹一根乌冬面送入口中。真里亚坐在对面，从信封里取出信，开始阅读。

"信上说他最近睡不着……发生什么事了吗？"真里亚问道。

宗佑停下筷子，抬头看向她。

"大概十天前，东京看守所执行了一场死刑。估计是这个原因吧……"

真里亚看着他，表情有些扭曲。

"难道你也在场？"

宗佑点头。真里亚似乎明白了些什么，微微眯起眼睛，轻轻点了点头。

"我原本打算做最后的教诲……但没能做到。那个死刑犯因为恐惧而惊慌失措，他大吵大闹，不断挣扎，被狱警强行按住，套上遮眼布，铐上手铐，脖子也被套上绞索，在绝望的尖叫中被执行了死刑。我只能眼睁睁看着这一切发生……"

"所以你才睡不着……也没胃口？"真里亚带着痛苦的神情问，宗佑再次点头。

以前鹫尾说过，当他第一次目睹死刑执行后，感觉自己的灵魂仿佛被撕成两半，而那种深深的失落感，现在的宗佑完全能够理解。

鹫尾还说，这种感觉是对自己所犯之罪的惩罚。想到这里，宗佑恍然看向佛龛。

自己现在感受到的痛苦，难道不是对优里亚的赎罪吗？

无论多么痛苦，多么难过，我都认为，继续给死刑犯进行教诲，是对那些因我而陷入不幸的人们的赎罪。鹫尾也这样说过。

"在石原被执行死刑前……我还要目睹多少次这样的场景呢。"

"你想放弃吗？"

宗佑闻言，视线从优里亚的遗照转到真里亚身上。

"我不知道……只是……我开始怀疑，自己正在做的事情是否真的有意义。"

"这是什么意思？"

"那名死刑犯在十五年前杀害了他朋友一家三口，所以被判死刑。在鹫尾先生的教诲下，他诚心悔过并受洗成为基督徒。我接手教诲时，感觉他已经冷静地接受了自己所犯下的罪行，以及即将被执行死刑的命运。然而在行刑前的那一刻，他却因为对死亡的恐惧而失去理智，疯狂地大喊大闹。"

"这……"

"我觉得，这就是死刑的本质吧……哪怕他们之前认为自己并不怕死，真正到了行刑的那一刻，依然会尝到难以言喻的痛苦滋味。所以我想，石原也是一样的吧……即使他在法庭上扬言自己不怕死，一旦被带到刑场，他也会切身感受到由亚及另一名受害者经历过的恐惧和痛苦，并在这种恐惧和痛苦中走向死亡。而我们还要让他承受更大的痛苦和绝望，这样做究竟有什么意义呢……"

"……由亚的死亡和死刑犯被执行死刑，我不认为这两者的痛苦能相提并论。我在书上看到过，说死刑犯在行刑前有时间给家人写遗书，还能吃自己喜欢的食物，但由亚惨死的时候可没有这样的待遇，也没有人在一旁为她祈祷，让她能够安详离世。"

"是啊。"

宗佑将视线转向佛龛，凝视着母女两人的遗照。

自己应该怎么做，才算是对优里亚的赎罪？

是在痛苦挣扎中继续给死刑犯进行教诲，还是在行刑前将石原

宗佑喝了一口茶，拿着《圣经》和诗歌播放器站起来，走出房间。

进入教诲室后，宗佑在桌子另一侧坐下，从上衣内兜里取出信封，重新阅读石原写的信。

听到敲门声，宗佑抬起头。把信放回信封，收进口袋后，他站起来说："请进。"

门开了，小泉带着石原走进来。

"我带石原亮平来了。打扰了。"

与小泉视线相交，宗佑再次回想起当时的情景。

行刑室里，踏板打开，伴随着工藤绝望的叫喊声，他的身影在眼前消失。而呆立当场的小泉脸色苍白，与宗佑相视无言。

自那以后仅仅过了两周，小泉却像变了一个人似的，整个人憔悴不堪，脸色也很差。或许小泉也对宗佑有同样的感觉，两人久久地对视着，无法移开目光。

最终，小泉先移开视线。他关上门，在门边的椅子上坐下。

宗佑将目光转向走近的石原，伸出右手说："你好。"石原疑惑地凝视着宗佑的脸，接着有些提心吊胆地握了握宗佑的手，在对面坐下。

"抱歉一直没回你的信。"宗佑说。

石原轻轻点了点头。

"你在信中提到最近都睡不着。"宗佑双手交叉放在桌上，稍稍探出身说道。

石原移开目光，似乎难以启齿。

虽然没有宗佑和小泉那么明显，但石原的眼睛下面也有浓重的黑眼圈。

"你从什么时候开始睡不着的？"宗佑继续问。

"大约两周前吧……"

是工藤的死刑执行影响了他吗？但从公审时石原的言行以及丹波告诉自己的情况来看，这样想似乎有些牵强。

"为什么会睡不着，你自己有头绪吗？"宗佑问道。

石原直视宗佑。

"你怎么想，保阪先生？"石原反问道。

"两周前这里执行了一场死刑。那可能是你失眠的原因吧。"

"也许是吧……"

"也许？"

"我觉得自己并不怕死。以前在广播新闻里听到这里执行死刑的消息，也没有什么感觉。反而想说快点执行我的死刑吧。但是……"说到这里石原闭上嘴，低下头。

"但是……现在会感到害怕？"

"既然睡不着，那可能是吧。虽然我还不太确定害怕是什么感觉……"

"和那时相比，是不是你的内心发生了什么变化？"

"我不知道自己内心有没有发生变化。"石原摇了摇头。"要说有什么变化的话，顶多就是开始接受教诲了……"

"也许是在学习《圣经》的过程中，你的心境发生了变化。"

"我不知道……说实话，虽然你告诉我《圣经》里的一些话是什么意思，但我并不是很懂。不过……昨晚我真的睡不着。我一直在想，如果天亮了狱警来接我怎么办……"

"你是指……如果被执行死刑？"

石原点了点头。

"我诚心祈求上帝，至少让他们不要在明天早上来接我。以前我从没有这么做过……早餐送来的时候，我也吃不下去，一直在向上帝祈祷。"

石原说他不太确定害怕是什么感觉，但这无疑是他对死亡迟来的恐惧。

"早上 10 点过后没人来接我。这辈子我第一次感谢了上帝。"

"因为至少能活到明天早上？"

今后石原会一直这样祈祷吗？直到他被执行死刑的那一天。

"因为今天可以见到保阪先生。"

听到这句话，宗佑的心跳不由得加快。

石原之所以向上帝祈祷，并不是为了让自己能多活一些时间，而是为了见到宗佑吗？

他当真那么想吗？宗佑凝视着石原，心里猜测着。

浓重的黑眼圈上面，那双眼睛直直盯着宗佑，看不出任何对死亡的恐惧，反而像是充满勃勃生机，与刚刚自己在镜子里看到的那双浑浊暗淡的眼睛截然不同。

"当时我想，能见到保阪先生的话，我有些问题想问。"石原突然说道。

"什么问题？"宗佑问。

"前阵子被执行死刑的工藤，他有接受你的教诲吗？"

宗佑不知该如何回答。

"有吧。刚才看到你的脸我就确定了。你肯定是见证了死刑执行。"

"你为什么要问这个？"宗佑诧异地问道。

"我想知道执行死刑时的情况。"

宗佑犹疑地看向坐在门边的小泉。教诲师严禁做出扰乱死刑犯心理稳定的言行。

宗佑沉默不语。见状石原回过头说道："听说你们要求不能做出干扰死刑犯情绪的言行，但我觉得不知道当时的情况反而会让我情绪不稳定。因为不知道在不远的将来，自己会怎样迎来最后一刻。"

听石原这么说，小泉也不知所措地看向宗佑。两人面面相觑了一会儿，小泉点头道："应该可以说吧。"于是石原转头重新面对宗佑。

"……大概在早上9点，你会被几名狱警从牢房带到刑场，那里摆着桌子和椅子，如果你选择继续接受我的教诲，墙边会有一座设有十字架的祭坛。"

宗佑淡淡地叙述着，石原则一脸认真地聆听。

"到达刑场后，你会被解开手铐，坐在椅子上，看守所的高层会向你宣布将要执行死刑。你前面的桌子上放着各种糕点，可以挑自己喜欢的吃，也可以抽烟。如果想写遗书，也会给你时间去写。这些事情都做完后，由教诲师做最后的教诲，然后就会被执行死刑……"

"那么具体执行的过程呢？"

"……你会被反手铐上手铐，套上遮眼布，带到隔壁房间，两只脚绑上绳子，脖子用绞索固定住，下一秒，你站着的踏板就会打开。然后……"宗佑讲到这里时语塞了。

"我会掉下去，被吊死？"

宗佑轻轻点头，目光仍然落在石原身上。

"这么没劲啊……那个工藤吃了什么糕点？"

听闻自己将来临终前的场景，石原依旧面不改色地凝视着宗佑。宗佑摇了摇头。

"为什么？真浪费啊。他有写遗书或者抽烟吗？"

"不……都没有。他可能是因为太害怕了，非常恐慌。我也没能为他做最后的教诲，这是我心中的遗憾……"

再次回想起那一幕，宗佑不由低下了头。

"我不会那样的。"

听到石原的声音，宗佑抬起头。

"我会好好接受你的教诲。现在我知道，到时候会在听完保阪先生的教诲之后再去那个世界，我感到有些安心了。"

那个时刻会真的到来吗？

届时自己会对石原说些什么呢？

会是让即将面对死亡的人感到更加绝望的话吗？

不——

趁这个男人还活着时，让他为自己在这世上所犯下的罪孽赎罪，这难道不是自己真正应该做的吗？

这难道不是对优里亚真正的赎罪吗？

"时间到了。"小泉的声音响起，宗佑站了起来。石原也跟着站起身，走向门口。

宗佑踏出一步，正要送别石原，腹部突然传来剧痛。

5

直也握着门把手正要开门，突然听到一声呻吟，他转身看往声音的方向。

在朝门口走来的石原背后，保阪跪在地上，双手捂住肚子。

"保阪先生？！"

直也朝他喊了一声，石原似乎察觉到了异常，回过头，他愣愣地看着跪地呻吟的保阪，直也则赶紧从他身边跑过去。

"保阪先生，您怎么了？没事吧？"直也蹲在保阪面前问道。

保阪没有回答，只发出了痛苦的呻吟。很快他似乎连跪都跪不住，向前扑倒在地，身体痛苦地扭曲着。

直也起身走出教诲室。在门外待命的久保一脸讶异。

"保阪先生的情况不对劲。快叫救护车，请医务室的医生过来。"

直也说完，久保的表情比起惊讶，更像是在说"又来了吗？"

"另外，可以麻烦你去准备室帮我拿一下外套和手机吗？"说着，直也从口袋里拿出储物柜钥匙递给久保。

他打算陪保阪去医院，穿着制服不太方便。

"好的。"

久保朝电梯跑去，直也则回到教诲室照看保阪。

"您还好吧？"直也问了好几遍，但保阪都只是蜷着身体在地上痛苦地打滚。直也抬起头，只见石原呆立在原地，一脸不安地看着他们。

他第一次见到石原露出这样的表情。

门开了，穿着白大褂的医生和两名同事走了进来。医生跑过来询问保阪的症状，但只听到他说"好痛……好痛……"。

"我们已经叫了救护车，你有办法走路吗？"医生问道，保阪表情扭曲，有气无力地摇了摇头。

医生把目光从保阪身上移开："请急救人员到教诲室来。"一名同事马上点头离开教诲室。

直也难过地注视着保阪。刚才离开的同事和两名急救人员推着担架进来了，他帮着急救人员把保阪搬到担架上。

"我陪他去医院，石原就交给你们了。"

交代完同事，直也便和推着担架的急救人员一起离开教诲室。坐电梯下到一楼后，走廊上的久保递给他上班前穿的夹克，还有一个黑皮包。

"我去总务科拿回了保阪先生寄存的包。你的手机和储物柜钥匙我都放在外套口袋里了。情况我会向丹波部长汇报的，安顿好保阪先生后，你再联系我。"

"好的。"直也点点头，和急救人员一起朝出口走去。走出东京看守所，急救人员将担架推进停在门口的救护车里。

直也在制服外面套上外套，坐到担架旁边，随即车门关上，救护车疾驰而出。

在刺耳的警笛声中，看着蜷缩着身体、躺在担架上痛苦扭动的保阪，直也什么也做不了，不由得深感沮丧。

注视着保阪脸上苦闷的表情，直也似乎看到了上一任教诲师鹭尾的影子。

其实直也很早就察觉到了保阪的异常。

保阪刚开始在东京看守所进行教诲时，直也觉得他是一个循规蹈矩、热心工作的人。当然，后来保阪的表现也一如既往，但样貌却逐渐发生了变化。和以前相比，他的脸颊凹了下去，面色变差，有时甚至会在教诲时散发出酒精的味道。

不过是死神的爪牙罢了——

直也重新回想鹫尾的这句话。

与死刑犯打交道对直也和同事而言是工作的一环，但他们仍会感到极大的压力。教诲师只是普通人，持续与死刑犯面对面交流，必然会承受更多的压力。

更何况那天保阪见证了工藤的死刑执行。

刚才和石原一起进入教诲室时，看到保阪那副如幽灵般毫无生气的面容，直也不禁愕然。

救护车停了下来，后门打开。急救人员立即将载着保阪的担架放下，随即医生和护士也赶了过来，一行人推着担架进入医院。

直也正打算跟着进去，一个护士告诉他"请在接待处等待"，只好停下脚步。目送担架被推进挂着"治疗室"门牌的房间后，直也走向接待处。

坐在接待处的长椅上，直也把保阪的包放在膝盖上，叹了口气。

他由衷希望这次不是像鹫尾那样危及生命的重病。

直也焦虑地等待了一个多小时，然而医生和护士都没有出现。

突然身体传来振动，直也吃了一惊，看向放在膝盖上的包。估计包里有保阪的手机，他开了静音模式，现在有人给他打来电话吧。

直也不清楚保阪是否有家人。如果有，就必须尽快告知他们目前的情况。

擅自查看别人的物品让直也感觉十分抵触，但情况紧急，他还是打开了包。直也拿出里面的手机，站起身走向医院出口。屏幕上显示"真里亚"来电。

保阪没有备注姓氏，直也猜测她可能是保阪的妻子或女儿，至少他们的关系应该比较亲密。于是他走出医院，接通了电话。

"是我……现在方便说话吗？"

一个女人的声音突然传来，直也有些措手不及，马上回应道："您好……不好意思，我不是保阪先生。我叫小泉，工作上一直受到保阪先生的照顾。事情是这样的，刚才保阪先生身体不适，被救护车送到医院……"

连忙解释的直也语速变得有点快，他听到对方倒吸一口气。

"那……那宗……不是，保阪先生现在怎么样了？！"那个女人紧张地问道。

"他大约一小时前进了治疗室，目前还不清楚具体情况。虽然我也觉得不该擅自接听别人的电话，但如果您是他的家属，我就有必要尽快告知现状……"

"我不是保阪先生的家属。"

"那您认识他的家属吗？"直也追问道。

"他的父母应该还在，但我不知道他们的联系方式……保阪先生和我关系很好，我先去医院看他吧。请问是哪家医院？"

"我们在葛饰区的小菅中央医院。"

"我叫北川，现在马上过去，请多关照。"

挂断电话后，直也把手机放回包里，走回医院。

他在接待处的长椅上坐了一会儿，看到之前跟着保阪的那位男医生朝这边走来。直也马上站起来，注意到直也的医生随即走近。

"您是陪同保阪宗佑先生来的吗？"医生问道。

直也点头："保阪先生的情况怎么样？"

"目前没有生命危险。不过他需要住院。"

听说保阪没有生命危险，直也暂且松了一口气。

"他得了什么病？"直也问。

"因为您不是家属，我不能透露……"医生摇了摇头。

"那我可以见一见保阪先生吗？我有东西要交给他。"直也说着举起手中的包。医生点头："他在302号病房。"说完便离开了。

直也搭乘电梯到三楼，和护士站的护士打过招呼后，他走进302号房。保阪躺在四人间靠窗的病床上，正在打点滴。注意到直也，保阪转过头来。

"这是您的包。刚才您的手机接到了北川女士的来电，我以为是您的家属，擅自接了电话，非常抱歉。"直也朝保阪鞠了一躬，把包放在床边的柜子上。

"没事……给你添麻烦了。"

保阪看上去情况比刚才稍好些，但身体似乎还在痛，表情依然十分僵硬。

"不急的话，请坐一会儿吧。"保阪说道。于是直也拉过一把折椅坐了下来。

"现在感觉怎么样？"直也问。

"比刚才好多了，但还是很痛。医生说是急性胰腺炎。"

"急性胰腺炎……"

直也对这种病一无所知。

"医生说这病大多是因为过量饮酒导致的。真是丢脸，居然在教诲的时候出这种事。"

"那需要住院多久呢？"

"医生说大概两到三周。不知道下一次教诲能不能按计划进行，"

麻烦你转告丹波部长……"

"保阪先生……"直也打断保阪的话。

"您要不要考虑一下，辞去教诲师的工作？不，我觉得您应该辞职。"

保阪用虚弱的眼神看着直也。

"其实我最近也打算辞职，这件事还请您保密。我也目睹了同样的场景，您所承受的痛苦，我比任何人都清楚。"

考虑到是在病房，直也没有明说"死刑执行"，但他确信保阪明白他的意思。

保阪注视着直也，叹了口气后马上答道："我不考虑辞职。"

"我知道您对教诲怀有很强的使命感。但如果因此累垮自己，那就得不偿失了。需要您帮助的不仅仅是那些犯人吧。"

保阪没有回应，依然盯着直也。

"我真的不忍心再看到您这样了……即使我辞了工作，再也见不到您，光是想象那些场景都让我觉得难受。"

保阪移开了视线。直也顺着他的目光回头看去，一位女性走进病房。来者长得很漂亮，看起来与保阪年纪相仿。

直也猜测她就是刚才电话里的北川真里亚，于是从椅子上站起来。

"您是小泉先生吧？我是北川。刚才谢谢您了。"

"不客气……"

直也注视着面前的女性，心中涌起一种奇怪的感觉。她那透露着坚定意志的目光让直也有一种似曾相识的感觉，仿佛曾在某个地方见过她。

"保阪先生，你还好吗？"北川看向病床问道。

"我没什么大碍，但需要住一段时间院，所以想请你帮我买些睡衣和内衣。"

尽管有些好奇两人究竟是什么关系，直也仍说道："不好意思，我去打个电话。"然后离开了病房。

"是的……保阪先生需要住两三周院，他让我转告您，暂时不能确定下一次的教诲是否能如期进行。"直也对着手机说道。

"这样啊，我知道了……总之没什么大碍就好。"电话那头传来丹波的声音。

"我和保阪先生道个别就回看守所。"

丹波慰劳了直也几句，随后电话挂断，直也回到医院，坐电梯到三楼。回到 302 号房时，他发现保阪的床已经拉上了帘子。

也许是在自己打电话的时候，北川先离开，保阪也睡着了。

直也走近床边，打算如果保阪在睡觉就直接回去。

"……你还是辞去教诲师的工作吧？"

帘子后面传来北川压低的声音，直也在原地停住脚步。

"这件事是我提议的，我希望你能为由亚报仇雪恨，这个想法我至今未变……但是……"

由亚——

听到这个与自己妻子相同的名字，直也心下一惊。

希望你能为由亚报仇雪恨——

这到底是什么意思？

"……但是……我不想失去你……看到你因为继续给石原做教诲而逐渐崩溃，我真的不忍心……"

盯着紧闭的帘子，直也心跳加快。

石原——

莫非是死刑犯石原亮平？

目前接受保阪教诲的石原，除了他没有别人。

"……我会继续做的。直到石原被执行死刑……"

直也边听保阪说话边思索，突然间灵光一闪。

他屏住呼吸，努力不发出任何声音，小心翼翼地离开了病房。走向电梯时，他从上衣口袋里掏出手机，搜索附近的图书馆。

乘电梯下到一楼，直也用医院门口的专用电话叫了一辆出租车，前往最近的图书馆。

下车后，他走进图书馆，根据记忆从书架上取下前年三个月的报纸缩印版，坐到阅览室的椅子上开始翻阅。

他不记得石原那起案件一审判决宣布的确切日期。

怀着焦虑的心情不断翻页，直也终于看到记忆中的那篇报道。

报道的标题大大写着——《死刑也不足以宽恕，受害者母亲的悲痛心声》。直也看到文章中一名女性的照片。

照片下方的文字是：受害者之一北川由亚（25岁）的母亲，真里亚女士。

确认保阪与被石原残忍杀害的北川由亚的母亲存在联系后，直也感觉自己快要喘不过气来。

保阪为什么要成为东京看守所的教诲师？

他为什么让直也帮忙说服石原接受他的教诲？

　　希望你能为由亚报仇雪恨——

凝视照片中那位用饱含怒火的眼神看向镜头的女性，刚才听到的话在直也脑海中回荡。

保阪今后到底打算做什么？

6

完成今天请愿劳动的定额后，我活动了一下肩膀，站起身来。把两个装有一次性筷子的纸袋放在门边，我按下呼叫铃。

"麻烦你了。"我说道，随即跪坐在门前。不一会儿，外面传来脚步声。脚步声在我面前停下，透过窥孔，我对上狱警的眼睛。

是小泉，来得正好。

"石原，要开门了。"接着就是门锁打开的声音。门开了，小泉踏进房内一步。

他的表情十分僵硬，让我有点在意。

"辛苦了。"小泉只说了这句话，便用双手提起那两个纸袋准备离开。

"那个……"

我开口叫住他，小泉停下脚步，回头看着我。

"保阪先生，他没事吧？"

今天保阪在教诲中突然倒下后，我一直记挂着这件事。我问了来巡视的狱警，但他们都说不清楚。

"没有生命危险，但他需要住一段时间院。"小泉依旧板着脸。

"他还能继续做教诲吗？"

我问出了最关心的问题。小泉叹了口气，说："可能做不了了。"

我看着小泉，胸口隐隐作痛。

保阪可能要从我面前消失了。

"……但你不用担心。即使保阪先生辞职，马上也会有新的教诲师来接替他。你只要和以前一样，认真做好请愿劳动，努力学习《圣经》就行。"

不是这样的。不是这个意思。

"快到熄灯时间了。教诲的时候你说最近都睡不好，但愿你今晚能睡个好觉。"

说完小泉便关上了门。给门上锁后，他的脚步声逐渐远去。

我仍然保持着跪坐的姿势，久久不能动弹。直到铃声响起，我才无奈地站起身，走向靠墙叠好的被褥，开始准备就寝。

钻进被窝里没多久，便听到狱警喊"熄灯"，接着牢房里的灯光换成了夜灯。

在这片寂静的昏暗中，我能听到自己的心跳声越来越响。

保阪需要住一段时间院。

如果明天早上我被执行死刑，那我就会在再也见不到保阪的情况下死去。

即使明天不被执行死刑，假如保阪辞去教诲师的工作，我也无法再见到他。

人生的最后一刻，我无法听到保阪的声音。

死后我会变成什么样呢——

无论怎么想都想不明白。

我只知道，自己到时候再也见不到遥和保阪了。

7

宗佑躺在床上，心不在焉地望向窗外，突然听见一阵脚步声。

"您好。"很快一个男人的声音传来。他转过头，只见小泉站在床前。

"您感觉身体怎么样？"小泉问道。

宗佑含糊地回应："还行吧……"

自从宗佑被救护车送到医院后已过了三天。因为住院不让喝酒，他的大脑似乎变得异常清醒。不过，由于不能吃东西，连水也不让喝，还不能服用安眠药，他每天依然难以入睡。

"我来把这些东西送还给您。"

小泉从包里拿出《圣经》和诗歌播放器，放在床边的柜子上。

因为宗佑是在教诲时倒下被送到医院，这些东西一直留在看守所里。

"谢谢你。还麻烦你特地来一趟。"宗佑低下了头。

"另外……我想和保阪先生谈谈，"小泉环顾病房后继续说道，"最好是我们两人单独谈。"

小泉最后那句话和他那坚定的目光让宗佑产生了一种不祥的预感。

然而他完全猜不出有什么事。

是不是丹波要求他来通知宗佑，自己已经被免去教诲师一职了？看守所已经不想再任命一个酒鬼当教诲师了？

"那边有一间谈话室，您能走过去吗？"小泉问道。

尽管感到不安，宗佑还是点了点头："能。"

虽然还在打点滴，但他已经可以自己去厕所了。宗佑慢慢起身下床，穿上拖鞋，拉着点滴架，和小泉一起走出病房。

谈话室里没有其他人。他们在靠窗的桌子面对面坐下。

两人默默对视，看着小泉僵硬的表情，这种尴尬的沉默持续了一阵。

"那么……要谈的是什么呢？"宗佑打破了沉默，但小泉依然默不作声，只是盯着他看。

"是不是丹波先生说，我不能再担任教诲师了？"

小泉没有回答，而是从上衣口袋里拿出一张折起来的纸，放在宗佑面前。

"您请看这个。"

宗佑拿起那张纸展开。下一刻，他的心脏猛地一跳。这是一份报纸的复印件，标题是《死刑也不足以宽恕，受害者母亲的悲痛心声》，文章中还附有真里亚的照片。

"在向丹波部长汇报之前，我想直接问问这是怎么回事，所以今天特意来找您。"

听着小泉严厉的声音，宗佑不敢与他对视。

"……我并不是有意偷听，只是在回到病房时，正好隔着帘子听到了北川女士和您的对话。"

宗佑盯着报纸复印件，咬紧了嘴唇，觉得自己太大意了。

当时他以为小泉直接回了看守所。现在想来，小泉说的确实是

"我去打个电话",然后离开了病房。

"您说话呀!"

在小泉急切地催促下,宗佑终于接受现实,直面他的眼睛。

"就像你听到的那样,我想给受害者报仇雪恨,为了见到石原,我才来当东京看守所的教诲师。"

小泉深深地叹了口气,显得非常失望。

"原来您是为了那样的目的做教诲……我真是白担心您了,保阪先生。"

的确,小泉比任何人都要关心宗佑,甚至建议他辞去教诲师的工作。

"想给受害者报仇雪恨,您是打算对石原做什么?莫非是趁狱警不注意把石原……"

"我并不打算对他造成身体上的伤害。"

宗佑打断了他,小泉则疑惑地歪了歪头。

"我们的目的是让石原陷入绝望。"

"让他陷入绝望?"

"听了石原在法庭上的证词后,我觉得他不仅对自己的罪行毫无悔意,甚至对被判死刑也毫不畏惧。即使死刑生效,也无法让石原受到应有的惩罚,无法让他感受到受害者所经历的绝望与痛苦。所以,我想通过教诲给予他活着的希望……"

"活着的希望……"小泉皱着眉头低声重复道。

"没错……先让石原渴望活下去,渴望活得久一点,渴望一直活下去,然后在死刑执行前的最后一次教诲中,用最伤人的话语将他推入地狱……我认为这才是真正的惩罚。"

"难以置信……"小泉不停摇头,"我完全无法理解您的想法。

石原的死刑根本不知道什么时候才会执行。可能要等好几年，甚至几十年都不会执行。"

"是啊……我知道，从死刑生效到实际执行的平均时间是七到八年。我是做好这样的准备才去当教诲师的。"

"实在……难以置信……假如鹫尾先生得知实情，真不知道他会怎么想。"小泉带着讽刺的语气说道。

"想必一定非常失望吧。"

"以前……鹫尾先生对我说过，他不过是死神的爪牙罢了。"

听到这句话，宗佑的胸口传来一阵钝痛。

死神的爪牙——宗佑也觉得，无论理由如何，确实可能是这样。

"我一直对这句话心存反感。如果承认教诲师鹫尾先生是死神的爪牙，那么实际上执行死刑的狱警不也是同类吗？然而，当我真的参与工藤先生的死刑执行时，我深切体会到，自己果然也是死神的爪牙。至今那时的情景仍在我眼前挥之不去，让我痛苦不堪。保阪先生，您不也是这样吗？正是因为受不了无尽的痛苦和罪恶感的折磨，您才不得不借酒消愁，直到被救护车送进医院吧？"

小泉说得没错。工藤被执行死刑时的尖叫声至今仍在宗佑脑海中回荡。

"如果您因为这样的理由来当教诲师，那就比死神的爪牙更甚……不，就是要成为死神本身。您必须在看守所做好几年甚至好几十年的教诲师，有时还要参与死刑执行，把自己的身心精神摧残到崩溃的地步……我不知道您和北川女士是什么关系，为什么您非得做这种事呢？"

"因为我认为这是我女儿的愿望。"宗佑说道。

小泉震惊地瞪大了眼睛。

"……女儿？"

"虽然户籍上不是，但北川由亚是我的亲生女儿。所以……"说到这里宗佑顿住了，他低下头。

"身为父亲，您想向石原复仇，是吗？"

反复咀嚼着小泉的话，宗佑慢慢抬起头，开口说道："不是'想复仇'……而是'曾想复仇'。"

"这是什么意思？"小泉问道。

"直到前阵子给石原做教诲以前，我一直想着要为女儿报仇。然而……那一天，我内心发生了一些变化。我不知道自己能不能解释清楚……听到石原说，他第一次向上帝祈祷希望能活下去，只是为了能见到我……他说，得知自己会在听到我的教诲之后死去，感到有些安心……听了这些，我开始希望自己能够原谅他。原谅那个杀害我女儿的男人……我觉得，如果不这么做，那么我死也无法得到救赎……"

一直以来，宗佑都深受罪恶感和无力感的折磨。

过去他背叛了深爱的优里亚，导致了她的死亡。作为教诲师，面对工藤的死，他也无能为力。于是他一直怀疑自己是否有活下去的价值，心里充斥着自我厌恶的负面情绪。

但是，那天听到石原的话，宗佑感觉自己终于找到了真正的使命。

那就是给终将死去的石原内心带去哪怕一丝救赎。

因此，宗佑要以受害者遗属的身份去原谅他才行。

"虽然没有犯下石原那样的重罪……但我也背负着极其沉重的罪恶感生活了二十多年。为了寻求赦免，我学习《圣经》的话语，最终成为一名牧师，也当上教诲师。在监狱和看守所的教诲中，我一直在教导那些犯罪的囚犯和在押人员，上帝面前无论什么人都能得到赦免。今后我也会继续向教会的信徒，以及如果还能继续做教诲师的话，也会向那里遇到的人传达这件事。关于石原，现在我觉得他仅仅得到上帝的赦免是不够的。我必须原谅他，由亚的母亲必须原谅他……在他死前，必须做到原谅他……所以我想继续担任教诲师，希望你能让我继续有机会见到石原。"

"您的意思是要我把这件事藏在心里，不往上汇报？"

宗佑点了点头说："我希望你能这么做。"

"您真的能原谅石原吗？"小泉问道。

宗佑一时无法回答。

小泉继续问："您打算怎么去原谅他？"

"说实话，我不知道……从与他接触到现在，我几乎没有一次真正触碰过他的内心。但我希望能在接下来的教诲中，找到原谅石原的契机。希望你能帮我。"说着宗佑朝小泉低下头。

"让我考虑一下。"

听到这句话，宗佑抬起头。小泉避开他的视线，开口说道："不过，请不要抱太大希望。听了您刚才讲的这些，我并没有完全相信您的想法。"

宗佑点头表示理解。

"假如此事曝光，死刑犯的受害者家属竟然在担任他的教诲师，而我作为狱警还知情不报，必然会受到惩戒处分。虽说我打算辞职，但我还有需要养活的家人。"小泉冷冷地说道。

"我明白。只要你愿意考虑我就已经很感激了。"

"今天我就先告辞了。"

小泉没有看宗佑，起身朝电梯走去。

8

中央监控室里，直也同时查看着多个监控显示屏，其中一个屏幕的信号切换到了 21 号牢房。只见石原正坐在桌前写信。

观察着石原的情况，直也回想起昨天在医院与保阪的对话。

看到新闻报道时，直也早已有所预感，但直接从保阪口中得知他成为这里的教诲师的原因，还是让直也大为震惊。

同样身为父亲的直也并非完全不能理解保阪的心情。然而，他仍然觉得保阪的行为太过极端，无法苟同。

假如亚美或贤也被人杀害，直也一定会打心底里憎恨凶手。如果凶手在眼前，他会想亲手杀了他，甚至可能真的这么做。即使不杀凶手，他也会在法庭上怒视被告，破口大骂。

可是，一旦凶手被判死刑，那么一切就此结束。尽管内心肯定会希望凶手在痛苦中死去，但他不会为了让对方在临死前更加绝望而亲自出现在他面前。

如此愚蠢的行为，不仅自己，任谁都不会去做。

即便每个月只有短短 30 分钟的会面时间，在死刑执行前的几年乃至几十年里，都必须一直与残忍杀害自己孩子的人交谈，每个人都能想象得出，这该是何等的痛苦。

事实上在第二次教诲中，石原就详细地向保阪描述了他杀害北川由亚的过程，甚至形容那是一段愉快的经历。

如果直也处在保阪的位置，他可能早已精神崩溃，失去理智。

然而，为了让石原继续参加教诲，保阪压抑住自己的感情，冷静地面对他。

此前直也一直以为是对死刑犯做教诲给了保阪巨大的精神压力，但实际上，真正让保阪身心俱疲的，是他必须不断面对杀害自己女儿的男人。虽说是为了替女儿复仇，但这种执念实在可怕。

保阪真的想要原谅石原吗？

直也有点想要相信保阪的说法，但也无法完全排除那只是保阪拉拢自己的一种手段。被人得知受害者遗属的身份，他只能说自己想要原谅石原。

万一看守所内发生了针对死刑犯的杀伤事件，那肯定是一场前所未有的丑闻。更别说实施杀伤行为的是教诲师了，那可就不再只是看守所内部的问题了。

最重要的是，直也不希望保阪做出那种事。虽然不知道他所说的重罪具体是什么，但直也不希望他因为更深重的罪恶感而痛苦了。

虽然很对不起保阪，但还是应该……

"小泉，现在方便吗——"

听到这个声音，直也回过神来，转头看到丹波站在面前，不禁吓得往后仰。

"啊，没问题……什么事？"直也有些慌乱地从椅子上站了起来。

"听说你昨天去给保阪先生送了东西，他情况怎么样？"

"哦，嗯……这个……"直也支支吾吾，不知该如何回答。

"我担心他因为前阵子的死刑执行身心都受到了很大的伤害，

他有没有说自己不想当教诲师了？"

"没有，他并没有……提到这个……"

"这样啊。你们跟我汇报时也常说，保阪对于教诲工作非常热心，囚犯也很信赖他，我希望他能继续做下去。下次他来时我会亲自和他谈谈，如果他有联系你，也请你帮忙转告我的想法。"

"好的……"直也回答道，微微移开了视线。

丹波准备离开时，直也叫住了他："那个……"

"什么事？"

在丹波的注视下，直也犹豫了。

"……没什么，啊……保阪先生让我转告您，很抱歉给您添了麻烦……"直也含糊地说道。

丹波点点头，离开了中央监控室。

结果没能说出口。

直也叹了一口气，重新坐回椅子。他盯着监控显示屏看了一会儿，呼叫铃响了，是21号房。应答后，他离开中央监控室前往21号房。

直也通过窥孔看了看房内，随后解开锁，推开铁门，跪坐着的石原递过一个信封，说："我给保阪先生写了一封信，请你帮我寄出去。"

直也说："他需要住两三周的院，估计暂时看不到这封信。"

"我知道。"石原回答。

"寄出前你能帮我修改一下吗？这几天……我一直在琢磨怎么写……但还是没什么信心。"

直也朝石原点点头，从信封里取出折好的信纸看了起来。

直也漫不经心地看着电视屏幕，妻子由亚走进客厅，责备两个孩子："你们玩游戏要玩到什么时候，快去睡觉。"

"等下嘛——正玩到精彩的地方呢。"

亚美和贤也分别坐在直也两侧开心地玩着游戏，显然不打算放下手里的游戏手柄。

"不行。不是说好了吗，游戏只能玩到 9 点。"

由亚不由分说关掉了游戏机的电源，亚美和贤也夸张地叹了口气，从沙发上站了起来。

"回房间前记得要好好刷牙。"由亚叮嘱道。

孩子们含糊地应了一声，把手柄放回电视柜的架子上，走出客厅。

等孩子们走后，由亚走到直也身边坐下："今天爸爸打电话找我商量事情。"

"什么事？"

"他说店里人手不足，正头疼呢。"

由亚的娘家在广岛市内，父母经营着一家荞麦面店。

"是吗……"

"如果你愿意，爸爸希望你能去帮忙。爸妈说他们年纪都大了，想早点退休，盼着将来能把店交给我们打理。"

"让我考虑一下好吗？"直也回答道。

由亚显得有些意外，她可能以为直也会立刻答应。

"和我父母一起工作让你觉得不自在吗？"

"不，不是这样的……"

她的父母都很随和，和他们一起工作应该会很愉快。

"我问了他们店里的营业情况，和我们现在的收入差不多，完全可以维持生活，只是孩子们得转学。不过，现在的工作也常常需要调动，孩子们都喜欢广岛，我觉得在那边生活也不错。"

或许这并不是她父亲提出的建议，而是由亚不忍看到丈夫因现在的工作而受苦，主动找父母说的。

"应该会很开心吧……"想象着和由亚一起工作的情景，直也情不自禁地说道。

直也很憧憬那种平静的日常生活，不必再与他人的死亡扯上关系，而是每天努力制作荞麦面，只为让顾客夸赞一句"好吃"。

他不想再参与死刑执行。不得不面对死刑犯的每一天都让他感到极度痛苦。可是……自从读了石原的信后，他的内心开始动摇。

那封信虽然文辞拙劣，不像是那个年纪的男人写的，但字里行间充满热情，他恳求保阪继续对他进行教诲。

直也现在想要满足两人的心愿。

然而，如果直也决定帮保阪隐瞒他身为受害者父亲的身份，那么他觉得自己有义务见证两人今后的往来。

他认为那是自己应尽的，最低限度的责任。

而且——

假如有一天保阪能够原谅石原，直也希望自己能在场见证那一刻。

谢谢你为我考虑这么多。直也心中充满感激，他凝视着由亚，伸手轻轻抚摸她的头发。

"突然怎么啦？"由亚有些害羞地笑了。

"我……决定再做一段时间的狱警。今后也请多关照。"

进入 302 号病房，直也走近靠窗的病床，却没有看到保阪的身影。

他猜保阪可能在接受检查，于是离开病房，寻找可以打发时间的地方，结果来到谈话室，发现保阪正坐在一周前他们谈话的那张桌子旁，呆呆地望着窗外。

"您好。"直也打了声招呼，保阪转过头，注视着走近的直也。

"您又瘦了不少啊。"直也说着，在保阪对面坐下。

"毕竟已经住了十天院了，只靠点滴维持生命。"

治疗急性胰腺炎需要严格禁食，让胰腺得到休息，并大量输液。

保阪比上次见面时更加消瘦，脸色却不差，反而有种神清气爽的感觉，仿佛心中压着的重担已经卸下。

保阪一直隐瞒身份做教诲师，想必他内心的矛盾挣扎也从未停止过。或许一周前向直也倾诉心声之后，他心中的压力得到了一些释放。

"……我会暂时按照您的意愿去做。"

保阪愣了一下，半晌后低头说道："谢谢。"

"不过，我还没有完全信任您。一旦发现任何不对劲，我会立即向上级报告。可以吧？"

"我明白。"

"不知道这是否会成为您原谅石原的契机，但我先告诉您一些和他有关的事情。石原有一个比他大 1 岁的姐姐，名叫武井遥。"

"武井遥……女士。"

"不知道她是随母亲的姓，还是结婚后改了姓……石原 9 岁时父母离婚，他跟着父亲生活，姐姐则跟了母亲。"

保阪点头表示知道这个情况，大概庭审时提到过这些。

“石原的姐姐会定期给看守所里的弟弟寄信。据信中所述，父母离婚后，姐弟俩从未见过面，直到石原这次犯案被捕之前，姐姐都不知道他杀害了自己的祖母。”

“石原和遥女士有通信吗？”保阪问道。

“石原从未回过信。”直也摇头。

“石原对母亲和姐姐心怀怨恨，一直认为是她们抛弃了自己，至少他嘴上是这么说的。但从姐姐的信来看，情况似乎并非如此。”

“也就是说，即使与遥女士见面，也难以让石原敞开心扉吗……”保阪摸着下巴沉思起来。

“那倒不一定。在我看来，石原之所以开始接受教诲，契机就是姐姐的信。”

这是怎么回事？保阪不解地歪了歪头。

“石原的姐姐是基督徒，他已故的母亲也是。姐姐在信里说，与石原分开后，她和母亲的生活过得十分艰难，精神上也承受了巨大的压力，后来她们信仰基督教，得到了救赎，人生也因此而改变。我告诉石原这些事后，他当即说要接受教诲。虽然他一开始似乎对基督教充满憎恶……但我认为，那也是因为他对信仰基督教的姐姐有某种强烈的情感。无论那是什么情感，都说明石原对姐姐有一种执念吧。”

直也从上衣口袋里拿出一张便条纸，保阪抓起便条纸看了起来。

那是直也从石原的档案里抄下的武井遥的住址。遥现在住在长野县小诸市。

“还有这个……”

说着直也将石原托他寄的信放在桌上。

"我能做的暂时只有这些。希望您不要成为死神。"

看到保阪点头后，直也站起身走向电梯。

9

车内广播响起，宗佑站起身走到过道上，等待新干线抵达车站，同时在脑中整理接下来要说的话。

宗佑马上要和石原的姐姐武井遥见面，他的心里一直在思考，该从姐姐那里问出什么事情，才能用来让石原敞开心扉。

自从小泉告知他有关遥的情况，宗佑便想和她谈谈，但之后他又住了十天左右的院，直到出院前一周才写信给她。

信中宗佑表明了自己的身份——东京看守所负责对石原进行教诲的牧师，附上联系电话，并表示希望与石原的亲人遥谈一谈。信寄出几天后，遥便用手机联系了宗佑。

也许是对与陌生男子谈话感到警惕，或者是因弟弟变成死刑犯而感到自卑，遥很少主动讲话，对话很难进行下去。

宗佑觉得这样下去不是办法，便提出直接见面，遥虽然有些犹豫，最终还是答应了。

为了不给住在长野县小诸市的遥造成负担，宗佑决定前往离小诸较近的轻井泽与她见面。

到达轻井泽站后，宗佑走下新干线，清凉的风轻抚他的脸颊。这里离东京只有新干线一小时的车程，气温却明显低了许多。

宗佑走上自动扶梯，穿过检票口后四处张望。他已经通知对方新干线的到达时间，双方约好在这里见面。

一位坐在附近长椅上的女性站起身朝他走来。

"不好意思，请问您是保阪先生吗？"站在他面前的女性畏畏缩缩地问道。宗佑有些意外，但还是点了点头。

穿过检票口时他就注意到了这名女性，但听说姐姐只比石原大1岁，他认为应该不是她。这位女性的头发已经有些斑白，衣着朴素，这么说有点不礼貌，但她看上去要比实际年龄大很多。

"是的，您是武井遥女士吧。初次见面，我叫保阪。"

简单寒暄后，宗佑带着遥朝出口走去。他们在车站周边转了转，想找一个适合安静交谈的地方，随后走进一家看起来还不错的咖啡店。两人挑了一个远离吧台和其他顾客的座位，面对面坐下。

遥自从坐下后便一直低头往下看，似乎不敢与宗佑对视。咖啡端上来后她也没有喝，依然垂着头。

"今天是您的休息日吗？"宗佑喝了一口咖啡，先抛出无关紧要的话题。

是遥提议约在今天见面的。

"是的……"遥低垂着头，喃喃应道。

"您是做什么工作的呢？如果不方便说也没关系……"

虽然与石原无关，但宗佑希望在谈正事前能先让她放松些。

"我做的是护理方面的工作。在小诸的一家日间护理中心……"

"这样啊……想必工作很辛苦吧。"

"跟牧师的工作比起来，不算什么……"说着，遥左右摇头。

"不，我能想象出那是一份很辛苦，且非常重要的工作。"

"谢谢您……"

交谈过程中，遥渐渐开始抬头，虽然目光有些怯弱，但已经开始和宗佑对视了。

"今天见面，有件事我想提前说明一下。之前在信里也提到过，但我还是再说一次。今天我们谈论的话题，以及我们见面和我给你写信的事，这些都希望你能保密。"

"我明白，但是……为什么呢？"

"看守所的狱警以及我这样的教诲师，是禁止与囚犯家属或相关人员通信的，更别说见面了。如果这件事被看守所发现，我这个教诲师可能会被开除。"

"保阪先生，您还有其他……那个……"遥环顾四周，确认没有人听见后继续问道，"除了亮平之外，您还负责其他死刑犯的教诲工作吗？"

"是的，有几个人。"

"那您也和他们的家属联系过吗？"

"没有。"宗佑摇头。

"那您为什么会联系我呢？还特意从东京赶到轻井泽来。"

这是一个理所当然的问题，宗佑却无法回答。

总不能说自己是受害者的父亲，希望与石原的姐姐见面，以此来寻找宽恕石原的契机。

"说实话，我自己也不太清楚。"他无奈地说道。遥则歪着头，不解地看着他。

"虽然作为教诲师不应该有这样的想法，但和其他人相比，我对亮平有一种特别的感情。"

"特别的感情？"遥再次困惑地歪头。

"是的……大约一年半前，我当上东京看守所的教诲师。在此之前，我曾负责监狱内的教诲，至于接触死刑犯，这是第一次。

刚才提到的其他死刑犯，是由上一任教诲师移交给我的。得益于前任的努力，他们已经在忏悔自己的罪行。他们年纪都比我大，也明事理，说实话，我从没有因为要给他们做教诲而烦恼。但是，大概一年前，亮平开始接受教诲起，我就常常感到十分苦恼。"

"因为什么？"遥问道。

"说到底，要面对一个年仅二十来岁就被判处死刑的年轻人，对我来说是非常痛苦的，他的死刑已经生效，随时都有可能被执行。"

对石原的姐姐而言，这是一个残酷的现实。虽然心知肚明，宗佑还是直言不讳。

"是的，即便今天被执行死刑也不奇怪。回家后看新闻，可能就会看到弟弟被执行死刑的消息……每一天，每一天……我都是这样过来的。确认完新闻，知道今天没有执行死刑，我会松一口气，但另一方面，想到受害者和她们的家属，我又感到无比痛苦……从教诲师的角度来看，您可能会觉得我是个内心认同弟弟该被执行死刑的冷酷姐姐吧。"

遥似乎在询问，但宗佑只是静静地看着她，没有回答。

"可是……这也无可奈何吧……毕竟他做了那么罪恶的事情。通过新闻得知案件情况后，我感到一种难以言喻的厌恶。光是想到我和他流着同样的血脉，我都快要崩溃了。即使到现在，我依然无法相信亮平会做出那样的事情。在新闻中看到亮平的身影，也无法将他和我记忆中的弟弟重合。我总想着，这一定是同名同姓的另一个人……但事实并非如此。这毫无疑问是我弟弟犯下的罪行……"

"亮平小时候是个什么样的孩子？"宗佑问道。

遥的目光游离了一会儿，像是在回忆。随后她重新看向宗佑："知道他犯下那种罪行的人也许很难相信……小时候他是个非常善良的孩子。他的学习和运动都不是很出色，性格也很安静，在班里并不显眼。不过，他非常喜欢动物，听说还主动要求担任班级的动物管理员。他平时几乎不主动提出什么要求，所以当我听说这件事时，也感到有些惊讶。"

遥回忆起那些往事，嘴角微微露出一丝笑意。

"他非常害怕孤单。小时候我一直想要自己的房间，但亮平总是缠着我，说如果不和我在一起就会寂寞得睡不着，所以我只好陪着他，两人在一个房间里学习和睡觉。有一次我去参加林间学校，得在外过夜，结果他因为想念我在夜里哭了，妈妈只好去他的房间陪他睡觉。当时他都小学三年级了，真叫人难为情。"

听完遥的话，宗佑怎么也无法把这些故事里的人和现在的石原联系起来。

"对了，我好像在杂志或报纸上看到过……死刑犯进入看守所后，每个人都会被分配到一个单人间，房间很小，大概只有三张榻榻米大，里面有厕所，除了每周几次的洗澡时间和每天十几分钟的运动时间，其余时间都要在里面度过。"

宗佑点了点头。

"据说有些人就是因为想稍微离开单人牢房一会儿，才主动要求接受教诲。"

"是吗……亮平现在是什么样的心情呢？他有没有好好睡觉？一个人孤零零地待在那样的地方，随时可能被执行死刑，没准明天就……"遥难过地低下头去。

"哪怕不是明天，死刑在将来的某一天也会执行。不过，和亮平交谈后，我觉得不能让他就这样死去。"

听宗佑这么说，遥抬起了头。

"我希望他在活着的时候能多少恢复一点人性的良知。"宗佑凝视着遥说道。

"即使现在接受教诲，他的表现还是和公审时一样吗？对那些被他残忍杀害的女性，依然没有一点赎罪之心吗？"

"人心是看不见的，所以他究竟如何看待受害者，我其实无从得知。不过，他从未口头表达过反省或赎罪的意思，似乎也没有对生命的执着。"

"公审的时候他好像也说过'快点判我死刑'之类的话。听说他对律师也是这么说的，并且没有上诉。"

"我无法阻止死刑的执行，但在那之前，我想让他多少能感受到一点生命的喜悦和意义，这样他也许就能开始思考被自己夺走的生命的重量，产生对受害者及其遗属的赎罪之心。但我不知道该怎么做才能让他产生这种想法，所以我抱着一线希望联系了您。"

"作为亲人，我非常感谢保阪先生您的心意。可是，找我商量恐怕也不会有任何帮助。我对亮平的情况几乎一无所知。从父母离婚，我们分开生活后发生的事，我全都不知道……死刑判决生效后，我无数次写信寄到看守所，只希望能和他见一面，但他一次也没有给我回过信。现在的亮平估计对我的话毫无兴趣吧。那些信件也是，恐怕他根本没有看就扔掉了。"

"不是这样的。"宗佑说。

遥疑惑地皱起眉头。

"我认为亮平开始接受教诲，是因为收到了姐姐的信。"

"亮平读了我的信？"

"我不确定他是不是读了所有的信，但狱警说，亮平之所以开始接受教诲，是因为在信中得知你和母亲受洗成为基督徒。狱警还说，亮平觉得你们抛弃了他，对此心怀怨恨。虽然他对你们珍视的信仰感到好奇，但可能是心存芥蒂，一直不愿回信。"

"母亲并没有抛弃亮平。父母离婚时，谈到孩子要跟谁生活，亮平自己说要跟父亲一起生活。"

"您在信里提到这些了吗？"

"是的……虽然是小时候的事情，但我觉得他可能认为自己被母亲抛弃了，所以在信里解释了这些事……可是，假如他从与我们分开生活后就一直怀着这种压抑的情绪，导致最终杀害奶奶，还引发后来的案件……如今想来我也很后悔，我和母亲也有做得不对的地方。"

这是什么意思？宗佑歪头表示不解。

"小时候的亮平很崇拜父亲，但我不是，因为我知道父亲不仅酗酒，还很花心，当母亲因为这些毛病责备他的时候，他还经常对母亲动手。这也是导致他们离婚的原因。"

"亮平不知道父亲的这一面吗？"

"是的。父亲在我面前会对母亲施暴，但在亮平面前没有这样做过。离婚时，母亲不想让亮平知道父亲的缺点，所以没有告诉他真正的原因，她也叮嘱我不要在亮平面前说父亲的坏话。可现在回想起来，如果当时我们能告诉亮平父亲的真面目……"

"也许他就会选择跟母亲一起走？"

看到遥表情阴郁地点头，宗佑心中隐隐作痛。

尽管不知什么原因让石原变得如此残酷无情，可如果当时他选择跟母亲一起生活，或许由亚他们四个人生命就不会被夺走。想到这里，宗佑心中也充满了无奈的痛苦。

"是啊……母亲当时肯定想同时带走我和亮平，但她之前一直是家庭主妇，突然要抚养两个孩子对她来说非常困难，她担心这样会让孩子们过得很辛苦，所以做不到强行把想跟父亲生活的亮平留下来，还有小妖的事……"

"小妖？"宗佑反问道。

"小妖是当时我们养的小狗。两年前亮平捡到一只被人遗弃的小狗……自那以后，亮平就非常疼爱小妖，父母离婚后他也闹着要继续养，但母亲说我们家里不能养狗。这也没办法，抚养两个孩子已经很辛苦了，更别说再养一只狗了，当时的母亲根本没有能力。"

"当时是不是说，跟父亲一起生活，就可以养那只狗了？"

"是的。我想这就是他决定跟父亲走的最大原因。"

"这些事你有写在信里吗？"宗佑问道。

"没有。"遥左右摇头。

"在和您提到这件事之前，我自己也忘了。虽然和亮平分开很寂寞，但说实话，我也觉得他没跟着母亲是对的。"

"是因为日子过得很艰难吗，就像你母亲担心的那样？"

"对……和父亲离婚后，母亲开始工作，但不久她就得了重病，不得不辞去那份工作。后来病一直没有痊愈，她没法全职工作，房租、水电，还有我的学校餐费都经常拖欠。不仅是经济上拮据，母亲在精神上也几乎被逼到走投无路，她甚至会念叨活着也只有痛苦，不如一起去死之类的话，暗示要带我一起自杀。在那种情况下，母亲和我都没有精力去关心亮平。我们只想着，他在父亲那边应该过得比我们幸福。"

根据公审时判明的事实，离婚一年后，父亲为了和另一个女人一起生活，把石原扔到祖母家不闻不问。六年后，石原用球棒打死祖母，过了八年后，又以残忍的手段杀害了由亚和另一名女性。

"父母离婚后，大约有四年我们都生活在那样困苦的环境中。后来有一次母亲走在街上，有一位基督徒向她打招呼，在基督徒的帮助下，我们的生活才得以恢复正常。教会的人为我们介绍便宜的住所，还给我们提供食品和日用品，让母亲不用过度劳累也能维持生活……之后，我们两人都受洗成为基督徒。亮平因为杀害两名年轻女性被捕后，我才知道他在 16 岁时就已经杀害了祖母。那段时间我白天工作，晚上去夜校念书。假如那时我能多关心一下亮平……虽然母亲说离婚后就再也联系不上父亲了，但如果我能想办法找到他，和他见个面……"

"令堂知道祖母那件事吗？"

"我觉得她不知道。如果她知道，肯定无法保持冷静，也会去少管所探视他，并且会请求亮平出狱后和我们一起生活。母亲去世时神情十分平静。尽管亮平没有陪在身边，让她有些寂寞，但在临终前，她没有表现出有任何重大挂虑或烦恼的样子。假如她知道亮平杀害了奶奶，我想她一定会在临终前嘱咐我，让我帮亮平回归正途。"

"令堂是什么时候去世的？"

"六年前。"遥答道。

那就是在石原离开少管所之前。

"母亲多年前患上的癌症复发了……当时我在现在的工作岗位

上已经干了四年左右，开始承担更多的责任，薪水也涨了不少，所以我计划慢慢开始孝敬母亲，让她享些清福。也正因如此，母亲的去世让我感到非常遗憾……不过……"说到这里，遥支吾着低下头。

"不过？"

遥抬起头，她眼中含泪，看着宗佑开口说道："不过……现在我觉得，对母亲来说，还是那样比较幸福。"

万一她知道自己的儿子夺走了四条宝贵的生命，身为母亲，她是无论如何也承受不住的。

"母亲去世后，我想告诉亮平这个消息，但我联系不上父亲，也不知道他住在哪里……以前奶奶来过我们家几次，但我没去过她家……不过，这些都是借口对吧。如果我想尽一切办法找到亮平，或许可以防止两名无辜的年轻女性被杀。"似乎觉得难以忍受，遥再次低下头，泪水决堤而出，低着头的遥用袖口擦拭眼角。

"请不要太自责了。当时您不可能知道亮平处于那种境况的。"

遥呜咽着，没有回应宗佑的话。

"我想见亮平……不，我必须去见亮平……"

在呜咽中，可以听见遥的喃喃自语。

"见到亮平后，您想和他谈些什么呢？"宗佑问道。

遥垂头丧气地摇了摇头："我不知道……"

"只是……我的弟弟成了人人都憎恨的对象。即使亮平被执行死刑，也不会有人真正为他感到悲伤吧。他自己肯定也是这么觉得的。我只是想让他知道，至少……这个世界上还有一个人……会为他的离去感到悲伤……虽然不知道他是否能理解……"

看着趴在桌上痛哭的遥，宗佑也希望能让他们见上一面。

为了遥，为了石原，也为了希望能原谅石原的自己——

但是，如何才能让石原答应见他姐姐呢，宗佑一时也找不到答案。

10

"石原，要开门了——"

听到声音，我停下包装一次性筷子的动作，离开矮桌跪坐在地上。门开了，小泉走了进来。

"教诲的时间到了，赶紧准备。"

听小泉这么说，我的心不禁雀跃起来。

几天前看守所通知说保阪重新开始教诲，我一直担心是否真的能进行。

我站起身，从架子上拿下《圣经》，穿上拖鞋走出门。在门外待命的狱警久保也跟上来，三个人一同沿着走廊走去。

搭乘电梯来到教诲室前，小泉敲了敲门。

听到"请进"声后，小泉开门示意我进去。

走到桌前，保阪微笑着从椅子上起身，迎了上来。

自从上次见面已过了两个月，他看起来瘦了不少，让我有些担心。不过，他的脸色没有以前那么差了。

保阪一如既往伸出右手，我们握了手。那种包裹住右手的温暖感让我觉得很是怀念。

"请坐。"他说道。我在桌子对面坐下，与保阪面对面。

"你的身体已经没事了吗？"

"嗯，已经没事了。抱歉让你担心了。"

"是哪里不舒服？"

我曾向狱警打听保阪的病情，但没有人肯告诉我具体情况。我一直担心他得了癌症。

"我得了急性胰腺炎。听说这病大多是饮酒过度引起的。住院那段时间将近三周都不能吃东西，实在是难受，但现在已经没问题了。谢谢你的来信。"

说着保阪从上衣内兜里拿出一个信封。

再次看到自己拙劣的字迹，我感到有些不好意思。

"我真的很高兴。"

听到这句话，我更觉得难为情，避开了保阪的目光。

"上次教诲时你说晚上睡不好，现在怎么样？"

我再次看向保阪。

"还是不怎么睡得着。"

"这样啊……上次你说，知道会在听完我的教诲之后再去那个世界，你感到有些安心……你为什么会这么想呢？"保阪看着我，双手交叉放在桌上。

我迎向保阪的目光，不知该怎么回答。

"为什么……因为我死后肯定会孤零零的……"

"所以在那之前和我在一起，你会感到安心？"

"对。临死的时候，我不希望被讨厌我的人送别。"

"你为什么认为我不讨厌你呢？"

"那是因为……你对我说过，希望今后有那么一刻能让我觉得活着真好。到现在为止，没有人对我说过这样的话，我可是杀了四个人啊。除了保阪先生你以外，其他人都觉得我应该在痛苦中活着，在痛苦中死去。"

"真的是这样吗？"

说着保阪歪了歪头。

"其实还有人也和我一样这么想，只是你没有直接听到。"

"哪里有那种人啊？"

"武井遥女士……你的姐姐。"

听到这个名字，我的心脏猛地跳了一下。

保阪怎么会知道遥的事情——

听到保阪嘴里说出那个讨厌的名字，我怒视着他。

"你的姐姐肯定和我有同样的想法。"

听着保阪的话，我愤怒地想着，到底是谁告诉他遥的事情。

我回头怒视坐在门边折椅上的小泉，只能是他了。

"——你不想见见你的姐姐吗？"

我猛地转头看向保阪。

"怎么可能想见。"

"为什么？她不是你唯一的亲人吗？"

"管她是不是唯一的亲人……我就是不想见。就算见面，她也只会说些教训我的话，要么就是向我抱怨吧。"

保阪一直盯着我。

不对，他看的不是我，而是我身后。我再次回头，只见小泉对保阪点了点头，似乎在递眼色。

"其实……前几天，我去见了你的姐姐。"

听到保阪的话，我惊讶地转头看向他。

"其实这样做是违反规定的。如果看守所的人知道我去见了你的姐姐，我可能会被解除教诲师的职务。"

看来是小泉告诉保阪关于遥的事情，然后保阪去见了她。

"所以……你的意思是，让我不要跟别人说你和遥见面的事情？"

保阪点点头。

"如果你还想继续接受我的教诲……的话。你姐姐很想见你。为了告诉你这件事，她给你写了很多封信，但你一直没有回信，她感到很难过。"

"那种可恶的家伙寄来的信，每次我收到都会撕掉扔进垃圾桶。但总有个好事者每次都把信粘好再送过来。"

"你看过那些信了吧？你是怎么想的？"

"什么怎么想……那里面写的都是借口，根本不值得谈任何感想。她说想见我，顶多只是为了减轻她自己的罪恶感。"

"罪恶感？"保阪歪着头问。

"是啊。都怪她和母亲，我才会变成这样，变成杀了四个人的死刑犯……"

"为什么要怪你姐姐和母亲呢？"

"因为她们抛弃了我。她们把我交给那个混账父亲，自己逃之夭夭了。"

"但你姐姐说，父母离婚时，问你想跟谁一起生活，你说要跟父亲走。"

这话让我怒火中烧。

"那怎么可能！那个女人居然对保阪先生你也撒这种谎！"

"你姐姐真的在撒谎吗？会不会因为那是童年的记忆，你记得不太清楚？"

保阪的话让我想起小泉也曾指出过这点，大脑逐渐开始混乱。

但我绝不能承认这种事。

我一直在想，不管是通过电视新闻还是其他什么手段，一定要让母亲和遥看到我现在这副可怕的模样，让她们彻底后悔。可如果她们抛弃我的事只是我的误会，那我杀了四个人并在这里等待死亡的意义又是什么？

"你姐姐告诉我，母亲本来想把你们姐弟俩都带走，但考虑到自己以前一直是家庭主妇，只靠她挣钱养家，可能会让孩子受委屈。所以当你说想和父亲一起生活时，她没有强行阻止你。你真的完全没有这段记忆吗？"

保阪紧紧盯着我。我犹豫了，试图回忆起来，然而脑内只闪现出一些零散的片段。

好像连头都开始痛了，我抓着头发垂下头，盯着桌子的一点，低声呻吟起来。

"你姐姐还提到了小妖。"

闻言我抬起头来。这是什么意思？不明白他在说什么。

"小妖是当时你们家里养的小狗。应该是在父母离婚的两年前，你捡回家的。"

我的脑海中浮现出倾盆大雨的场景，想起了那只在箱子里被淋得湿透了的小狗。

"小妖……"

我一度忘记了它的存在。

"你还记得小妖吗？"保阪问道，我点了点头。

"姐姐说，你想和小妖在一起，但母亲说不能养狗，父亲说可以养，所以你选择和父亲一起生活。"

和小妖一起生活的记忆全都涌上心头。

小妖是一只混种母狗，但它聪明听话，我很喜欢它。那时的小妖对我来说是非常重要的存在，为什么这段记忆会从我的脑海中消失了呢。

"你姐姐说，小时候的你虽然学习和运动都不算突出，性情温和，在班里不是特别显眼，但非常善良，喜欢动物，甚至主动要求担任班里的动物管理员，而且你很容易感到寂寞。"

"容易感到寂寞……"我看着保阪，不由得轻声重复道。

"对。你姐姐说，因为你缠着她说不在一起就睡不着，所以你们姐弟一直住在同一个房间。她去林间学校过夜的时候，你因为太寂寞哭了出来，母亲只好来房间里代替姐姐陪你一起睡。"

我怎么也想不起来晚上因为寂寞哭泣，母亲陪我一起睡的事情。不过，我想起了自己为什么会给那只狗取名叫小妖。

在家里的时候，我片刻也不愿与遥分开，但现实并非总能如愿。放学回家后，遥也会和朋友在外面玩，经常不在家。所以我给狗取名叫"小妖"，因为这个名字和"遥"很接近，我会和小妖玩耍，来排解姐姐不在时的寂寞。渐渐地，我对遥的依恋转移到了小妖身上，因为它更亲近我。

"后来小妖怎么样了？你去祖母家生活时，有带它一起去吗？"

仿佛受到保阪话语的引导，我再次回溯过去。

突然传来一丝冰冷的感觉，我看向放在膝上的右手。

我回忆起父亲带我去祖母家时的情景。视线从右手移到左手，记忆也进一步浮现，我想起来，那时我的手里并没有握着牵引绳。接着脑中浮现出父亲强行将我从房间里带走，坐了很久的电车后走在陌生街道上的情景，而小妖还留在家里。

父亲把我寄养在祖母家时，告诉我之后会把小妖带过来，但不管我等了多久，小妖都没有来。

当时我以为，小妖可能是和父亲以及那个女人在一起吧。在祖母家生活的时候，我一直觉得自己低人一等，甚至不如一只狗。

或许是出于对小妖反而被父亲选中的嫉妒和憎恨，我不知不觉将它的存在从记忆中抹去了。

现在想来，小妖估计也被父亲丢到哪个地方了吧。

跟母亲和遥分开之前，我一直以为父亲是个温柔的人……

"……跟着那样的男人，我和小妖也真是可怜。"

说出这句话的瞬间，我的脑海中浮现出母亲落寞地凝视着我的神情。

为什么她会有那样的表情？那是什么时候的记忆？

我想起来了……没有错……那是我抱着小妖说想和父亲一起生活时，母亲露出的表情。

原来如此。原来认为被她们抛弃完全是我自己的误解。

然而我杀死四个人的事实不会改变，我也即将离开这个世界。

我张嘴本想嘲笑这荒谬的一切，耳中却听到了一声叹息。

"你姐姐说她想见你……不，她说她必须要见你。"

闻言我回过神来，抬头看向保阪。

"见面又能怎么样？就算我和遥见面，也无法回到从前。在她面前的已经不是那个喜欢动物的弟弟，而是杀了四个人的死刑犯。"

"正因如此，我才觉得你们应该见面。"

第一次听到保阪这么强硬的语气，我不由得有些退缩。

"即使会被姐姐责备、被她埋怨，你也应该去见她。你现在接触的人，包括我在内，没有一个人了解曾经善良的你。如今你只能在这里等待死亡，你姐姐是你唯一的亲人，她希望告诉你一些重要的事情。"

"……重要的事情是什么？"

"那不是我该说的。你呢？你难道没有什么想对姐姐说的吗？"

想对遥想说的话……在我还活着的时候……

我不知道。

"你真的希望就这样……再也不见你姐姐吗？"

我无法回答，只能低下头。

"我曾经深深后悔过。"

听到保阪的声音，我依旧盯着桌子，继续思考是否该见遥。

"明明有不得不说的话……对方却永远离开了这个世界，结果我始终没能说出口……"

听到他声音在颤抖，我抬起头，吓了一跳。

保阪的眼睛红红的，正注视着我。

"你想对谁说什么？"我疑惑地问道。

"这是秘密……只是，我不希望你今后后悔没见到你姐姐。"保阪从上衣口袋里拿出手帕擦了擦眼角。

"时间到了。"小泉的声音响起。

虽然很在意保阪的话，我还是站了起来。离开教诲室，我和在外待命的狱警久保以及小泉一起走向电梯。

到了 21 号房前，小泉开门示意我进去。

"我要和石原说些事，你先回去吧。"他对久保说道，走进牢房。

"今天的教诲怎么样？"小泉问道。

"你真是多管闲事。如果我去打小报告，你也会被追究责任的吧？"

我的本意是想威胁他，但小泉毫不在意地回答："也许吧。"

"就算因此被开除，我也觉得应该把你姐姐的事告诉保阪先生。"

"你干吗为了我这种人做到这种地步？"

"因为我想改变你。"

"改变我？"

"对。你出于自私夺走了四条人命。我希望你能被受害者及其遗属原谅，哪怕只得到他们的些许宽恕。"

"那是不可能的。"

"是吗……算了，写完信告诉我一声，我会马上帮你检查，寄给你姐姐。"

小泉说完便走出房间，关上门并上锁。

等脚步声完全消失后，我走近架子，取出塞在架子最深处的一叠纸，开始阅读遥的信。

看着信上的文字，我发现自己在想象现在的遥。

其实我并不是完全不想见她。

捧着信的手在微微颤抖。

但是……我很害怕……

我杀了四个人，其中两个女人的年纪和遥差不多。

假如我们见面，遥会用什么样的眼神来看我？

11

直也忽然停下脚步，转身仰望身后的东京看守所。

石原会与遥见面吗——

就在这附近，三天前直也下班回家时，保阪突然叫住了他。

保阪说想找直也谈谈，却不知道他的联系方式，所以在这里等了好几个小时，一直到他走出看守所。

接着他们走到附近的公园详聊，直也听保阪讲述他与遥见面时的情况。

保阪表示，遥非常想见石原，而他也认为这也许能成为打开石原心扉的契机，因此来找直也商量，请求他协助促成姐弟的会面。

为了向石原转达遥的心愿，保阪必须告诉石原，他见过石原的姐姐。

问题在于，保阪如何得知遥的存在和联系方式？

石原肯定会认为是狱警透露给保阪的，特别是常常关心石原，总叫他给姐姐写信的直也。保阪担心，如果石原向看守所里的任何人提到这件事，直也可能会受到惩罚。

确实，身为狱警的直也向宗佑这个外人泄露在押人员信息肯定是个问题。虽不至于被开除，但他会受到严重警告，甚至可能降职或减薪。不过直也表示无妨，让保阪向石原说出他已经和遥见过面的事，转达遥的心意。

石原非常需要保阪。石原不会做出导致保阪被解除教诲师职务的行为，这也是他的想法之一。

希望今天的教诲能成为打开石原心扉的重要契机。

回想起保阪流着泪水恳求石原与遥见面的那一幕，直也心中突然萌生一个疑问。保阪所说的，他深深后悔的事是什么？

明明有不得不说的话，对方却永远离开了这个世界，结果我始终没能说出口——这是指什么？

一定是与保阪有关，但已经去世的人。直也首先想到的就是被石原杀害的北川由亚。

保阪说过，虽然户籍上不是，但由亚是他的亲生女儿。既然户籍上不是，也许保阪从未告诉过由亚自己是她的亲生父亲。

由亚在不知道保阪是她父亲的情况下被石原杀害，而保阪却在给杀害自己亲生女儿的石原做教诲。

如果真是如此，作为受害者的父亲，他一定感到无比痛苦。

直也能体会到，那时保阪在他们面前流下眼泪时该有多么痛彻心扉。

看见妻子由亚站着官舍门口，直也赶紧加快脚步。

"我在阳台上收衣服，正好看到你走回来。"

"所以特意下来接我？"直也感到意外地问道。

之前从没有过这种情况。

"因为有件事要暂时对亚美和贤也保密。"

确实，现在是孩子们在家的时间。直也很好奇要对他们保密的事情是什么。

"是什么事？"

"我们在附近散会儿步吧？"由亚回避了直也的问题，迈出脚步。

会不会又是换工作的事呢？直也虽然好奇，也只能跟着由亚走。

两人绕着官舍走了半圈，由亚却迟迟不肯开口。直也渐渐感到不耐烦，开口说："所以……"不料正好与由亚的声音重叠在一起，"今天我去了妇产科。"

他吃惊地停下来。

"难道……也就是说……"直也语无伦次地说道，在他面前停下脚步的由亚点了点头。

"已经怀孕 11 周了。"

听由亚这么说，直也开始回忆当时发生的事。

参与工藤死刑执行后的第二天，全家人一起去了迪士尼乐园。直也苦恼于无法摆脱前一天那可怕的记忆，是由亚的话给了他些许安慰。

回到官舍，在玩得筋疲力尽的孩子们都睡熟后，直也便激烈地渴求着由亚。

他还记得，自己被她的温暖所包围，感受到心中折磨着自己的沉渣正在被慢慢净化。

"可以生下来吗？"

听到这句话，他回过神来，凝视着由亚的眼睛。

"当然了。"

直也只说了这么一句，便握紧由亚的手往前走去。

12

脚步声在旁边停了下来。

"石原，要开门了——"

听到声音，我停下手中的工作，离开矮桌，跪坐在门前。

门开了，小泉踏入牢房内一步。

"有人会见。出来了。"

听到这句话，我的身体一下子变得紧绷。

"怎么了？赶紧准备。"小泉俯视着我说道，我却无法动弹。

"姐姐特地从长野过来，你该不会不去见吧？不是你自己写信说想和她见面的吗？"

我才没写我想见面，我写的是可以见面。

虽然我用眼神表示抗议，但小泉似乎没有注意到我的心情，一脸笑嘻嘻的。

那天接受保阪的教诲后，我暂时还是没有见面的想法，但考虑了几天后，觉得在死之前再见一面也可以，犹豫后写了封信给她。

但是，真到了要见遥的时刻，我的心情却非常沉重。

我一动不动地跪坐着，小泉自作主张从架子上拿了拖鞋放在我面前。

"后面还有人在排队，赶紧的！"小泉吼了一声。

我无奈地站起来，穿上拖鞋走出去。被小泉在身后赶着穿过走廊，心跳也变得越来越急促。

小泉打开会见室的门，催促我进去。走进室内，看见坐在亚克力挡板后的女子，我吓了一跳。

为什么母亲会出现在这里——

我下意识地回头看了一眼，但小泉下令"坐下"，于是我又将目光投向亚克力挡板。

我注视着那位低头坐着的女子，她与我记忆中的母亲有些相似，但我又觉得她不是母亲，接着我坐到她对面的折椅上。

此时出现在我面前的应该是遥，然而从她的样貌根本无法联想到我熟悉的姐姐。

我开始怀疑自己面对的人真的是母亲。与记忆中的母亲不同之处在于，她的头发中夹杂着许多白发。

遥比我大1岁，看起来却一点儿也不像这个年纪的人。我开始在意她的白发是在我犯案后出现的，还是从她更年轻的时候就有的。

小泉走进会见室，坐在我旁边摊开笔记本。

"会见时间请控制在15分钟左右。"小泉说道。

面前的女子轻声答道"好的"，一直看着别处的目光转向了我。

"……晚上你有好好睡觉吗？"

闻言，我的身体像被电流击中般震了一下。下一瞬间，各式各样的记忆涌入脑海。

尽管声音颤抖，眼眶含泪，坐在我面前的女子毫无疑问是我姐姐，顿时胸中的震颤传遍全身。

我下意识用双手抓住膝盖，低下头，紧张地盯着颤抖的双手。

"在看守所里，你一个人住在三叠大小的房间里吧？吃饭、上厕所、睡觉，一直都在那个房间里……因为你不喜欢一个人睡觉……我很担心你有没有睡好。"

"……我已经习惯一个人了。跟着那家伙生活之后，我经常是一个人待着。"

"那家伙指的是……爸爸吗？"

我抬起头点了点。

"那家伙肯定觉得与其陪我，还不如跟新认识的女人在一起比较开心吧。他常常只塞给我吃晚饭的钱，好几天才回一次家。但那时候有小妖在，所以还好。结果还不到一年，我就被扔到那个老太婆家。那家伙说很快就会来接我，但不管我等多久他都没有出现。更糟糕的是小妖好像也被他扔掉了，没回到我的身边。在老太婆家，我只被当成是碍事的东西，住的是像储物室一样狭窄的房间，平时连大气都不敢喘。给我的食物要么是甜面包要么是方便面。客厅只有一台电视，但只要我走出自己的房间，老太婆就会生气，所以我也没法看电视，就算想上厕所也会尽量忍着。转学后我跟同学合不来，家长还告诉他们不要和我来往，所以没人想和我交朋友。"

可能是因为之前一直憋在心里，一旦开了个头，后面的话语便接连冒出，停不下来。

遥皱着一张脸。

"跟那时候比起来，这里的生活简直就像天堂一样。我不用去催，每天早中晚都有饭吃，给的食物都比在老太婆那里好太多了。大小便也可以随时解决。我唯一的不满就是太无聊了，时间过得特别慢。"

"你每天都在做什么？"

"做什么，这个嘛……早上起床吃饭，然后做请愿劳动。"

"请愿劳动？"

"比如包装一次性筷子，粘贴纸袋、折纸箱……相当于日薪200日元左右的兼职吧。我偶尔也会读《圣经》……总之，各种事情吧……"

"我也是被基督教拯救的。我在信中也写过，和亮平分开后，我和妈妈都过得很辛苦。离婚后妈妈很快就开始工作了，但过了一段时间她就查出了癌症，无法继续工作……生活非常痛苦，活着也只会受苦，就在我们无比悲观的时候，我们遇到了基督教。通过学习《圣经》教义，以及在教会认识的人们的支持，我们总算能勉强度日。大约十五年前，我和妈妈都受洗了。你有一天也会……"

"开什么玩笑。"

我打断遥的话，她沉默了下来。

"也许你们觉得自己得救了，但我不认为光凭那些东西就能救赎我。我每天无聊得要死，读《圣经》只是因为没别的事可做。"

"无论你愿不愿意接受洗礼都没关系……只是，你在这里还有更多……不对，应该说还有其他该去做的事吧？"

我被遥坚定的目光吓得有些退缩。

"我该做的事到底是什么？"

"向被你杀死的受害者和他们的家人赎罪。"

面对责备我的遥，我非常后悔寄出了那封信。

"虽然不确定他们是否愿意接受……但你有考虑过给受害者的家人写封信吗？我当然不觉得这样他们就会原谅你……可是这样下去真的好吗？一直不去面对受害者和他们的家人，就这样一辈子……"说到这里遥突然反应过来，闭上了嘴。

估计再说下去会变成像在提醒自己的弟弟命不久矣，所以她才不说了吧。

但不需要遥来说，我自己最清楚这一点。

"我并不觉得自己对不起那些女人。但我知道自己做了坏事，所以我被判死刑也是理所当然的。这样可以了吧。"

遥的眼神游移不定。

我无法忍受长时间与她对视，看向身旁的小泉："时间已经超过 15 分钟了吧？"但小泉似乎并没有结束会见的打算。

无奈之下，我正要从椅子上站起来，突然听到微弱的声音，我回头看去，心下一惊。

遥的一双眼睛噙满了泪水。

"你刚才说了什么吗？"

我好像听到了遥的声音，却没能听清楚。

"对不起……"遥吸着鼻子说道。

我不知道她为什么要对我说这样的话，只能默默地看着她。

"对不起……我是为了对你说这句话才来的。我和妈妈都不知道你过得这么痛苦。妈妈说，因为和爸爸失去了联系，我们找不到你……我们自己的生活也很艰难，没有余力去关心你。但这些都只是借口吧。如果我们当时想方设法找到你，去见你，或许就不会变成这样……"遥靠在亚克力挡板上，哭着说道。

我凝视着遥搭在亚克力挡板上的手。右手不自觉地朝那边伸去，但在触碰之前又停了下来。

我知道，即使伸手碰触，也无法再感受到姐姐的体温了。这就是我要面对的现实。

"……你不要再来了。"

遥呻吟着不断摇头。

"对不起……亮平……对不起……"遥用哽咽的声音说道，哭红的眼睛看向我搭在亚克力挡板上的手。

我明白她想要我和她贴掌。

我犹豫了一下，隔着亚克力挡板把我的右手贴在遥的手掌上，和我想象的一样，掌心传来一阵凉意。

"我还可以这样向你传达我的想法……是因为你还活着。"

听到遥的声音时，贴在亚克力挡板上的手掌瞬间感受到些许温度。

"……可是，逝去的人再也无法与他人沟通。他们想要表达的想法永远无法再说出口，别人想对他们传达的想法，他们也永远无法再知道。这就是你做出的事造成的后果。所以……我希望你能在还活着的时候，思考自己究竟该做些什么。"

耳边传来遥的话语，我凝视着隔着亚克力挡板重叠在一起的手掌。

13

"请进。"听到里面传来的声音，同行的狱警打开门。

宗佑走进房间后，丹波马上从沙发上站起身："今天也拜托您了。"见丹波的样子一如往常，宗佑放下心，走向沙发。

看来石原并没有说出宗佑违反看守所规定与遥见面的事。

上次对石原的教诲对宗佑来说也是一场赌局。

宗佑原本担心，他违背石原的意愿坚持要求他与姐姐见面，石原很可能不会再来参加教诲了，他甚至可能向其他狱警说出宗佑违反规定的事。

他已经做好了随时可能被解除教诲师职务的准备，但他不想给小泉带来麻烦，毕竟他答应了自己的请求。

宗佑坐在丹波对面，喝了一口丹波为他准备好的茶。

"其实，今天计划进行教诲的秋山因为身体不适……"

宗佑闻言问道："他没事吧？"

"他只是单纯的肚子痛，没什么大碍。不过……您特地来一趟，教诲对象却只有东一个人，我们觉得很麻烦您。石原表示他想尽快进行下一次的教诲……如果您不介意，今天的教诲对象可以再加一个石原吗？"

"当然，我没意见。"

因为担心石原可能不再接受教诲，这对自己来说算是好消息。

"前不久，石原见到了姐姐。"

听到丹波的话，宗佑的心跳加快了。

"是吗……石原有姐姐啊。"宗佑若无其事地说。

"据说他们在 9 岁时因父母离婚分开了，后来一直没再见面。石原来这里后，姐姐一直给他写信，不过石原从未回复过。虽然不知道他的心境发生了什么变化，但我们也盼望他能通过与姐姐的交流让自己的情绪更加稳定。"

身为东京看守所的一名领导干部，丹波应该很希望确保石原在将来死刑执行时保持心情稳定。

"……石原估计也想和您谈一谈姐姐的话题吧。那么就拜托您了。"说着丹波朝宗佑鞠了一躬。

"好的。"

宗佑拿着《圣经》和诗歌播放器站起来，前往教诲室。

石原和遥的会见情况如何？

　　但愿不会变成他们第一次，也是最后一次的会见。宗佑边想边走进教诲室。

　　坐在桌前等了一会儿便听到敲门声。"请进。"他站起来说道。门开了，小泉带着石原走了进来。

　　"我带石原亮平来了。打扰了。"说着小泉关上门，坐到门边的椅子上。

　　宗佑像往常一样与石原握了握手，两人面对面坐下。

　　"上次教诲快结束的时候真是见笑了。"宗佑说道。

　　似乎不知该如何回应，石原略微低下了头。

　　"听说你和姐姐见面了。"

　　石原低着的头点了几下。

　　"见面之后感觉怎么样？"

　　"我也不知道怎么样……她变得非常苍老，让我大吃一惊。虽然也许是我的错。"

　　"今后还想再见面吗？"

　　"不好说……她说还会再来……说就算我拒绝，她还是会死缠烂打地跑过来。不过一切都等到那时候再说吧，我还不确定。"

　　"你还在怨恨被母亲和姐姐抛弃的事吗？"

　　石原摇了摇头。

　　"上次教诲时你和我说了不少事，聊着聊着我想起来了，事情不是那样的，其实是我自己想跟那家伙一起生活。所以当时我才说，跟着那样的男人，我和小妖也真是可怜。"

　　"既然如此，你就没有理由拒绝姐姐的会见了吧？"

　　"自从见过遥之后，我开始思索之前从未考虑过的事情，头脑变得疲惫不堪。我就是讨厌这个。"

"头脑变得疲惫？"宗佑问道，不明白这句话是什么意思。

"是啊，从那以后我常常做一些奇怪的梦，反复醒来好几次，睡得反而比以前更少了。"

"做了什么样的梦？"

石原慢慢抬起头，开口说道："被我杀死的年轻女子的梦。"

宗佑不禁倒抽一口凉气。

"……你开始梦到两位受害者了吗？"宗佑问道，感到口干舌燥。

"不是……很奇怪，我从来没有做过第一个被我杀害的女人的梦。一直都是另一个……那个说她怀孕了的女人。"

是由亚——宗佑很想知道石原做了关于自己女儿的什么梦，又害怕听到答案。

这一时刻他无法堵住耳朵。所以他将目光转向别处，不再落在石原身上。

"虽说是梦，但其实是真实发生过的事情。"

这句话让宗佑又吃惊地将目光投向石原。

"被警察逮捕的时候，公审的时候……还有以前，我向你描述作案过程时，有一件事情，因为我觉得不值一提，所以从来没有讲过……但在和遥见面后，那个场景就一直在我脑海中挥之不去。哪怕我睡着了，也会在梦中见到那幅光景，然后被惊醒。"

至今宗佑和真里亚都没听说过的，由亚最后的模样——

忽然，宗佑与石原身后的小泉四目相交。

小泉盯着宗佑，微微摇头，似乎在说不该谈这个话题。

宗佑看向石原，双手交叉放在桌子上，向前略微探出身子问道："你能告诉我那是什么样的光景吗？"

"之前我跟你说过吧，我杀死那个女人时的情况。"

"对……"

这干巴巴的声音听起来一点儿都不像是自己发出的。

"把那个女人双手双脚都绑住，正要把她掐死时，我突然有了个念头，我想知道她在临死前会说些什么。"

宗佑凝视着石原，感觉心如刀割。

"万一她大声尖叫就完了，虽然要冒这种风险，但我实在很想知道，于是撕开贴在她嘴上的胶带，慢慢地勒紧她的脖子。那个女人马上说'救救我，爸爸'。"

救救我，爸爸——

宗佑无法理解从石原嘴里说出的这句话。

为何既不是她的未婚夫木本，也不是养育她的真里亚，而是爸爸呢？

真里亚明明告诉过由亚，她并不清楚由亚的亲生父亲是谁。

希望婚礼上叔叔能陪我一起走红毯——

突然间，宗佑的脑海中浮现出这句话，以及由亚说出这句话时的样子。

难道……

"救救我，爸爸……叔叔……爸爸……救救我和孩子……她这么说。"

宗佑感觉全身的血液在倒流。

正如真里亚之前所说，由亚早已意识到宗佑是她的父亲。而在即将被害前，最后的那一刻，她在向自己求救。

宗佑突然感到一阵恶心，不由得移开目光。正好看见小泉用无比心疼的表情注视着他。

"然后……"宗佑无法直视石原的眼睛。

"我对她说，你爸爸不会来，叔叔也不会来，没有人会来救你的。你死之后也是孤零零一个，就像我一样……我重新用胶带封好她的嘴，掐住她的脖子……"

视野变得昏暗，石原的声音听起来十分遥远。

"和遥见面后，不知怎的，我开始频繁地回想起那时的事情……所以我在想，我究竟是怎么了呢……喂……保阪先生……你有听我说话吗？你没事吧？身体还不太舒服吗？"

宗佑隐约能听到石原的声音，但视野却像被雾霭笼罩着一般模糊不清。

他再也无法忍受了。

"抱歉……我大病初愈，状态还不太好。今天的教诲到此为止吧。"

连自己的声音听起来都仿佛来自远方。

"保阪先生，你还好吗？要不还是叫救护车过来吧？"

"没那么严重……稍微休息一下就好了……"宗佑努力挤出回答，内心却迫切希望他赶紧从自己眼前消失。

"喂——石原，该走了……"

小泉的声音传来，接着是门关上的声音。

宗佑抬起头，反复做了几次深呼吸。视野逐渐变得清晰。原来笼罩着视野的雾霭是自己的眼泪。

敲门声响起，宗佑望向门口。

他此刻不愿见到任何人，所以没有应门。然而外面的人说了声"打扰了"，便擅自把门打开。小泉进来后，关上门朝他走来。

"您没事吧？"小泉问道，宗佑点了点头。

"您果然……不适合给石原做教诲吧。"

这的确是宗佑难以承受的苦痛，但他不能向小泉承认这一点。

"为什么这么说？"宗佑问道。

"为什么……听到女儿遭到那样的对待……"

"我早就知道石原对她的所作所为，如今听到这些话也不会惊慌失措。刚才我是真的有些头晕，身体不太舒服。请代我向石原道个歉，告诉他，我会在下次的教诲中继续听他说的。"

小泉没有回答，而是紧紧地盯着宗佑，仿佛要将他看穿一般。

看来他并不相信宗佑的话。

"石原与姐姐见面后，终于有机会打开他的心扉了。我会继续在这里进行教诲。"

直到执行死刑的那一刻，他都不能离开石原。

果然，那个将由亚推向绝望深渊、残忍杀害她的男人，宗佑无论如何都不可能原谅他——

14

和久保一起在 21 号房前停下脚步，直也看向窥孔。石原正拿着水杯给放在架子上的盆栽浇水。

"石原，要开门了——"直也喊道。

石原停下动作看向门口。把手中的水杯放在矮桌上后，他跪坐在铁门前。

打开铁门，直也踏进房内："教诲的时间到了，赶紧准备。"石原起身再次朝架子走去，从摆放在盆栽旁的几本书中抽出《圣经》。

"花开得真漂亮。"直也说道。闻言石原看向直也。虽然不太明显，但直也觉得他应该是在微笑。

走出牢房、关上铁门，直也与久保一左一右押着石原沿走廊前进。瞥了一眼石原的侧脸，直也禁不住有些感慨。

他回想起第一次见到石原时的情景。

当时石原从 B 栋九楼转移到 D 栋十一楼，和现在一样，直也负责押送，那天他对石原的第一印象是目中无人。过了一段时间后，这种印象依然没有改变。不过现在的石原却变了个人似的，显得沉稳多了。

直也认为造成石原改变的主要契机还是与姐姐遥的会见。

姐弟见面后大概过了两周，一天，直也接到石原的咨询，问能否在自己住的单人牢房里养一些小动物，并表示只要是动物，无论仓鼠或是乌龟他都能接受。直也告诉他，看守所不可能答应这种请求，不过小型植物倒是可以，于是让石原递交申请单，并给他带去一盆盆栽。

来到教诲室前，直也敲了敲门。听到里面传来"请进"的声音。直也打开门，让久保留在走廊待命，自己和石原一起走进教诲室。

"我带石原亮平来了。打扰了。"说完，直也关上门，坐在一旁的椅子上。

"你好。"保阪微笑着起身迎接石原。两人照例握了握手，面对面坐下。因为石原背对自己，直也无法看到他的表情，但从他与保阪交谈的声音中可以听出他很高兴。

直也不动声色地观察着保阪的表情。保阪脸上一如既往挂着温和的笑容，他认真倾听石原的讲述，并从教诲师的角度为石原提出恰当的建议。

表面上看，保阪像是一名热心的教诲师，然而直也不禁怀疑，他真正的想法究竟是什么？

自从石原向保阪说出他从未向任何人透露的由亚临终前的一幕，直也就一直心神不宁。

保阪听完石原的描述移开了视线，却正好对上直也的目光。直也顿时感到一种难以言喻的不安。保阪的眼神空洞而呆滞，让直也觉得他的内心似乎已经崩溃。

中断教诲后，保阪告诉直也他只是身体不适，但直也并没有相信。对于亲生父亲而言，那无疑是一个极其凄惨的故事。

尽管保阪说过他希望以受害者父亲的身份来宽恕石原，但如果他的想法因这件事而彻底颠覆，打算在死刑执行时实现一开始为女儿复仇的目的，这也不难理解。

如今保阪依然希望自己能宽恕石原吗？还是说……

自那以后，保阪几次对石原进行教诲，但他们的谈话大多围绕定期前来探望的遥或对《圣经》话语的解释，没有提及被石原杀死的受害者。

如果保阪想要宽恕石原，显然应该提及这个话题，但直也觉得他似乎在刻意回避。

直也看向时钟，已经超过 10 点半了。

"时间到了。"直也提醒道。

保阪和石原站了起来，互相道别后，石原朝门口走来。直也打开门，跟在石原后面走出教诲室。

在今天的教诲中，保阪依然没有与石原谈及受害者的事情。怀着忧虑的心情，直也关上教诲室的门。

吃完午饭离开职工食堂后，直也坐上电梯。回到中央监控室之前要先存放私人手机，于是他在休息室所在的楼层下了电梯。

走在走廊上时，裤子口袋突然开始振动，直也掏出手机一看，是由亚发来的 LINE 消息。看到她发来的超声波照片，直也一下子心花怒放。他想放大照片仔细看看自己的孩子，但同事们都在休息室里休息放松，他有些难为情。

于是直也跑进附近的厕所，躲进一个隔间。他没有脱裤子就坐在马桶上，紧紧盯着那张放大的超声波照片。

现在是第三十一周，孩子的五官已经清晰可见。照片中的孩子看上去似乎在笑，这更让他感到无比欣喜。

忽然，他听到厕所门被推开的声音，接着是不止一个人的脚步声。他盯着手机屏幕，听出来有人在使用小便池。

"……真让人心情沉重啊。"

"没办法啊，这也是工作的一部分。"

"这周六我订好座位要和女朋友去餐厅吃饭，那家店可是两三个月前就订不到座位的哎，不知道到时候我还吃不吃得下……"

两个男人的对话声传入直也耳中。

"恐怕不行吧。我自己是没经历过，但听前辈说，参与完执行的人一个月都吃不下肉。"

听到这话，直也惊讶地抬起了头。

"他还比我小好多岁。以后我估计睡都睡不安稳了，真叫人心烦。"

"参与执行确实愁人，但不至于良心不安吧。对方可是杀了两名年轻女性的凶恶罪犯。"

直也魂不守舍地站起来，打开门走出隔间，看到两名男子站在小便池前回头看着自己，这才回过神来。

那两人都露出一副尴尬的表情，把视线转回前方，直也注意到其中一人的西装领口上有个徽章，那是检察官佩戴的秋霜烈日徽章。

直也离开厕所，心烦意乱地走上走廊。本想打开休息室的门，但心里实在放不下这件事，又转身走回电梯。

来到处遇部部长的办公室前，直也有些犹豫地敲了敲门。

"请进。"里面传来声音。直也推开门走进去，说道："打扰了。"

坐在正对面桌子后的丹波问："怎么了？"

直也关上门走近丹波，站在他面前，犹豫着是否应该说出这件事。

"到底怎么了？在押人员出了什么问题吗？"

"最近会有执行吗？"直也终于鼓起勇气问道。

丹波疑惑地皱起眉头："为什么这么问？"

"刚才无意中听到检察官在谈论……"

丹波露出一丝苦笑，叹了口气说："这些家伙也真是够糊涂的。"

"到底怎么样？近期真的有执行吗？"直也急切地问道。

"放心吧，你不在执行人员的候选名单里。"

也就是说，确实有死刑执行。

"绝对不能告诉别的同事。"丹波再三叮嘱，直也点了点头。

"被执行的人是谁？"

"石原亮平的死刑执行命令书已经下达了。"

尽管直也从刚才的对话中已经猜到了，但真正听到这个名字时，胸口还是掠过一阵钝痛。

"什么时候……"

会被执行呢——

"明天。"

直也倒吸一口凉气，内心起了激烈的斗争。

"话就说到这里。记住，千万不能透露出去。"丹波再次警告，接着目光转向桌上的文件。

"那个……"

听到直也的声音，丹波抬起头，露出一副"你怎么还在这里？"的表情，不解地歪了歪头。

"请让我也参与执行。"

丹波瞪大了眼睛。

"你在说什么傻话。你老婆肚子里怀着孩子吧。我记得是七个月……"

"八个月了。"

"不管怎样，知道你老婆怀孕后，我早早就把你从候选名单中剔除了。"

这点直也也明白。当狱警的妻子怀孕或家人生病的时候，他们就会被排除在执行人员之外。这是考虑到，万一狱警的亲人出事，他们不会怪到自己头上，觉得发生这一切都是因为自己参与了死刑执行。

然而，直也认为自己有义务参与石原的死刑执行。

明知保阪是受害者的父亲，自己却睁一只眼闭一只眼，让他继续给石原做教诲。如今他必须见证两人最后的一次会面。

他必须督促保阪履行好身为教诲师的职责。

"请把我列入执行人员中。"直也坚定地看着丹波说道。

"不行，我不允许。万一你老婆或孩子出了什么意外，你会因此而自责的。我不明白你怎么产生参与执行的想法，但最起码，在你看到宝宝平安出生前，作为你的领导，我不能批准你的要求。这件事到此为止。我这里还有很多事情要处理，你也赶紧回到你的岗位上去。"

丹波的话毫无商量的余地，直也只能离开办公室。

中央监控室的呼叫铃响了，直也走近一看，按铃的是 21 号房的石原。他心情沉重地拿起听筒。

石原说他想寄信，请直也来拿。直也拖着沉重的步伐走出中央监控室，前往 21 号房。

透过窥孔，直也看到石原跪坐在门后，目光相接的瞬间，直也的心脏猛地一颤。

眼前的这个男人在十五六个小时后就会离开这个世界。

打开铁门，直也走进房间，石原递上一个信封，说道："麻烦你了。"

直也接过信封，看了看收件人，是写给遥的信。

　　这是弟弟写给姐姐的最后一封信——

"干脆我在这里久违地帮你修改一下吧？"

石原疑惑地歪了一下头，最终点头同意。

石原曾经请直也帮忙修改写给保阪的信，直也当场就改好了，但之后再也没有做过这种事。

直也从信封里抽出一张信纸，开始阅读。

信上写的是狱警跟他说盆栽的花开了，以及请姐姐下次探监时帮他带一件毛衣来。作为最后一封信，内容实在太平淡了。

"你就不能写点更贴心的话吗？"

"什么叫更贴心的话？"

"比如说，姐姐特地从长野来探望你，你给她写几句感谢的话……"

如果提出的要求太多，可能会让石原察觉到自己即将被执行死刑，所以直也没有继续说下去。

真是令人心焦。

"用不着，那就拜托你寄信了。"

石原都这么说了，直也也无可奈何。

他最后想再对石原说些什么，在这种情况下却找不到合适的话，只得默默走出房间，关上铁门。

直也停下脚步，目光落在教堂旁边一栋小小的两层独栋房屋上。

估计那里就是所谓的牧师馆，也就是保阪的住所吧。

他走近那栋房子，看到门上挂着"保阪"的名牌。

既然明天无法参加石原的死刑执行，直也无论如何也要确认保阪目前对石原的想法，于是在下班后赶往目白。

直也紧张地按下门禁对讲机按钮，里面传来一声"您好……"

"很抱歉这么晚打扰您。我是小泉。"

"小泉……先生？"对方的声音显得十分困惑。直也进一步解释道："我是狱警小泉。"

对讲机关上了，不一会儿门开了，保阪探出头来。

"吓我一跳……你居然知道我住在这里。"

看保阪的表情，他似乎在极力掩饰自己的惊讶。

"因为我检查过很多次石原的信件，所以大概知道……我有些事想和您聊聊，不知道能否占用您一点时间？"

面对突然登门的直也，保阪显然很困惑，但他还是点了点头："家里有点乱，不嫌弃的话请进。"伸手示意直也进屋。

"打扰了。"

直也脱下鞋子走进玄关，保阪带他进入玄关旁边的一个房间。房间大约有六叠大，里面还有一个厨房。

"请坐。"说完保阪便走开了。直也在桌子前坐下，趁这个机会环顾室内。他发现橱柜上有一个相框，于是盯着照片看。

照片上的人有保阪，以及前阵子直也见过的北川真里亚，还有一个年轻女性夹在两人中间，脸上露出快乐的笑容。

应该是他的女儿由亚。

"不好意思，家里没什么好招待的。"

听到保阪的声音，直也把目光从照片上移开。保阪在他面前放下一罐蔬菜汁，坐到对面。

"自从上次住院后，我就开始注意健康了。"

保阪苦笑一声，拉开罐子的拉环，喝了一口，把罐子放在桌上，微微向前探身问道："那么……你想找我谈什么事？"

直也正面迎向保阪的目光，坐直身体。他集中精神，做好在下一瞬间摸清保阪本意的准备，开口说道："石原亮平的死刑执行已经定下来了。"

保阪惊讶地瞪大了眼睛。

直也观察了一会儿保阪的表情，却无法读出他当下的情感。至少看不出他有任何想为女儿复仇的决心或感到宽慰的迹象。

"是……是吗……"保阪叹息般说道，"……什么时候？"

"明天。"

"……也就是说，我很快就会接到通知。为什么小泉先生你要来告诉我这件事？"

"我想知道您现在的想法，保阪先生。"

"我现在的想法？"保阪困惑地歪了歪头。

"亲生女儿遭到石原杀害，身为父亲，您能原谅石原吗？"

一段漫长的沉默。

保阪的嘴角微微抽动，他叹着气开口说道："如果我说我能原谅他，你肯定会认为我在撒谎吧。"

直也无言以对，只能看着保阪。

"你来这里是想观察我的反应。假如你判断我肯定不能原谅石原，一定会为女儿报仇，你就要去告诉领导，说我是受害者的父亲，对不对？"

"恕我直言，确实如此。我没有办法参与明天的执行。可我明知您是受害者的父亲，却睁一只眼闭一只眼让您继续给石原做教诲，我觉得自己有责任见证你们两人的最后一次会面。我直接向丹波部长请求参与执行，因为我妻子怀孕被拒绝了。"

"你夫人怀孕……"

"八个月了。"

"你不参加是对的。这是我和石原之间的问题。既然领导已经说了你不用做这件事，你没有必要专程再去窥视黑暗。"

"我没办法那么轻易地置身事外。在对石原的教诲中，您并没有向他抛出涉及被害者感受的话题。如果您真的打算原谅石原，不是应该引导他多谈这些事吗？"

"原谅有那么容易吗？"保阪突然反问，直也不明所以地歪了歪头。

"如果你的孩子或者妻子被残忍杀害……凶手在你面前哭着谢罪……你能原谅他吗？"

直也无言以对。

"有一次我思考过，即使我在教诲中抛出这类话题，引导石原说出赎罪的话语……那又有多少意义呢？石原似乎比较尊敬我，在我面前，他可能会说一些违心的悔过之词。"

保阪的话也有一定道理。可是……

"至少……目前您还没有做好原谅石原的心理准备，对吗？"直也问道。

保阪点了点头。

"说实话……确实如此。在明天的执行中，我也不确定能否原谅石原。没准在死刑执行完后，我依然无法原谅他。但有一点我可以明确地说，即使不能原谅他，我也会履行自己身为教诲师的职责。"

直也仔细观察保阪的一言一行，感觉他并不像在欺骗自己。

"这就是我现在真实的想法。假如你对我的回答不满意，要把事实告诉领导，那也无可奈何。我不会责怪你。会有其他教诲师代替我陪他走完最后一程的。"

直也非常清楚，石原并不希望如此。

"知道了……我不会上报。"

直也决定相信保阪的良心。他站起来，正要走出房间时，突然想到最后要对保阪说的话，于是回过头来。

这不仅是为了让石原能够平静地迎接死亡，也是为了保阪今后人生的安宁。

"希望您不要成为死神。"

留下这句曾经说过的话，直也离开了房间。

15

由亚微笑注视着他。

"我出门了。"

对照片中的由亚说完，宗佑带着坚定的决心拿起包走向玄关。

走出牧师馆，宗佑站在人行道上等待接送的车子。出租车准时到达，停在他的面前。

宗佑打开后座车门，坐到丹波旁边。出租车随即驶出。

"今天也麻烦您了。这次我会注意，不会再发生上次那样的事了。"丹波面色凝重地说道。

"那件事您就别再放心上了。"

其实，宗佑甚至觉得看到石原临终的表情也无所谓。

再过两个小时，一切就会结束。他将从这漫长的苦行中解脱。

宗佑并没有告诉真里亚石原的死刑将在今天早上执行，而是打算等一切结束后，再告诉她石原是如何凄惨死去的。

可是——

昨晚小泉回去后，宗佑苦思冥想，彻夜未睡，却始终没有找到能将石原推落绝望深渊的话语。何况在那么多狱警面前，他真的说得出那种话吗？

不，即便周围有其他人，只要做好过后承受严厉谴责的心理准备，他就能做到。

哪怕宗佑伤人的话语让石原陷入半癫狂的状态，估计死刑的执行也不会中断。

剩下的唯有思考，在最后一刻来临前不断思考，究竟用什么样的话语才能让石原彻底绝望。

外面传来脚步声，房间内的空气变得愈发紧张。

宗佑坐在桌前，目不转睛地盯着门口，一边侧耳聆听脚步声，一边想象石原战战兢兢走上楼梯的样子。

门开了，石原被三名狱警从两侧和后方包围着走了进来。

石原一进来就四下张望，碰上宗佑的目光后，他停下动作。

石原并没有表现出慌乱的样子，手铐解开后，他也顺从地按照狱警的指示在宗佑面前坐下。然而他脸色煞白，嘴唇也在微微颤抖。

"1370 号，石原亮平，对吗？"丹波问道。

"是的……"石原低声回应。

"很遗憾，执行命令已经下达。接下来要执行死刑。"

石原没有反应，直勾勾地看着这边。

"最后吃点好吃的吧？也可以抽烟。"丹波指着桌上的东西说道。

"不用。"石原一动不动地回答。

"如果你想写遗书，现在还可以写。"

"这也不用。"

"是吗。那么请您开始教诲。"丹波朝宗佑说道。

宗佑正待起身，这时石原开口："有一件事——"他扭头看去。

"只有一件事……在死之前我只有一个请求。"

"是什么？"丹波凑近石原问道。

"我想请保阪先生……保阪先生单独给我做教诲。"

"单独？"丹波有些困惑。

"2分钟……不……1分钟就行，我想和保阪先生单独谈谈。"

"我很想答应你最后的请求，但这是不可能的。您说是吧？"丹波看向站在墙边的所长，寻求他的同意。

所长点头说："很抱歉，我们办不到。"

"我不会逃跑的。不然你们把我的手铐在背后，再用手铐把我的脚和椅子铐在一起都行。拜托你们了。"

见石原低头恳求，周围的狱警、检察官、检察事务官脸上都露出困惑的表情。

"石原啊，就算你这么说……"

"——我也拜托各位了，可以答应吗？"宗佑打断所长的话，原本集中在石原身上的目光全都转向了他。

"……如果这样能让他的心情稳定下来，那不是更好吗？"

对宗佑而言，这是千载难逢的机会。

假如在众目睽睽之下出言伤人，让石原陷入绝望，宗佑必定会遭到严厉谴责。

尽管他已经做好了心理准备，但能避免这种情况当然最好。

丹波看向所长，眼神似乎在问该怎么办，所长点头说道："我明白了。"

"如果你能接受手脚都戴上手铐的条件，为了安全起见，让狱警在离你们较远的墙边守候，那么我可以同意。"

"非常感谢。"石原露出如释重负的表情，低头致谢。

"也别说 1 分钟，给你 5 分钟左右的时间，慢慢接受教诲吧。"

随后在丹波的指示下，狱警将石原的双手反铐在背后，双脚的脚踝也戴上手铐。

最后两名狱警留在墙边，其他人都离开了房间。

石原朝宗佑探出身体，贴近他的脸说："谢谢你答应我，保阪先生。"

他的声音很轻，似乎不想让墙边的狱警听见。

"为什么要和我单独在一起？"宗佑也配合着石原低声问道。

"我不想在那些乐于看到我去死的人面前示弱。"

听到这句话，宗佑才注意到石原的全身都在微微抽搐。

也许看守所的人在场时，他竭力控制住了自己的颤抖。

"有件事我很想请保阪先生你帮忙。"

"什么事？"

"那天我和你说了一个从没告诉过任何人的，受害者临终前的事情……你还记得吗？"

"嗯。"

怎么可能会忘记。

"我想请你找到那个被我杀害的人的父亲，把这件事告诉他。"

听着石原的低声细语，宗佑内心掀起了波澜。

为什么要这么做——

"为什么……"

"听了遥对我说的话之后，我觉得这样做会比较好……仅此而已……"

"你姐姐说了什么？"

"……被我杀害的人再也无法与他人沟通。他们想要表达的想法永远无法再说出口，别人想对他们传达的想法，他们也永远无法再知道。这就是我做出的事造成的后果……所以……这种事情……我只能拜托你。"

"为什么只能拜托我？"

"因为……我本来以为自己不怕死……但果然还是很害怕……我不想死……我不想死……是你让我产生了这种想法。"

发觉石原泪眼蒙眬地看着自己，宗佑脑海中闪过一道灵光，一把言语的利刃浮现出来。

如果要为由亚报仇雪恨，现在就是最好的机会。

现在完全能说出将眼前的男人推入绝望深渊的话语。

我就是你杀死的那个女子的父亲——

我接近你只是为了替女儿报仇——

你马上就要孤零零地徘徊在黑暗中，直到永远——

"我好害怕……我不想变成孤魂野鬼……保阪先生……求您救救我……"

"时间快到了。你还有其他想说的吗？"

宗佑说出口的话却与心中的想法相反。

石原的脸抖个不停，他摇了摇头。

"你没有什么话想对姐姐说吗？"

石原固执地摇了摇头。

这不可能。

"你真的不对她说些什么吗！"

"……我该走了。"

说着石原便转头要看向墙边的狱警，瞬间宗佑伸出手来，双手捧住石原的脸，让他看向自己。

　　由亚、由亚……对不起——

"……你的罪已经得到宽恕。我……我……原谅你。"

石原脸上传来的颤抖渐渐平息。他闭上眼睛，高声说："拜托了。"

墙边的两个狱警向他们走来，丹波和其他狱警也开门进入屋内。

"保阪先生，请您离开房间。"丹波向宗佑示意。

宗佑直视丹波的眼睛，坚定地摇了摇头。

"请让我目送他启程，并为他献上最后的祈祷。"

几名狱警扶着石原站起来，给他套上遮眼布。

风琴帘打开，可以看到绞架所在的刑场。宗佑看着石原被带进里面。

两名狱警用白色的绞索固定住站在踏板上的石原脖子。

宗佑注视着这一切，在心中默默祷告。

"执行——"

伴随着地动山摇般的巨响，石原的身影从视线中消失了。

直到那条摇摇晃晃、嘎吱作响的绞索完全静止，宗佑才停止祈祷。

尾声

走出小诸站的检票口，宗佑径直朝出租车候车点走去。

上车后，他将写有地址的纸条递给司机并说："请去这里。"车门关闭后，车子疾驰而出。

望着车窗外不断变换的风景，他开始思考接下来要告诉遥的事情。

石原被执行死刑已经两周了。

当时自己对石原做的事是否正确，宗佑心中尚未得出答案。

宗佑选择原谅石原，由亚可能会感到伤心，甚至怨恨自己，但也可能不会。他无从得知由亚真正的想法。

也许一辈子都找不到答案。

唯一可以确定的是，尽管无法与由亚最后的痛苦相提并论，石原临死前，宗佑还是让他感受到了恐惧。

石原说，我不想死——

让石原产生这种想法，就是宗佑从开始进行教诲以来所做的一切，也是他对石原的复仇。

"……我想就在这附近了。"

司机的声音响起，出租车停了下来。

宗佑付完车费后下车，环顾四周，发现一栋似乎就是自己在找的公寓，便走了过去。确认过公寓的名称后，他走向 104 号室。

宗佑按响门铃，接着报上名字。门马上打开，遥探出头来。

"感谢您远道而来。"

遥示意宗佑走进玄关，并带他到房间里。

这个房间约有六叠大，墙边设有一个祭坛。祭坛上摆放着骨灰罐和两幅遗照，旁边还有一盆小小的盆栽。

"不好意思，请允许我先悼念故人，为故人祷告。"

"麻烦您了。"说着遥低下头。宗佑在祭坛前跪坐下来。

其中一幅遗照应该是他们的母亲，另一幅遗照是一个微笑看向镜头的少年。

也许遥只有这张石原小时候的照片。虽然石原被捕时的照片传遍大街小巷，但遥不想把它用作遗照吧。

宗佑点燃蜡烛，微微低下头祈祷。

在心里对石原说了几句话后，他松开手站了起来。

"您请坐。"遥示意宗佑在摆有茶水和点心的茶几前坐下，自己也坐到他对面。

"我听狱警说了，多亏有您，亮平安详地迎来了最后一刻。真的非常感谢您。"遥深深鞠了一躬。

"哪里……对了，祭坛上那盆植物是……"

"那是亮平在看守所的牢房里种的。"

"哦？"

"我去领取遗骨时，狱警拿给我的，说是属于私人物品。听说亮平在和我见面后，希望能养只小动物，但因为条件不允许，就用盆栽来代替……狱警告诉我，他每天都会认真浇水，细心照料这盆植物，花开的时候，他显得特别高兴……我觉得与其让看守所把它扔掉，不如带回来。"

宗佑并不知道石原在单人牢房里种盆栽的事。

他经历了怎样的心境变化？

"虽然狱警说亮平安详离世，但我想多了解一些他当时的情况……"

"您具体想了解什么？"

"临终前，亮平是否忏悔了自己的罪行……对受害者和她们的亲人……他有没有说过什么？"遥带着渴望的目光问道。

"他没有对受害者及遗属直接表达过歉意。"

"包括之前接受您教诲的时候，也没有吗？"

宗佑点头。遥叹了一口气："这样啊……"

"那他有对我说什么吗？"

"没有……当时我问他有没有要对姐姐说的话，但他固执地摇着头，什么也没说。然后就执行了死刑。"

遥一脸悲伤地低下头。

"但我认为，也许……这正是他想传达给姐姐的信息。"

遥抬起头。

"这是什么意思？"遥不解地问道。

"您在会见时有没有对亮平说过这样的话：被他杀害的受害者再也无法与他人沟通。他们想要表达的想法永远无法再说出口，别人想对他们传达的想法，他们也永远无法再知道。这就是亮平做出的事造成的后果……"

遥点了点头。

"是的……所以我对亮平说，希望他能在还活着的时候，不断思考自己究竟该做些什么。"

"那应该是他内心赎罪的表现吧。"

遥猛然睁大了眼睛。

"那个时候，他唯一能做的，就是不对姐姐说任何话……"

是这样对吧——

宗佑在心中问道，望向祭坛上微笑的少年。

致谢

本书写作过程中得到了牧师古贺博先生的宝贵指导。

在此致以诚挚的感谢。

参考文献

《直面死刑的人们 完全纪实》佐藤大介（岩波书店）

《死刑犯的一天》佐藤友之（现代书馆）

《前狱警揭秘 死刑全貌》坂本敏夫（文春文库）

《前狱警揭秘 东京看守所全貌》坂本敏夫（日本文艺社）

《基督教的真实》松谷信司编著（蒲蒲兰新书）

《牧师为何》越川弘英、松本敏之监修（日本基督教团出版局）

《人人都能从头再来》进藤龙也（中经出版）

《找到内心归属，人生随时可以重新开始》中村阳志（MAGAZINE HOUSE）